魯男子

中國古典名著

曾 樸 著
黃 珅 校注

三民書局

國家圖書館出版品預行編目資料

魯男子／曾樸著;黃珅校注.－－初版一刷.－－臺北市：三民，2006
面；　公分.－－(中國古典名著)
ISBN 957-14-4420-0　(精裝)
ISBN 957-14-4421-9　(平裝)

857.7　　95006873

三民網路書店　http　// www.sanmin.com.tw

著作人　曾　樸
校注者　黃　珅
發行人　劉振強
著作財產權人　三民書局股份有限公司
臺北市復興北路386號
發行所　三民書局股份有限公司
地址／臺北市復興北路386號
電話／(02)25006600
郵撥／0009998-5
印刷所　三民書局股份有限公司
門市部　復北店／臺北市復興北路386號
重南店／臺北市重慶南路一段61號
初版一刷　2006年6月
編　號　S 856780
基本定價　參元肆角
行政院新聞局登記證局版臺業字第〇二〇〇號

ISBN　957-14-4421-9　(平裝)

魯男子 總目

引言

黃珅

西元一九三五年六月，近代著名小說家曾樸在常熟故居虛霩園去世。一時名流，作詩文輓聯追悼者甚多。如：「憔悴臥江濱斯世誰為魯男子？文章驚海內於公群稱老少年」（包天笑）。「豈真東亞病夫是魯男子熱情奔放到老要翻完囂俄全集；不愧一代文宗寫《孽海花》筆力雄健至今已傳遍震旦詞壇」（徐蔚南）。「作風新轉《魯男子》；談助多傳《孽海花》」（范煙橋）。如果說，《孽海花》是曾樸的代表作，那麼魯男子則成了他的代稱。

曾樸（西元一八七一－一九三五年），字孟樸，筆名東亞病夫，江蘇常熟人。父之撰，字君表。光緒間舉人，官刑部郎中。年輕時與文廷式、張謇、王懿榮合稱四大公車。與李慈銘交厚。以時文名世，著《登瀛社稿》，為一時圭臬。曾樸二十歲中式舉人。後入京師同文館，並在陳季同將軍的指導下，學習法文，廣泛涉獵法國文學各流派的名著，開始撰文評述法國文學，翻譯法國文學作品。光緒三十年（西元一九〇四年），與徐念慈等在上海創辦小說林社，提倡翻譯小說。次年，《孽海花》初、二集二十回由小說林社出版。曾樸早年曾幫助過小鳳仙，民國初年，在北京與蔡鍔交往，並為蔡鍔撮合與小鳳仙的婚事。後涉宦途，曾任江蘇財政廳長、政務廳長。西元一九二七年，與長子曾虛白（虛白）在上海創辦真善美書局，主編《真善美》雜誌，繼續翻譯法國文學，成兩果名著多種。又續《孽海花》六回，足三卷，並刪改舊作，重行排印。並作小說《魯男子》。西元一九三五年六月病逝。

曾樸年輕時迫於嚴命，不得已入京應試。入場後故意弄污試卷，題詩拂袖而出。在〈赴試學院放歌〉中，他明確表達了自己的志趣：「丈夫不能腰佩六國璽，死當頭顱行萬里。胡為碌碌記姓名，日夜埋頭事文史……男兒快意動千秋，何用毛錐換貂珥。君不見蒼松古柏盤屈干雲霄，安能局促泥塗日與荊枳比！」當時，他還不甘以文人自居。但他後來醉心法國文學，發了文學狂。晚年在親歷官場黑暗和政治腐敗後，更是改變了態度。林紓曾稱讚《孽海花》「非小說也，鼓蕩國民英雄之氣也」（《紅礁畫槳錄》譯餘賸語》）。對此，曾樸不以為然。在為《孽海花》修訂本卷首所作序中，他說：「『非小說也』一語，意在極力推許，可惜倒暴露了林先生祇囚在中國古文家的腦殼裏，不曾曉得小說在世界文學裏的價值和地位。」

曾樸以文學家自居，也以文學家自豪。在《真善美》雜誌創刊號上，他發表了〈編者的一點小意見〉，就文學的宗旨、語言，以及如何寫作等問題，談了自己的看法，其中不乏精闢之見。曾樸的文學觀，既受傳統影響，又摻和著西方思想，具有現代色彩。他主張以真、善、美作為「文學的標準」。真為「文學的體質」，美即「文學的組織」，善是「文學的目的」。就中國學術而言，「義理是求善，考據是求真，文學是求美。」他熱情宣傳托爾斯泰「藝術為人生」的文學，「真正的平民文學」，呼籲作家「把熱情的鏡子照透了人生」，將文學看作是衝破藩籬的動力、燭照時代的鏡子。他還強調「文學就是一個種族或一個國家個性的表現」，不能「祇顧顛狂似的模仿外人，不知不覺忘了自己」。總之，「我們主張改革文學，第一要發揚自己的國性，尊重自己的語言文字，在自己的語言文字裏，改造中國國性的新文學。」

曾樸自稱《魯男子》是一部「自敘體的小說」(《病夫日記》)。據虛白說，這部小說的結構模仿法國作家左拉的《盧貢・馬爾卡家族》。按原來的構思，以魯男子為主人公，以曾樸一生經歷為背景，表現清末至民初的社會變遷。全書分六部，即「戀」、「婚」、「樂」、「議」、「宦」、「戰」(《魯男子》的寫作動機與計劃〉)。

邵洵美說：「從來沒有一個比孟樸先生更留戀著自己的少年時代的。」(〈我和孟樸先生的秘密〉)曾樸晚年答人問，說他所寫魯男子的戀愛是真實的，「衹為所重在情感，所以寫情感處全是真的，幾乎沒些子虛偽」，衹是「情節有變換或顛倒，時間不盡同真事吻合」(《病夫日記》)。據虛白《曾孟樸先生年譜未定稿》，曾樸十六歲時，熱戀其丁氏二表姐，結果被斥為輕薄狂妄，有情人不能終成眷屬，遭到沒齒難忘的傷痛。丁氏是他一生最傾心愛慕的人，直到晚年，依然惓惓於懷，藉《魯男子》第一部「戀」，將這段刻骨銘心的戀情宣洩出來。曾樸著譯，除《魯男子》、《雪曇夢》署真名外，其他作品多署筆名「東亞病夫」，由此也可見他對這部作品的重視。

《魯男子》以一個劣紳汪鷺汀謀奪鄉村美少女阿林開始，又以阿林最終未能逃脫汪鷺汀的霸占結束。在小說中，作為宛中的陪襯，阿林是一個著墨雖不算太多但卻十分重要的人物。和丁氏的姻緣絕望後，曾樸入京應順天鄉試，在常昭會館外遇見一個十五六歲的垂髫少女，名林杏春，眉目有幾分像丁氏，因此對她產生了愛意。曾樸第二次入京，那少女已害癆病死去。曾樸懷疑她的病，是因憂鬱而起，一直受到良心的譴責(《病夫日記》)。這個少女，便成了小說中阿林的原型。在小說中，阿林的形象，不祇是一個多情的少女，而被賦予更多、更深刻的社會內容。如果說，書中魯男子和齊宛中的悲劇、朱小雄和湯雲鳳的悲劇，還有家族的原因、個人的原因，那麼阿林的悲劇，則純粹由社會原因造成，她的悲劇，更難擺脫，也更悽慘。有了阿林的悲劇，《魯男子》就不僅是個人的懺悔錄，同時也有了更廣泛的社會意義。

雖然是從舊時代過來的文人，但曾樸的思想卻一直比較激進。他提倡個人主義。在創作方法上，熱衷於浪漫主義，反對自然主義。《魯男子》十分鮮明地體現了這種思想作風。書中藉朱小雄之口發問：「情是什麼，淫又是什麼？情與淫的分別究竟在那裏？」認為「我們不必把精神愛抬得神聖似的高，也不必把肉體愛輕蔑得糞土似的穢」（五〈靈與肉〉）。並說「人心是包著情焰的肉團，稍一撥動，自然地突突地跳個不住」（十三〈我不配〉）。小雄的戀人雲鳳更是真切地感受到：「久受羈弗的愛神，倏的解脫，展開雙雙肉翅在自由的雲海裏，誰還禁得住情波的奔放呢？」她進而追問道：「這個是個罪嗎？這個是失了貞操嗎？不！這不是罪……美原是愛的源泉。美是天給我們的肉體，愛是天給我們的靈魂，肉體不能不表現，靈魂不能不感印，這都是宇宙自然的規律……愛是心靈的產物，應具純全的活力，無論何方，不應剝奪它的一部。怎麼偏偏女子愛了男子，便輕輕加她們一個淫蕩的罪名呢？這也不是失貞操。貞操的基礎該建立在戀愛上，不該建立在名義上。名義是人為的，文飾的；戀愛是自然的，真實的，是人生神聖的使命。生了愛戀，就該把自己的一切整個兒貢獻給所愛，一與之愛，終身不渝，男女一般，不問名義，這才是最純粹的貞操。」（七〈明珠〉）書中通過兩個熱血青年的表白，對傳統禮教抑制人的情欲，作了澈底的否定。出身卑微的阿林，甚至沒有談戀愛的權利，但一顆少女的心，仍希望愛情降臨，她藏起魯男子給宛中的血書，聽從雲鳳的安排去「勾引」魯男子，都是為情所困，是情不自主的對愛的追求（十三〈我不配〉）。作者還認為：真正的愛情應無私地為對方作犧牲；「戀愛是根本沒有階級的」（十二〈墮落〉）。這些話，出自一個從舊王朝過來的老文人之口，殊為難得。

曾樸說：「我的一生完全給感情支配著，給幻想包圍著。」（引自〈曾公孟樸訃告〉所載其子哀文）在這部小說中，他也明確宣告：「人們為什麼要生活，為希望而生活。」（十〈血〉）無論魯男子、齊宛中，還是朱小雄、湯雲鳳，都對未來懷著美好的憧憬，都生活在希望之中。正是因為希望破滅，魯男子和宛中失去了生活的樂趣，而小雄和雲鳳更是為此走到生命的盡頭。但曾樸的理智並沒有在感情的熱焰中沉迷，也沒有因幻想而喪失對現實清醒的認識。這部充滿浪漫色彩的小說，最後以令人惋惜不已的悲劇收場，並通過幾個年輕人的悲劇，對當時社會罪惡的一面，對束縛窒息人的禮教，作了基於現實的批判。

與曾樸同時的梁啟超、胡適，對清代思想家戴震極為推重。在其名作《孟子字義疏證》中，戴震對「天理人欲，不容並立」的說法，作了尖銳的批判，指責「理欲之辨，適成忍而殘殺之具」；而在致某人書中，直斥道學家是「以理殺人」。曾樸在這部小說中，運用藝術形象，揭露了那班衛道之士藉禮教之名，以理殺人的實質。如雲鳳的堂伯父湯紀群，就這樣傲慢地教訓雲鳳：「你不承認祖宗，不承認姓，你曉得世界上還有最厲害的一件東西，就是道理。道是大家走的道路，理是大家守的秩序。我們按著道理做事，說話，所以大家都承認，同情。你說得儘管高妙，也許真實，可是沒有一個人來理睬你。我祇要把道理的鐐銬套在你身上，你就得和穿鼻孔的牛一般跟著我的手走……你若再有半個不字，哼哼！我看你……也不容你不依我！」（十九〈自殺是怯懦者〉）正是湯紀群心安理得的冷酷、自以為是的殘忍，扼殺了兩個朝氣蓬勃的生命。也正因為他是以遵理守禮的名義行事，於禮為正，於理為合，因此不曾遭到任何非議。對小雄、雲鳳的慘死，眾人（包括小雄的父親朱雄伯）居然都無動於衷，沒有絲毫感情上的愧疚和不安，生活依然沿著原來的軌道運行。這些人似乎從不願想一想：禮畢竟是外在的，理應該是合情的，祇有發自內心的需要才會真正守禮，祇有合情才真正合理，當天生的性、熱烈的情沸騰迸湧時，溢過禮教的大防，又有何過？又違何理？曾樸還根據切身的經歷，揭露了那些已被禮教異化的長輩，在慈愛的名義下，無情地扼殺年輕人的幸福和希望。宛中的父親齊漢江，之所以不肯答應魯男子求婚，就因為他相信汪鷺汀的話，認定魯男子是個不遵禮法的浪子，決不會有出息，為了愛女兒，保護女兒，不顧親情友誼，「斷不肯把如花嬌女，丟下糞坑」（二十五〈最後一信〉）。而魯男子本人，「一年來顛狂的熱浪」，最後「也被慈愛之風鎮定了」，留在心中的，「祇有失望，悔恨，愧赧」（二十四〈秘密〉）。

曾樸的時代，正是從文言向白話過渡的時代，在當時的文言與白話之爭中，他贊成白話，因為「現代的潮流，就是解放的潮流。白話的本質，是解放的、普及的、平民的，所以能把束縛的、不是盡人能解的、貴族式的文言壓低了氣焰」（〈編者的一點小意見〉）。曾樸用文言創作小說，在藝術上達到了當時的頂峰，《孽海花》文采斐然，連林紓也嘆為觀止，傾倒不已（「強作解人」作《孽海花》人名索引表引）。但對白話文，卻毫無某些舊文人貴族式的排斥和歧視。正是因為有這樣的認識，他晚年能用白話創作《魯男子》。但曾樸沒有從一個極端走到另一個極端，不像某些新進人物對文言疾惡如仇，澈底拋棄。他又說：「但我也不是絕對的，因此純白話祇限於對話。倘然參用文言，經過一番藝術的洗煉，叫人不覺到不自然，我也不固執成見。」（同上）多年的文言訓練，形成了他流麗洗鍊的文風。曾樸外甥吳琴一在《如是我聞「魯男子」》中，記載了他的一段話：「運用自己所吸收的西歐文化，融和我國固有的優美藝文。然後憑熟練的技巧和細膩的描寫，寫出一生的歷史。」由此，《魯男子》在語言藝術上，比起同時出現的許多小說，要明顯高出一籌。作為一個舊文人，能寫出如此流麗的白話文，確實難得。這個自稱「時代消磨了色彩的老文人」（曾樸〈致胡適書〉），成功地登上了新文壇。

中國傳統文學最重情景，這部小說抒情寫景，都有不少出色的文字。如少年時代的魯男子和宛中，正難解難分，忽然聽到又要別離的消息，猶如「突遇一陣意外的暴雨狂風，劈頭劈面地打來，躲也躲不迭……彼此一般痴痴的想，祇有一夜親近，這一夜真有黃金般價值，恨不得把一夜伸長做一世紀，把兩顆小心裏的火苗，儘這夜裏把全身燒盡，化作一星星的灰，溶在永不分離的粘土裏。」（四〈鬼〉）又如小雄和雲鳳在幽寂的山谷中偎依擁抱，「一對無邪的小情人，在大自然魔魅的形和色化境下，靈和肉都麻痹在相視的微笑裏，覺得山鳥的啾啾，草蟲的唧唧，都替他們奏著交響樂，頓時把一切全忘記了。」（十五〈重九〉）這二段文字，用抒情的筆觸，描寫情竇初開的少年相互依戀之情，十分動人。魯男子在和宛中分離一年後，到舊遊之地尋找，突然在悄無人處發現她：「正怨恨運神相待太苛，連這一點小小的慰情，還要從中作梗，把一絲燼餘的心焰直冷到零度以下。恰待轉身回步，忽聽東首溪邊，楊柳蔭中，一陣軟軟的晚風裏吹來一些微細的唏噓聲……他疾忙跨上幾步，伸首再張，雖然還祇看見低垂了頭鴉雲下襯出羊脂玉一般的後頸，早認清確是生分了一年零兩月現在欲見而又怕見的愛伴齊宛中。這突兀的奇遇，頓使他心上起了狂亂，好似聖堂的合鳴鐘，無秩序的在胸腔裏亂撞。」（二十四〈秘密〉）寫一個痴心不死的情人矛盾複雜的心情，絲絲入扣，細膩真切。

在這部小說中，有不少關於景物的描寫，如寫秋夜風雨，凜凜生威：「打到玻璃窗上的雨點，急得像村童亂打春社的鼓，一些秩序都沒有。虎虎的風聲，四處響應著砰硼的開闔音，窗縫裏透進尖厲的餘威，把燭光吹得和人的心苗一樣，搖晃不定。」（十六〈我全給了你吧〉）寫冬日寒冷，萬物失色：「彳山橫臥的一角山影，籠罩在白濛濛的霧幕裏；到處挺起赤裸裸的榆，柳，桃，杏，穿過一陣陣尖厲的微風，不自持地發出可憐的痙攣；便是耐寒的常綠喬木，也披上一層慄肌的冰紈，垂臂懶舞……滿園裏沉寂到沒些聲息，冷酷到沒些溫氣；好像連自己肺的呼吸，心的跳躍，都被寒威逼勒得凝住了。」（十九〈自殺是怯懦者〉）這些描寫，借助具體的物像，通過聲色的渲染，繪成鮮明的畫面，呈現在讀者的面前。

情不離景，景中寓情，情景相映，融為一體，這是中國抒情文學的特色。這在《魯男子》中，也時時表現出來。如寫濃春燦爛，錦繡滿園：「碧桃吐著攔不住的嬌紅，迎風微笑；羞人答答的芍藥，在它幽艷的含苞裏，偷沁出醉人的芬芳；婀娜的垂柳，不自禁地抽出繁亂的情絲，化成銀般的霧，盲目地在春空飄泊，不知飄到誰家。」（五〈靈與肉〉）在公祭時遭到凌辱的雲鳳，望著眼前的自然景色，情思翻捲：「彳山上吹下一陣帶著松柏香味的涼風，拂到她緋紅的兩頰，使她頭目一清，倒喚醒了又憤恨又恐怖的迷夢。她看見皎皎的秋陽，依舊放著黃金絢爛的光輝，鬱鬱的山林，依舊留著斑駁陸離的采色，啁啾的好鳥，依舊飛躍和鳴，潺湲的流泉，依舊弦歌赴節。大自然永遠是公平的，自由的，仁慈的。」（十七〈秋祭〉）當一顆倍感屈辱的心，面對大自然的公平、自由和仁慈，會產生怎樣的感想？作者正是借助強烈的反差，對照出人世的自私、壓迫和殘酷。

上面所引的情景描寫，既有對人物心理意念的刻劃，也有象徵手法的運用，從中可見西方小說影響。這部小說開篇即用倒敘手法，這在舊小說中也不多見。不過《魯男子》在藝術上最值得稱道的還是語言，文字流麗，敘述清晰，即使涉及色情，也艷而不俗。特別是眾多形象的比喻，如形容時間：「年光似危崖的懸瀑，沒控制的向下直流，一瞬目已到梧葉初凋的新秋天氣了。」（十二〈墮落〉）形容景色：「一片處女般含羞而溫軟的晨曦，漸升到……一座古宮的殘基上。」（九〈朝山宮〉）「樹杪橫著的一角遠山，還戴著滿頭的白髮，傲然睥睨晴空的銀雲。」（二十一〈錯吻了人〉）形容戀情：「他恍然覺悟了自己戀愛的定力，微弱得似沒遮蔽的燭光，在燃燒最熱時，還常受微風的搖曳，一經時間性的消磨，難保不漸漸變滅。」（二十四〈秘密〉）「我已從你的眼光，舉動裏，窺見你寸寸恨苗，還茁芽在深固的愛根。」（二十五〈最後一信〉）形容人物醜陋：「蒼黑的扁臉盤，頰上貼一個小銅錢大的黑痣，豎起一簇黃毛，好像石縫裏鑽出霜後的枯草。」（一〈白鴿〉）這些比喻，善用意象，生動新穎，非深於比興者不能道。

就作者本意而言，這部小說最理想的女性是溫柔多情的宛中，但實際上宛中只是林黛玉不算成功的模仿：僅有黛玉的小心眼，而沒有其超凡脫俗的氣質和才情。論人物形象，書中最成功的應是那個敢愛、敢憎、敢於追求、敢於犧牲的雲鳳。當小雄和雲鳳的戀愛，遭到來自家族、習俗和輿論的巨大壓力時，雲鳳的態度，還是那麼堅決：「小雄，你既然真戀愛我，不變的戀愛，我勸你不要做弱者的反抗，該在戀愛的戰場上，做一名強勇的戰士，蔑視一切，站上愛的火線前去衝鋒。」（十五〈重九〉）既然男女之間的戀愛，是如此真誠寶貴，就應該熱烈地追求它，勇敢地保護它，決不能輕易地放棄它，輕率地犧牲它。即使在祠堂公祭時遭到族人刻毒的侮辱，感情受到極大的傷害，但雲鳳依然不肯屈伏，堅持自己的希望和追求，盡量享受人生的快活：「凡是我們女子應該享用的快活，我都要享用。」（二十〈扑作教刑〉）雖然雲鳳有其弱點，但作為一個充滿反抗精神和批判精神的新女性，在那些或道貌岸然、或虛偽奸詐、或懦弱畏怯、或毫無個性的人群中，格外煒煒生輝。

當然，這部小說也有不足和缺陷。作為一部言情小說，雖然包含了一些新名詞、新思想，其內容仍未脫離才子佳人悲歡離合的老套，而且或多或少有些媚俗的成分。和許多言情小說相同，對照《紅樓夢》，給人的感覺常是並不高明的模仿。雖然它在當時能換得一些少男少女的同情，但缺乏震撼人心的功效。

曾樸於西元一九二七年開始撰寫《魯男子》。同年十一月，第一部「戀」在《真善美》雜誌創刊號開始連載。西元一九二九年十一月，上海真善美書局發行單行本。同年，《魯男子》第二部「婚」面世，讓始刊於《真善美》月刊四卷二號，但僅完成一章。曾之撰與汪鳴鑾為莫逆之交，在曾樸十九歲時，讓他和汪女圓珊成親。曾樸不願就範，又不得不屈從，於是在成婚之日，藉酒醉為辭，不入洞房。但新娘十分溫柔賢惠，不到半月，兩人竟異常親熱了。一年後，圓珊生下一女便得病去世，女嬰也隨後夭亡。在「婚」的殘稿中，圓珊化名為唐瓊。西元一九三一年四月，《真善美》雜誌改為季刊，《魯男子》第六部「戰」始刊於《真善美》季刊一卷一、二號，但也僅完成二章。西元一九一八年，曾樸繼室沈香生所生愛女曾德患瘧疾夭亡。曾樸異常悲痛，為悼愛女，曾廣泛徵求名流的詩文以為紀念。小說中曾德化名若安。「戰」的殘稿主要寫若安之死和曾樸的愛女之情；以及一個名蘇之華的貧兒院女生，對權勢和習俗的公然反抗。據吳琴一說，《魯男子》其他幾部書的內容，原擬描述民國初年（西元一九一一——一九二六年）江蘇省的政治背景，揭露當年的內幕真相（〈如是我聞「魯男子」〉）。

曾樸像

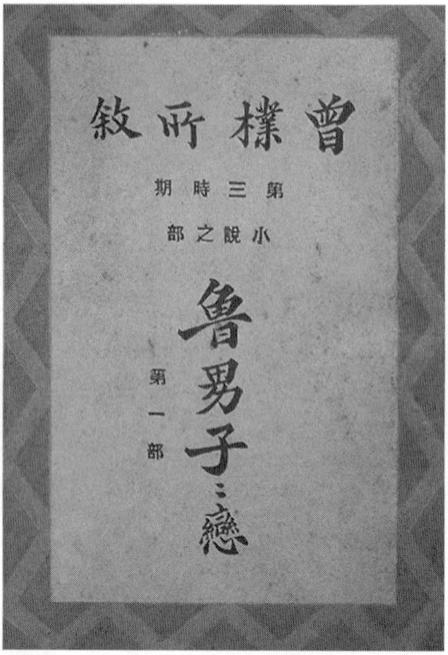

一九二九年上海真善美書局發行
《魯男子》單行本之書影

常熟曾樸故居——曾園

回目

附　錄

卷頭語

智識全是虛無
想像纔是萬有
世上存在祇有
人們的想像物
我就是想像物

（法郎士波納爾之罪）
Bonnaro. Par

一白鴿

那一天，正是二月下旬初春天氣的臨晚，一個像古堡一般的破舊獨宅基高墻外面，一片草芽初放黃裏帶嫩綠色的曠野，西邊地平線上，堆著一座火山似的烏雲，正銜著一輪欲沉未沉的落日。有一雙全身雪白兩隻似火般眼睛的鴿子，恰從那破舊獨宅基的巷門洞裏飛將出來，映著斜照的餘光，越顯得銀羽的純潔，霞彩的閃爍，一高一低忽起忽落地沿著田岸衹往前飛。

那鴿子後面，卻跟著一男一女兩個孩子，嘻嘻哈哈衹向那鴿子飛的去向追；前面一個是男孩子飛快地奔，後面一個是女孩子氣喘吁吁地再也趕不上。

「哥哥，」那女孩子在後面喊道，「慢些，我來不得了。」

「儘這麼快，」男孩子且跑且答道，「還趕牠們不上呢。妹妹，你如走不動，歇一會兒，讓我獨自去捉牠們回來罷。」

那男孩子說著話時，已走到了四方的一片晒麥場上。看那方場的東首，橫著一條溪流，溪的兩岸，一色是半眠半起的楊柳，正垂著黃金的嫩絲，飄拂水面。

那孩子追的那雙白鴿，望見溪水便一直飛過溪的對岸，很快活地一齊落到淺灘上，正好洗牠們的晚浴。

男孩子追到溪邊，眼望著隔溪的鴿子，停住了腳祇是呆看。忽然回過頭來，見那方場的靠南一面，一溜排著三間草屋，亂磚冷疊的矮墻，左右兩間蘆編的窗，都關得嚴嚴的，當中兩扇粗木板門，那時正洞開著。門口蹲著個四十來歲面黃皮瘦的老婆子，在那裏洗剝青菜，預備晚飯。屋裏一張小矮櫈上，坐著個十一二歲的小丫頭，手裏呼呼地搖著紡車。看那小丫頭，雖然赤著腳，蓬著頭，卻生得眉清眼黑，鼻端面正，另有一種討人喜歡的樣兒；知道外面有人瞧她，停了紡車，也對人望著微笑，不覺把那男孩子怔怔地看出神了。

男孩子正怔間，不提防撲的一聲，半空中掉下一樣東西，打在鼻子上，不覺喫了一驚。

忽聽背後鶯聲嚦嚦地笑著說道：

「我怕哥哥跑得渴了，本帶著兩只橘子，我一到這裏，就想遞一只給你喫，不想一失手，倒打了你鼻子。哥哥你覺得痛嗎？」

原來男孩子在呆看小丫頭的當兒，那女孩子也就趕到，見他兩眼盯著別人，不理會她的到，索性躲到他身後，故意扔著橘子嚇著他玩，此時又怕男孩子生氣，祇好謊說是失手打的。

男孩子揉了一揉眼睛，果見溪邊滾著個橘子，一面伸手去拾，一面忸怩地答道：

「一點不覺得……沒有事……就是痛了，也有這橘子來補我的苦。妹妹，你來！我們就在這楊柳樹下，坐一會兒，大家喫著橘子，看鴿子洗澡罷。」

男孩子說著，就坐在一棵倒偃楊柳蟠曲的老根上，那女孩子也倒身半坐半睡的把頭靠著男孩子胸前，閉著眼道：

「你讓我靠著靜一會兒，把喘的氣轉過來再和你喫橘子。」

男孩子一頭望著水裏的鴿子，一頭說道：

「儘管在我膝上靜養一會兒。」

對岸一雙白鴿，那時，正張開牠雪一般白的兩翅，拍浮在水面上，呲噗呲噗濺起浪花游泳了一會。然後棲上淺灘，啄尋食物。再飛在高岸邊，雄的嘴裏古古地叫著，衹在雌的身邊，來來往往打圈兒盤旋。雌的站在中間，動也不動，就不讓牠踏上背來。不一會，雄的走近雌的身邊，伸出蠟黃的喙，輕輕婉婉地替牠刷著沒晾乾的溼翎，雌的也回過頭來，慢慢地啄著雄的頸毛；漸漸地兩個鳥喙相近了，彼此相互的咬著，彷彿接了個靜默的長吻：真有說不像畫不出的一種親暱的樣子。

男孩子看得有趣，不覺出聲喊道：

「啊！妹妹，你快看！牠們多麼要好，祇怕比我們昨夜還要快樂！」

那女孩子在膝上，略抬了一抬頭，半睜著眼斜睃❶了一眼道：

「虧你還提昨夜呢。紋姑和綺姑祇為每夜我們倆粘服糖似擠在一塊玩，老不肯睡覺，總要等到兩三點鐘，給大人們強逼著才肯睡，因此紋姑作主索性叫我們睡在一床，省得不安靜。」

「不差，我祖母還反對，男女兩個已漸漸長成了，叫他們常常一床睡覺是不好的。紋姑說：『那什麼要緊？他們將來總歸要……』」

❶ 睃：音ㄙㄨㄛ。斜著眼看。

女孩忙坐起來，拿起一隻粉嫩的手，撳住了他的嘴道：

「不許你說。」

男孩笑了一笑。

「安安靜靜地睡一床，大人們說我們什麼呢？你偏不肯安靜的睡，三不管爬到一頭，鑽進我的被窩裏來。」

「我祇想和妹妹越親近越好！自己也不知道。」

「睡在一頭，還是伸伸縮縮的不安貼。我怕你靠我一面的一條膀子，壓著不舒齊。我往常看見爹和媽同睡，我爹的膀子，總放在我媽的脖子底下，我也放你的膀子穿過了我的脖子。不想你爽性把我抱得緊緊的，連我的氣都喘不過來了。可是你的心，祇管怦怦地跳得厲害。」

「妹妹，」男孩帶著很狡猾的神情笑問，「你既然睡得不舒服，為什麼不把我的膀子推開，翻過身去睡呢？」

女孩伸過指頭，直指到男孩的鼻子上道：

「狗咬呂洞賓，不識好人心！我怕你生氣睡不著，祇管熬著讓你舒服，你倒說這些話。」

「妹妹，」男孩頓了一頓道，「你的心，為什麼和我一樣的跳？」

「你怎麼知道我也跳呢？」

「胸口貼著胸口，怎麼不覺得呢？」

女孩臉上微微紅了一紅，還把頭倒在男孩膝上，痴痴迷迷仰著臉問道：

「真的，哥哥，我往常和我媽或是姊姊睡在一起，碰著身體總覺得有點兒肉麻，為什麼和你睡，儘管挨得緊，但覺得甜迷迷醉醺醺地，另有一種說不出的滋味。哥哥，這是什麼緣故？」

「我也不明白，祇覺得夢裏也是香甜的。今天早上，才是笑話呢。我們糊裏糊塗一覺睡到十一點鐘，要不是紋姑揭開帳子，哧哧一笑，祇怕到這個時候，還沒有醒哩。」

「紋姑看見我們睡的樣子麼？」女孩急問道，「她怎樣說呢？」

「她就為看見我們睡的樣子，她才笑著說——真像一對小……呀！你不許我說……我再不說！咳！我們能永久過這種日子才快活哩。」

「還說永久呢。我才聽媽說過，祖姑姑明後天要回城裏去了。你是不要緊，回到城裏，有的是堂房姊妹，表姊妹，陪著你玩，我呢？一個姊姊和我不大合式，叫我怎麼呢？——爽性你不來，不陪我玩這一個多月倒好得多。」

她說著話眼圈兒紅了，禁不住明珠似的淚顆滾在臉上。男孩子也低了頭，一言不發，半晌才說道：

「你說得我好難受；我雖然有些姊妹，雖然也常和她們玩，可是我的心，給她們在一起，和妹妹在一起，是兩樣的。妹妹若然不情願我和她們玩，我就永不和她們玩，陪著你一樣的冷靜。」

「你這話說到那裏去了！我祇說我的苦，並沒有妒忌別人。你們天天在一塊兒的姊妹，我若然不許你和她們玩，我成了個什麼人了？——人家更取笑我們了。」

她說的時候，聲音帶著哽噎，差不多哭了。男孩一面替她拭淚，一面說道：

「我身體不能給妹妹常在一塊兒，我的心是永遠不離妹妹的。——天為什麼不叫你住在城裏呢？

省得一年中十個多月的相思，祇換得一個多月的快活。」

女孩忽然舉起頭來，想到什麼似的。

「啊喲！我真鬧昏了。我正要告訴你一句話，不曉得真不真。剛才慧中姊給我說：『爹爹在城裏買了一塊地皮，要造房子，造好了就搬城裏住，你可以給你的……』不必說了，無非是那些打趣我的話。」

「你知道在什麼地方呢？」

「她也說起，在東門朝山……我忘了。」

「噢！是朝山宮，給我們祇隔一條街。既這樣說得有根底，定是真的。」

「她還告訴我，造房子的時候，我爹爹要自己去監工，帶著我們先借住你家裏。」

「這樣講，妹妹，你也用不著傷心了。從此我們可以一塊兒讀書，一塊兒玩耍，一塊兒……」

他話猶未了，忽聽晒麥場上，人聲鼎沸，抬頭看時，忽然湧了來十多個莊家模樣的人，有的掮了耜頭，有的拿了鐽子，有的拿了棘柴草繩，還有幾個抬著幾塊石條，都呼哨著向那三間草屋前衝去，頓時把兩個孩子嚇得失色，站了起來，抖抖地、呆呆地望著。

祇見那些人，到了門口，都站定了。內中走出兩個彷彿為頭的人：一個是肥胖的五短身材，約摸四十來歲，蒼黑的扁臉盤，頰上貼一個小銅錢大的黑痣，豎起一簇黃毛，好像石縫裏鑽出霜後的枯草，倒掛式的濃眉，眼睛卻和豬一般祇留一條細縫，在那裏透出些怪光來，身上穿了粗藍布長衫，腳蹬雙梁的黑布鞋，頭戴毛氈的睡帽；還有一個卻比前面一個闊得多了，穿一件月白竹布長褂子，罩上元色洋緞的棉馬褂，腳上是杜做布棉鞋，頭頂著紅結了的西瓜帽，年紀不過三十歲，是個細長條子，狹瘦露骨的面孔，眉毛壓著一雙三稜的眼睛，闊大的嘴唇裏罩出一副黑斑牙，倒像紅框窗洞裏撐出的灑花布遮陽。

兩個人搖搖擺擺地踏進那草屋的板門，早把洗菜的老婆婆嚇得發抖了。

「啊喲喲！蕭地保老爺，湯催頭先生，你們領許多人鬧哄哄地到我們家做什麼？」

那矮胖的裝著比哭還難看的笑臉，先開口道：

「秦嫂嫂，先請你原諒。我們不是喜歡多事的人，也叫做沒法。今天的事，是汪市汪董事吩咐我們帶了許多人來打擾你的。汪董事說：那晒麥場東邊的一條浜，本是你田鄰李根大的，被你霸占了好多年，現在要劃劃清界限了，所以叫我們來豎幾條界石，紮一溜籬笆，請你以後不要用那浜裏的水了。」

秦婆子一聽這話，頓時臉色變白，喊道：

「湯先生，這是什麼話？……」

那一個瘦長的三稜眼裏射出兇光，搶說道：

「姓秦的，你放明白些，汪董事不是好惹的，你有多大膽子去刮虎鬚。老實說，壓不下你這臭婆娘，我還能在這裏當地保！難道為了你，上縣裏去挨板子嗎？喂！你們大家來，我們幹我們的，湯催頭，你不必給她講廢話。」

那些莊家人，本來都等在外面，得不得一聲地方阿爹的吩咐，好比得了將軍令一般，一個個都刀出鞘弓上弦的各拿著各的東西，蜂擁著向那溪邊來。蕭地保和湯催頭在後押隊，那秦婆子也連哭帶喊地追上去。

兩個孩子，這一驚非小。男孩見那女孩嚇得面如土色，身體搖晃著祇待要倒。他連忙把右手挽了她右臂，左手托了她腰，輕輕款款地道：

「妹妹，不要怕！我們快跑！快跑！」

說著就連拖帶抱的繞著那方場南面沒人處奔，一路還遠遠地聽見秦婆子在那邊忘命地亂喊：

「啊！天爺爺！那還成個世界！汪董事就是皇帝，也講個理！——這個浜是我丈夫傳下來的……我們種的田，不光是姓汪的，還有姓齊的。多少田，要緊時，都靠這浜來出水進水，汪董事不過為著討了李根大的女兒做小老婆，就幫了他來硬搶我的浜！搶了我的浜，就是斷了我的命！你們要埋界石，除非先活埋了我！你們要紮籬笆，除非先勒死了我！」

那時，兩個孩子已跑過了方場，上了一條田岸。男孩聽見喊得厲害，停了一停步，遠遠望見那婆子已鑽進人堆裏，在他們動手的地方，大哭大鬧地在溪邊打滾。

「那婆子很可憐！……」

一句話沒說完，祇見那紡紗的丫頭，在方場上跑過來，哭著跪在女孩面前道：

「小姐，我是認得小姐的！我們也種著小姐家的田。汪董事欺負我們阿娘，請小姐回去，求求老太爺，想法子搭救搭救我們苦人！」

那女孩一句話也說不出來，祇點了幾點頭，正慌著拉男孩向前走時，忽見遠處橫頭田岸上，來了一個年紀大的老媽，一個年輕的大丫頭，老遠的一齊喊道：

「啊喲！好少爺！好小姐！怎麼三不管跑過到這裏來，叫我們好找。」
兩個孩子望見領他們的人來了，七跌八衝地迎上去。
老媽挽住女孩的手，埋怨道：
「小姐，你是個女孩兒，也跟著哥哥在外亂跑，嚇壞了，又是我的晦氣，討你娘的罵。」
大丫頭攙著男孩的手道：
「好少爺，祇管淘氣罷，老太太等著你換衣裳呢。」
大丫頭咕噥著，忽望著晒麥場上向老媽道：
「那邊多少人聲哭喊著，有人在打架嗎？」
老媽也抬頭望了一望。兩個孩子正要開口，那個紡紗的丫頭，斜刺裏穿過麥田來，拉住了那老媽，把剛才的事，又哭訴了一遍，託她轉求老太爺設法。那老媽看了她一眼，笑著道：
「阿林，你倒越長得標致了。看你的分上，我一定告訴老太爺，你放心回去罷。」
這麼著，那丫頭謝了一聲，忙忙的趕回去看她的娘。這裏老媽、丫頭也各領了孩子，向著那獨宅基的巷門走來。
剛剛走到巷門口，女孩子抬頭很驚異地喊道：
「哥哥，你看巷門的屋簷上……」
「這兩隻鴿子倒乖，」男孩拍著手也喊道，「比我們先回來了。」
一行四個人，就在這晚靄迷濛中，漸漸地走進巷門，看不見了。

究竟那兩個孩子是誰！一個男的就是魯男子，那個女的叫做齊宛中。

魯男子是個世代書香人家的種子，他生在揚子江南岸濱臨江潮山明水秀的彳城。他的父親是蹭蹬名場❶的老名士，名叫魯還，祇為他為人正直，地方上不論大小的事經他老人家一開口，大家都服他的公明，所以合城人都尊稱他魯公明。他從三十歲上中了個舉人，雖然文名滿天下，交遊遍公卿，卻是應了七八次會試，那些愛才如命的大總裁，人人都想收這名下士做門生，總是一場春夢名落孫山❷。太夫人齊氏性急不過，祇好先替他捐了個戶部郎中，總算在搢紳錄上登了一個名姓，做家業的保障。他老人家志高氣硬，不願意去實做那銅臭官兒，幸虧靠著祖傳的千把畝薄田，日子還過得去；把積蓄下來的花息，蓋了一座很雅靜的花園，名叫魯園，終日奉母看花，讀書課子，享著清福。遇到會試年頭，還要照例進京趕考，有時留京一二年，等待再考；這並不是他功名心熱，祇為仰體齊氏抱著兒子做狀元宰相的舊思想，不得不向名場去應個卯罷了。

❶ 蹭蹬名場：在科舉考場困頓失意，即屢試不中。名場，科舉時代的考場。

❷ 名落孫山：宋范公偁《過庭錄》載：吳人孫山和同鄉的兒子去赴考，孫山考取最後一名。回到家鄉，同鄉向他打聽兒子的情況。孫山說：「解名盡處是孫山，賢郎更在孫山外。」後稱考試不中為名落孫山。

魯公明那時不過四十來歲年紀，是個中等身裁，很胖滿的一個闊圓臉，留著清疏的髭鬚，眉目間滿堆著誠懇和溫藹；身上穿的衣服自己不大注意，不是脫了扣就是鬆了腰帶，一長一短的拖著；手裏常拿著個鼻煙壺，一面不斷地聞著，一面踱來踱去低著頭沉思，或是靜默地坐了仰著頭遐想，一望而知是個學人。

他有個兄弟，單名一個連子，號公寧。性質和魯公明大大的不同，是個好勝人，服裝要比人家漂亮，排場要比人家闊綽，做事要比人家膽大，而且喜歡結交；凡是圍繞他左右前後的人，沒一個不想他好處的，所以放在他手裏的錢，不知不覺就搖搖晃晃往外直淌，他也不大在意，祇要有人恭維幾句，足彀他損失的價值了。他是個龍長臉，尖下頦，眉目清秀，不肥不瘦，精神活潑；脾氣是帶些躁急，但性質也是忠厚直爽，這一點和魯公明是一樣。

魯公明結髮夫人郁氏，沒有生育，不多幾時就死了。後來討了個二房劉氏，第一年就生了魯男子。那時齊氏老太太望孫心切，魯公明也到中年了，第一個就得了男孩子，自然歡喜，所以題名叫做魯男子。生了魯男子後，在十年裏，又連生了兩個女孩，大的叫蕙姑，第二個叫阿蘼❸。

魯公寧這一房裏，他的夫人易氏，也有兩個女孩，大的叫嬰茀，小的名芷春。魯公明還有幾個妹子，一個嫁了湯翰林，一個嫁了卜舉人，湯翰林和卜舉人都留京不常在家，這兩個妹子也輪流著和子女一起在娘家居住。還有齊氏的大侄女，嫁在城裏朱家，也常帶了她兒子小雄，不時來住；所以魯公

❸ 阿蘼：原本作「阿靡」，據二十一〈錯吻了人〉改。

明家裏，雖不是錦衣玉食的豪族，卻是個花錦簇團很熱鬧家庭。

魯男子既是家裏第一個男孩子，小時候相貌又生得清秀可愛，魯公明和劉氏固然愛得擎在掌心上，嵌在心坎裏；尤其是齊氏老太太，把他捧得像夜明珠一般，風吹怕凍，日晒怕化，四歲上就領在身邊伴著一床睡覺，六歲後，請了先生，送入學堂，還不肯分床，直到十歲辰光，才在老太太床旁另搭下一張床分睡了。

魯男子生性十分聰明，祇是十分淘氣，記性很好，祇是有些貪多嚼不爛，悟性也還可以，祇是常常見異思遷。開首讀《大學》、《中庸》❹時候，糊糊塗塗不過依著先生教的腔調，並不是讀，是唱；讀到《論語》、《孟子》，便覺厭煩；後來換上《易經》、《尚書》❺，越讀越不懂，不是厭煩，簡直怨恨，心裏不自覺的起了反抗，不願意依頭順腦做鸚哥般學舌了。因此不知受了先生幾次罵，幾頓打；打，不用戒尺，不用手掌，拿著什麼東西，在頭上亂敲；有時用力撕得耳朵血淋淋的，有時豎起火熱的銅旱煙管頭向腦蓋上烙；依著這個扑作教刑❻的古訓，壓迫孩子去念那教人頭疼的唐僧緊箍咒。

家裏大人們對著魯男子樣樣嬌縱疼愛，祇有遇到讀書，總是獎勵先生的殘酷，——除了齊氏老太太常常庇護——魯公明不常在家，還算馬馬虎虎，尤其是劉氏夫人，她希望兒子上進的心愈切，管束得愈嚴。她的臥房，恰好在書房的間壁，那裏有兩扇把箱子堵著永不開的門，她終日站在那門旁，在

---

❹ 大學中庸：與《論語》、《孟子》合稱「四書」，為科舉時代初學者的必讀書。

❺ 易經尚書：與《詩經》、《禮經》、《春秋》合稱「五經」，與「四書」同為儒家最重要的典籍。

❻ 扑作教刑：語出《尚書・舜典》。扑，夏、楚。二者為古代學校對生徒進行體罰的工具。扑作教刑即體罰教育。

門縫裏張著魯男子的舉動，做他隔墻的監督。當著魯男子讀書聲低下去或竟停止時，便硼硼的在門上敲幾聲，魯男子頓時喫驚，好像兵士聽了軍官緊急口號似的提高嗓子高唱起來；但這種高唱，維持不了多久，終於慢慢地又低下去了；照這種斷續的門聲，高低的書聲，一天不知道要複演多少次。

在那時候的魯男子，惟一痛苦是讀書，然惟一快樂卻是聽書。每逢放學出來，陪著祖母喫了夜飯，照例齊氏要唱幾回彈詞或幾段小說。魯男子的同情心是極豐富的，講到《岳傳》❼，自己便認做岳武穆；講到《征東傳》❽，自己便算是薛仁貴；唱著〈天雨花〉❾，好像就是左維明❿；唱到〈安邦志〉⓫，好像就是趙安。這種同情心既已發生，不自禁要表現。常常在放學後，夜飯前，或是節日，約齊了家裏姊妹們——他的姊姊嬰茀，妹妹蕙姑，芷春，阿靡，還有湯氏的大表妹媄光，——夾雜些丫鬟，集會在屋後廣場上，分開兩國，擺成陣勢，自己總要做戰勝國的大元帥，讓大姊嬰茀做對方的元帥；有

---

❼ 岳傳：即《說岳全傳》。清錢彩所作講史小說。寫南宋岳飛（諡武穆）及其將士的抗金故事。

❽ 征東傳：即《薛仁貴征東》。清代小說。寫初唐名將薛仁貴征伐高麗的故事。

❾ 天雨花：清陶懷貞所作長篇彈詞。寫左維明和閹黨魏忠賢、鄭國泰鬥爭的故事。為中國古代講唱文學的代表作之一。清楊蓉裳以之與《紅樓夢》並提，稱為「南『花』北『夢』」。

❿ 左維明：〈天雨花〉中主要人物。為上天武曲星下凡。十七歲中狀元。為官政績卓著，封忠烈侯，任丞相，大挫閹黨氣焰。李自成兵入北京，率全家以死殉國。

⓫ 安邦志：清代長篇彈詞。作者不詳。寫唐懿宗時涿州人趙少卿與臨安人馮仙珠離合的故事。趙少卿應試中狀元，官至宰相。馮仙珠抗婚出奔，女扮男裝，改名宋玉，字子安，十九歲即以治黃河有功，封富平侯。

時還做些很冒險的動作，自己拿著一根木棍，站在中央，叫大家把量米籌當了箭一齊向他丟來，他撥風似的使著木棍撥去四圍射來的箭，仿著衝鋒突圍的樣子，顯出英雄的身手，這是魯男子最初的思想。

魯男子漸漸地覺得聽人講書不大滿足了，要自己看書，不免在他祖母書桌裏偷了幾種他看得下的像〈來生福〉[12]等類的唱本[13]，藏在書桌抽屜裏，得空就偷著看。後來唱本看膩煩了，進一步換看平話[14]；從《封神榜》[15]，《列國志》[16]，《西遊記》，《鏡花緣》[17]，一直看到半文言半白話的《三國演義》，總算在他祖母的書城裏進進出出做了多年的積賊，從沒有破過案。他偷書的膽越偷越大，覺到祖母的書城太陳腐了，太單調了，想另闢一個新境界來，自己鼓著勇和哥倫布[18]一樣的冒險，向他父親的書城

---

[12] 來生福：清代長篇彈詞。署杭中逸叟原詞，無錫錢黎民補填。寫浙江天台山下村民劉璞、劉卿雲、劉藍（春暉）、劉仙培四代人的故事。

[13] 唱本：指彈詞。各地曲調、唱腔不同，均用當地方言說唱。樂器以三弦、琵琶、月琴為主。

[14] 平話：宋元間講史的別稱。明清以後也稱「評話」。內容多講說歷史和小說故事。

[15] 封神榜：即《封神演義》。舊題鍾山逸叟許仲琳所編長篇小說，或說明代道士陸西星作。寫商代末年的政治動亂和周武王伐商的故事。

[16] 列國志：即《東周列國志》。明余邵魚原作、明馮夢龍和清蔡元放先後改編而成的長篇歷史小說。起自西周末期，止於秦始皇統一六國。

[17] 鏡花緣：清李汝珍所作長篇小說。寫唐敖等遊歷海外的見聞及唐閨臣等一百個才女的故事。

[18] 哥倫布：十五世紀意大利航海家。西元一四九二年奉西班牙挑戰者之命，攜帶致中國皇帝的國書，橫渡大西洋，發現美洲大陸。

裏去尋覓，竟被他發現了《紅樓夢》；魯男子這一樂，大概比當時發現新世界還要樂，立刻捧到他向來掛著聖經賢傳招牌的書桌底下，窩藏贓私的夾屜裏，日夜咀嚼那新滋味。他本來是空著才看，現在可忙著讀書時也忍不住帶著看。本來祇興奮了雄性的熱情，現在可衝動了兩性的熱情，從此魯男子不但增加了新趣味，而且認識了新人生。

這人生的求知心催迫他做無次數的冒險，不想有一次偷到《野叟曝言》[19]，竟被他父親魯公明覺察了。魯公明生性溫和，對著兒子一向是笑迷迷的，這一次可大不同了，馬上把魯男子叫到面前，臉漲得血盆似紅，拍著桌子，高聲痛罵了一頓。親自把魯男子夾屜裏的贓物全數起去，並且請老太太把書櫥上了鎖，自己的這類書，也一古腦兒收藏得乾乾淨淨。

魯男子受了這打擊，苦悶了十多天。他的性質是彈性的，人家壓迫他兇時他也會隨著壓力坍下去，可不久就慢慢地跳起來跳得比前更高。真的過了一時，他又換了方向，勾通了同書房的大姊嬰茀，向他叔父公寧書架上去尋覓，又被他發現了《漢魏叢書》[20]裏的《飛燕外傳》[21]，《雜事秘辛》[22]，《搜神記》[23]等，卻在無意中又得到了王充《論衡》[24]裏〈問孔〉〈刺孟〉[25]等種種奇論；從此又在兩性熱情

---

[19] 野叟曝言：清夏敬渠所作長篇小說。作者自比「野老獻曝」，故名。書中好逞才學，多不經之談。

[20] 漢魏叢書：明何鏜所輯叢書名。所收多古經逸史稗官野乘之作。

[21] 飛燕外傳：舊題漢伶元作，實為後人所依託。寫漢成帝皇后趙飛燕在宮中爭寵的逸事。

[22] 雜事秘辛：又作《漢雜事秘辛》。作者不詳。明沈德符斷言此書乃楊慎所作。寫東漢梁冀妹女瑩被選入宮及冊立為漢桓帝皇后的事。

外，激起了理智的熱情了。

魯男子的想像力本來非常強盛。他把幾年來偷看的書得到的印象，從前是想拿動作來表現的，現在卻集中起來，攬和在「自我」的範疇裏，祇想拿想像來在腦海裏逐日一段一段的表現了。第一他想把自我做成個政治上文能把筆武可提刀的偉大人物，至少要像左維明、劉春暉[26]一流的群英領袖；第二他想把自我做個學問界不朽的著作家，讓一步也好扮成如多九公[27]或禰正平[28]一樣的特性腳色；第三他要把自我做一個被多數女子戀愛的男子，自己卻另有一個惟一的真戀人，來點綴前兩種想像的枯寂，完全成一個小說化的人生。他的臥床是他想像史的編輯室，上床後，入夢前，是他想像史工作的時間，想像史的主人公自然是他自己，那麼主人公惟一的真戀人是誰呢？就是齊宛中。

齊宛中是他祖舅齊仞千的孫女，一向住在齊鎮。她卻和姊姊慧中隨了她父親齊漢江母親顧氏，為

㉓ 搜神記：東晉干寶所作志怪小說集。今本由後人輯錄而成，已非原書。所記多神怪靈異，也有一些民間傳說。

㉔ 王充論衡：王充，字仲任，東漢哲學家。以畢生精力，成《論衡》一書。

㉕ 問孔刺孟：《論衡》中的篇名，指出孔子、孟子學說中某些自相矛盾的論點。

㉖ 劉春暉：〈來生福〉中人物。名藍（後又作「蕊」）。自幼習武，中進士，因功封太子太保。後告歸養親，與祖、父三代皆成仙。

㉗ 多九公：《鏡花緣》中人物。長年飄洋過海，對海外山水，異國習俗，無所不知。林之洋與其妹夫唐敖出海遨遊，他作嚮導，歷經三十餘國。

㉘ 禰正平：禰衡，字正平，漢末文學家。曹操想見他，禰衡自稱狂病，不肯去。曹操乃召禰衡為鼓吏，大會賓客，想當眾羞辱禰衡。禰衡揚枹（鼓槌）為〈漁陽〉參撾（擊鼓之法），聲節悲壯，聞者莫不慷慨。

了奉侍嗣母，分居在汪市。她比魯男子衹小得一歲，雖然十歲的女娃，卻生得身段苗條，肌膚白膩，覆額的秀髮，挽了兩個丫髻，顯出小小的瓜子臉；彎而細的眉毛下，一雙水汪汪黑白分明的俏眼，不笑時也是含情，不看人自然送媚，隨你剛暴的人，蘸著她些兒眼波沒一個不軟化。天生的聰明，這麼點兒年紀，已會臨碑帖，看小說了。因此漢江夫妻異常寶貝，就是齊氏老太太，對著這侄孫女，也是另眼相看。

每年新年裏，齊氏照例要回娘家拜喜神㉙，總是帶著魯男子一同下鄉，說不定住一月半月，卻在漢江家裏住的時候多；有時漢江夫妻到城裏來，也帶著宛中住在魯家。魯男子和宛中雖說是表兄妹，卻從小廝混在一起，哥哥妹妹叫得比別人格外親熱，一遇到了，便扭股糖似的分拆不開。大人看看好玩，常常指著他們——弄成了習慣的戲話——說：真像一對小夫妻！這句話不知不覺的印刻在他們的小腦膜上了。

這一年，正是魯男子剛交十一歲的新年裏，元宵節日的那一晚。彳城裏家家鬧著元宵，魯家更是熱鬧。魯公寧是最愛熱鬧的人，邀了許多朋友在家裏，一班起鬨的在客廳上打著元宵鑼鼓，一班文雅些的在書房裏吹笛唱崑曲；魯公明卻在裏面前一進上房裏陪著老太太，湊上湯、卜兩位姑太太和劉氏、易氏趕老羊賭錢；魯男子聚會了嬰茀，蕙姑，阿靡，芷春，和湯媄光一群姊妹，都在後進上房的中堂院子裏放花炮玩耍。

㉙ 喜神：宋時俗稱人的畫像為喜神。這裏指祖宗神像。

那時後進中堂裏正掛滿了列代祖先的喜神，排列幾張紅呢桌圍的供桌，桌上放著供菜，九子盤，香爐，紅燭；滿屋裏高懸著各式紗燈，全點上燭，照耀得堂中院外像白晝一般。魯男子和湯娭光兩個最高興，搶著燃放那些九龍取水，金盞銀臺，白鶴蛋，皮老鼠等種種花炮，嬰茀和許多姊妹都圍住了仰著頭看。看看衹放賸了一支九龍取水了，魯男子正待去拿，被湯娭光劈手搶去道：

「大哥，這個讓我放罷。」

魯男子要想上去搶回，娭光早點著藥線，嗤的一聲直鑽入雲端裏，一簇火星裏閃出點點明星，隨風在天空搖曳。

「你看我放得多高！」娭光拍著手向嬰茀道，「大姊姊你為什麼膽小不敢試呢。」

「我怕弄不好燙了手。」嬰茀微微地笑了笑道，「有你們會放，我樂得安安穩穩地看。」

「大姊姊是好人，」魯男子噘著嘴道，「誰像你搶手奪腳的。」

娭光正想回嘴，忽見外面跑進來一個男孩子，和魯男子差不多年紀，一個雪白的圓臉，小小的眼睛，高高的鼻子，上下唇緋紅的，在燈光下認清是朱家的小雄，連跑帶喊地道：

「你們玩得好！我也來！」

「雄弟，」魯男子笑著迎上去道：「你怎樣這時候來？」

「你還不曉得嗎？汪市齊家的婆婆死了，我娘特地來和姑婆說知，我們明天就下鄉，——我和宛妹妹又好一塊兒玩了。」

魯男子一聽這句話，立刻沉下臉來道：

「你和宛妹妹玩不玩，關我什麼事！——那麼我祖婆婆去不去呢？」

小雄看著魯男子的臉色，倒怔了一怔，冷冷地說：

「那我不知道，你自己問姑婆去。」

魯男子丟了小雄和姊妹們，也不管他們背後的說笑，拔腳向外進上房奔來。

那外進上房，本是一排三間：中間差不多是個過道；上首一間很狹小的，向來做丫鬟僕婦們的住所；下首一間略為闊大，靠東壁放著四張扶手靠背廣漆方椅，兩個廣漆茶几；中間略偏西墻些，擺著一張斑駁陸離不知道什麼漆的方桌；緊靠西墻，供著一把太師椅，獨鋪上厚厚的一個花布墊，這就是老太太終日堂皇的寶座；其餘三面，隨意圍著幾張骨牌式木櫈，預備大家陪著老太太坐的，喫飯也在此，閒話也在此。老太太每天總要過了晚上十二點鐘後，才拿了一根四尺來長的細旱煙管，扶了丫頭，回到臥房。那臥房，就是上一間的裏套間，見方不過二丈，坐南朝北；北面一排蠣殼短窗，靠窗有一張三抽屜桌；南面是墻，靠墻鋪一張椐木大床，是老太太睡的，下首裏一張小床，就是魯男子想像史的編輯室，兩張床交界的角線上，嵌著一個方方的繡櫃。老太太臥房的對面，就是魯公明夫妻的臥室，是長方形的房間，闊裏和老太太的臥房相等，進深倒有三丈多，南北都開著蠣殼短窗，大床卻靠北窗鋪著，旁邊也有較小的床，這是魯公明夫妻分睡的；南窗橫著一張書桌，緊靠書桌的西墻上，是一排書架，堆著亂七八糟的書。由老太太臥室通到魯公明臥房，全靠西首一條小夾弄，是朝東開窗的，夾弄門口一口大書櫥，過道裏靠墻也有一口小書櫥，都是老太太的小說庫，也就是魯男子屢次犯竊案的行為地。這些箇便是魯男子家裏內室的房屋略圖。

當時魯男子一口氣跑出來，一腳跨進外上房下首房門。祇見大家已歇賭了，隨隨便便散著坐，父親公明，在房間裏來往的踱，獨有朱姑太太陪著老太太朝外坐在方桌的橫頭。魯男子免不得走上幾步，叫了一聲大姑姑。

「姑媽，」朱姑太太向著老太太道：「那麼我們決定明天到這裏會齊，喫了中飯下船。」說著回過頭來，笑嘻嘻地望著魯男子道：

「你多開心！又要跟著祖婆婆下鄉去會你的小少奶奶了。」

「照他這樣頑皮不肯讀書，」劉氏笑著接口說，「誰給他少奶奶。──這回老太太也不帶他下鄉，惹他妹妹的討厭。」

「要去時，」湯姑太太也附和著說，「好叫他跟著爹爹等到開弔再去。」

魯男子聽了你一句我一句的話，祇管怔怔看著他祖母的臉色，好像祖母是家裏的惟一權威者，她的命令，保定合著自己的志願。

「帶他去路上很累墜㉚，」老太太也板著臉道，「不如不帶的好。」

這一個青天霹靂真把魯男子驚呆了。老太太也這麼說，他的下不得鄉是定了案了，心裏比刀挖了還要難過，第一是讓朱小雄去和宛中親近，自己倒落空。父親在面前，又不敢說什麼話，可是眼中的眼淚，忍不住奪眶而出了。

㉚ 累墜：應為「累贅」。

他怕人家看出，垂著頭急忙忙地溜進裏間。

「大寶！」朱姑太太在後面喊著，「大寶！」

他也聽不見，向自己床上一滾，鑽在被窩角嗚嗚咽咽哭個不了。

直到大家散後，老太太回房，親自去安慰他，告訴他剛才大家是逗著他頑笑的，明天一準帶他下鄉，這才算回嗔作喜。

可是這一喜，又鬧得他一夜不曾安枕，想著和宛中多時不見面，不知她長得如何標致，見面時，該怎麼說法，她又怎麼回答，她的心和他的是不是一樣；一想到這回和小雄同去，不自覺的有些嫌忌，又有些恐怖；把這些胡思亂想顛來倒去的好容易巴到了太陽出來，一骨碌就爬了起來了。

等到喫中飯時，朱姑太太同著小雄也來了，老太太的行李，一早都已收拾完全，船也雇好，一喫中飯，大家都下了船。恰遇順風，趁著落潮，拉起篷來，飛快的向汪市進駛，還沒上燈，已到了市梢埠頭停泊了。

三　剁　粟

在汪市大街東頭，有一所大宅子，大門洞開，從門口直到廳堂，滿紮著白布絲，掛齊了白紗燈，那時正當夜晚，一色點上白蠟燈，從外望去，像一座雪山的深谷裏，透出耀眼的曉光，當門一盞大門燈，左右兩個矗燈，都是白殼子上映出「齊府」兩個大青字。

那廳堂上的大白球下，設著追荐❶九幽❷的大道場，眾道士們正直著嗓子，拉長了聲調，拜誦《玉皇懺》❸。那堂東間壁，一間客廳裏，此時卻黑壓壓擠滿了一屋子的人。

恰在這當兒，齊氏老太太領了魯男子，朱姑太太帶了朱小雄，離了船，坐著齊家來接的轎子，在一片白光裏，進了門，下了轎，徑到靈前照例的換上白布衫，叩頭，號哭，慰問孝子孝婦。漢江夫婦也哭著叩見姑母和姊姊，這一套印板的儀文，大家叫做禮教的，都演完了。然後漢江夫婦和齊市老太爺那裏來的兩位未出閣的小姐，叫紋姑、綺姑、慧中、宛中姊妹，一大堆人簇擁著齊氏老太太，潮一

❶ 追荐：誦經拜懺以超度死者。

❷ 九幽：地下極深處。這裏指九泉之下的亡靈。

❸ 玉皇懺：全名《玉皇宥罪賜福寶懺》。成於南宋或元代。為謝罪寶懺，用於道士為信徒奉告三清、玉皇、聖母等神靈，懺過謝罪，祈求消災賜福。

般的湧向東廳來。

大家都進了客廳，魯男子由大丫頭玉蘭領著，也跟進來。衹見屋子裏擺設得還算齊整，朝南一張大椐木床，靠西壁打橫一張小床，南窗是方桌，兩邊各放大椅，東壁一溜六把單靠，間著茶几。

齊氏就坐在靠窗上首大椅裏，朱姑太太坐了下首，大家也隨便坐了。宛中卻羞答答地偷覷著魯男子，緊靠在她娘顧氏懷裏。

「你這兩天很辛苦，」齊氏向漢江道，「去歇著罷，不必陪我們了。」

於是漢江說了幾句客氣話，走了。這裏大家就你一句我一句談起家常來。

魯男子自從一下船，還同昨夜一樣，心裏七上八落的預備下許多話要和宛中講，等到真見了面，彼此都呆了；無形中被一種不可思議的空氣，壓了嘴，拘了身體，除照例的彼此叫了一聲哥哥妹妹，一句話也說不出，連身邊都不敢挨近。此時魯男子遠遠地站在他祖母背後，緊緊拉住了玉蘭的手，心裏勃勃的跳，眼睛衹管向宛中溜。見她生得比去年長大，身上穿了一件白小衫，越顯得面白而嫩，眼黑而明，頭上梳著個雙月髻，另有一種說不出的嬌怯柔媚姿態，不覺看出了神。有時恰遇著宛中眼角邊的斜光，也瞟過來，和自己眼光，成了交線，宛中喫驚似的躲避，粉臉上已不自禁的蒙上一層薔薇的薄雲。

朱小雄是個不安靜的孩子，見他們都呆呆不做聲，耐不住，三腳兩步跨到宛中身邊道：

「宛妹妹，外邊熱鬧得很，我們到廳上看道士去。」

這時宛中心頭，和魯男子一樣，給小鹿兒撞得七顛八倒，自覺面熱，怕人瞧破，恨不得鑽進娘懷裏，小雄的話，那裏聽得，小雄見她不理，詫異道：

「咦！怎麼不理我！」

「宛寶，」顧氏推著她道，「朱二哥給你說話呢。」

「二哥怎麼？」宛中呆呆地問，「……要怎麼樣？」

慧中坐在顧氏下肩，帶著譏諷口吻道：

「什麼『怎麼怎麼』的問人？我看你今夜連耳朵都變聾了。二哥要你一塊去看道士。」

宛中此時臉上紅得比落日的晚霞還要鮮艷。

「既然姊姊耳尖，」她冷冷地道，「聽得真，你就陪二哥去。」

「人家可並沒要我去。」

大家聽了她們鬥口，都笑了。

「雄哥兒，」紋姑笑著說，「你聽見了罷。你不約慧妹妹，慧妹妹動你的氣了。我勸你體諒些宛妹妹罷。宛妹是要在這裏陪她小姑爺哩，你還是向慧妹妹陪個不是，約她一塊去的好。否則你該把大哥拖出去，二妹自會跟出來。」

說罷，引得合房人都出聲大笑。就在這一片笑聲裏，宛中脫出了顧氏懷中，飛也似的跑了出去。

「都是你這尖嘴姑娘，」綺姑指著紋姑道，「把小孩子臊得逃了，——這裏有人要心疼的呢。」

「宛寶真越長越俊，」齊氏說，「可算得珠顏玉貌了；許多孩子裏，我祇喜歡大寶和她，所以他們倆也頂要好。」

「我們宛寶真是痴憨憨的，」顧氏也帶笑著說，「老早就盼望大寶來，盼得飯都沒心想喫，一見面，倒又怕羞躲起來，好笑不好笑。」

魯男子當時聽了大家這些話，自然樂意得心花怒放，尤其是看見小雄碰了宛中的釘子，暗笑他白操心，單相思。他不曉得宛中沒聽見，祇當她有心做給他看，他已成了個小情場裏的戰勝者了。後來看她逃跑，這一羞一跑，在宛中是機械般的動作，在魯男子心窩上，又灌進了許多甜蜜的滋味。

魯男子一心想跟出去看看宛中，但覺得滿房人的眼睛，都射在他兩腿上，監視著，竟沒有開步走的勇氣。正自恨忐懦弱，忽抬頭四下裏尋時，再找不到小雄的影子，祇有慧中默坐著，對他嘻開嘴笑，明明在那裏譏笑他，心裏一急，暗想不好，小雄一定又趕宛中去糾纏……

那時，一個老婆子進來向著顧氏告訴夜飯已好，老爺吩咐開到這裏，省得老姑太太再走動。顧氏點一點頭，招呼就開。一時老媽丫頭都上來調桌椅，擺碗筷。就在大家忙忙碌碌裏，魯男子倏的灑脫了玉蘭的手，慌慌張張往外奔，也不管後面玉蘭一疊連聲的喊。

魯男子一口氣走到大廳。四方一張❹，祇有許多道士在那裏忙著預備發符拜表，沒有小雄的蹤跡。轉身向著後堂走，剛進塞門❺，望見西房裏，燈光掩映在蠣殼窗上，有兩個人影，頭湊頭好像很親熱的神情。魯男子知道這間房是漢江夫妻的臥室，也就是宛中的住處，心裏陡起了疑。他定了定神，放輕腳步，閃到房門口，在窗縫裏偷張，祇見宛中在窗邊靠一張三抽屜桌坐著，小雄站在桌角邊，挨近

❹張：張望。
❺塞門：屏障，影壁。

宛中。桌上堆著許多風乾栗子，宛中低著頭，很經心的在那裏剝，先把牙咬開，剝去外殼，再拿纖指揭那內皮，一顆顆剝乾淨，放在一隻雞缸杯裏。

「為什麼不叫丫頭們剝，」小雄瞅著她道，「要自己費手，垂著頭，怪悶的。——到底剝給誰喫，要這樣鄭重？」

「爹爹喫。」宛中頓了一頓說。

「妹妹，肯不肯給我幾個喫？」

宛中隨手在桌上抓了一把帶殼的，送到小雄面前。

「我不要喫這個，」小雄推開宛中的手，帶著嘻笑說，「我要妹妹親手剝的。」

「難道我手上有糖……」她微笑的說。

「沒有糖，有蜜。不給我，我會搶。」

說著，伸過手來。

「不要搶！」她忙把手掌撳住了杯口喊，「我給！我給！給你兩顆。」

她拿起杯子，揀了兩顆，遞給小雄，把杯子帶著進房裏去了。小雄卻得意揚揚祇管在那裏噉著兩個剝光的栗子。

在門簾外偷看的魯男子，此時看得他一顆心，似震動的火山，祇待爆裂出沸騰的火塊來。想衝進去，忽縮住腳，心裏轉念，我還進去做什麼？不自覺有氣沒力的往外退，一路暗忖著，這到底怎麼一回事？難道剛才給他釘子碰，是假裝給我看，暗地裏卻約他到這裏來的嗎？怪不得見了面，老不肯近我，我當她害羞，我真痴了。一面想，一面走，到屏門背後，恰遇見玉蘭和一個領宛中的徐媽一同進來，找他們去喫飯。玉蘭挽了魯男子徑回東廳，一進門，見大家團團圍在桌上，正喫著飯。

「阿男，」齊氏手招著魯男子喊，「到這裏來，跟我一塊兒坐。」

「我不要喫。」

「好好兒為什麼不要喫飯？——咦，你們瞧！撅著嘴，又給誰拌了嘴了。」

紋姑笑著把魯男子拉到身邊，低低地問道：

「我知道，一定宛妹妹又委曲了你了，對嗎？好孩子，乖的，妹妹是女孩子，你是男，該體貼一點，一見面就吵，人家要笑的。」

魯男子被紋姑這幾句話說著了心事，臉上一紅，尤其是男孩子該體貼些女孩子這句話，直透入心底，自肚裏想，不要真的是我錯疑了她，那我就太不體恤了。心已漸漸地轉，不知不覺挨上桌子，胡亂端起飯碗來喫著。那時小雄也從外頭跳了進來。

「大哥快喫，」他喊道：「外邊道士都穿了繡花的五色袍，拿著五色的小方旗，滿廳的畫絹牌樓裏，都點起燭來，道士在燈牌樓底下，穿來穿去，好比一群蝴蝶滿處的飛，真好看得很。喫完了，我們去看。」

魯男子祇管喫，也不理他。祇看徐媽手裏盛了一碗飯，從外邊走來，向著顧氏道：

「宛寶不肯來，叫我盛碗飯，揀些菜，在房裏喫。」

「這些孩子，」顧氏笑道，「真淘氣，一個才平，一個又鬧起來。我也管不了，祇好由她們作主罷。」

說著，就手揀了些菜，叫徐媽拿著自去。這裏大家且談且喫，沒多時，喫完了，僕婦擰手巾，丫頭獻煙茶，撤碗碟，抹桌子，忙了一陣。此時不但小雄鬧著去看道場，連紋姑，綺姑，都唆掇齊氏老太太出堂參觀法事。齊氏被眾人說得高興，便欣然出來，祇有魯男子心腔裏總橫著一團柴棘，推說身體困倦，不願出房，大家祇好隨他。

魯男子此時恨不得不見一人，好讓他獨自個去體會宛中的心理。看見大家走完，忙央著玉蘭替他脫衣上床。玉蘭很驚詫他要睡得怎早，瞧他氣鼓鼓的，也不好說什麼，便一一依了他的話。等到他一睡下去，便放下帳鉤，掩上房門，自顧自走了。

偌大一間客廳，祇賸魯男子一人仰面躺著，雖然隔墻鑼鼓喧豗，步履雜沓，房裏卻是冷清清，暗沉沉，桌上一盞慘澹的油燈，窗邊半角依稀的黃月。他擁著寒衾，靠著孤枕，身算在床，那裏是睡呢？反而睜大了兩眼，釘住帳頂，祇追想從小和宛中相處，比別的姊妹親密；若說小雄，論親戚，他比我近，論人品，和我也不相上下，祇為他為人粗直，和宛中柔婉細膩的性情不合，所以小雄越想近，宛中越是遠；況且和宛中離隔的時間，和我一般，沒有特別機會；照這樣想，如何會沒根由的要好，突然變了心呢？那是情理上斷乎沒有的事，還是自己疑心生暗鬼吧！想到此，心裏頓時鬆爽了好些。正自寬解間，忽覺腦膜上又映出剛才窗上頭聚頭的兩個黑影子，明明看見一個站著的挨近一個坐著的身，明明看見他推著她的手，她微笑了，親手遞給他兩顆栗子；難道這些個，也是我疑心裏的活見鬼嗎？親眼見的……我祇有從此不理她！祇算我今世裏沒有認得她！沒有她，我不能過嗎？沒有別人要好嗎？——自己把自己的心，鎮壓一下！——頓時覺得自己一顆心，空蕩蕩地，落在汪洋大海裏，想著我給誰要好呢？那麼為什麼給她不要好，祗為她笑了一笑，給了人家兩顆栗子，說了一句玩話，這都是姊妹們玩耍時極平常的事；而且看她那時的神情，始終是淡淡的，給了栗子就走，沒有再給小雄在一起；她向來懦弱，也許被小雄糾纏得沒有法，至今還擻著滿肚子的苦水哩。這麼一說，那我就太冤枉了她了。不覺心中一急，恨不得立刻飛到宛中面前，安慰她，求她寬恕自己的多疑。

他睡了半天，那裏睡得著？就是這些胡思亂想，在他心槽裏和潮汐一般的忽起忽落。側耳聽聽，隔壁廳上，還是很熱鬧，房裏的燈光，卻益發暗下去。

那時他心裏倒有些害怕起來。忽聽房門微微一響，連忙揭起一邊帳子，在如豆的燈光下望去，祗見門已推開了些，一個人先伸進頭來偷張了一張，便在半開的門縫裏挨進身來，一手裏提著一個小兒玩具裏的那種飯碗口大小竹絲編成兩屜槅的小圓提籃，輕輕款款向著自己床前走。魯男子定睛一認，來的不是別人，正是他心心念著的齊宛中，由不得一骨碌坐了起來道：

「怎麼你這時候會來的？」

宛中搶上一步，一手放了籃子，一手伸進帳中，攔住他身體。

「你快不要起來，怪冷的，做什麼？──哥哥，你為什麼睡得這樣早？」

魯男子被宛中撳住，動彈不得，嘴裏連連說：

「妹妹，我是該死！該死！我正想去求妹妹寬恕。」

「我知道，知道你又發了疑心病。可是你要體諒我膽小，怕羞，心和你越近，身體倒弄得遠了。」

魯男子怔了一怔，看她坐床沿上，就拉住她的纖手道：

「怎麼會知道我是疑心？」

「你的事，我那有個不知道的嗎？徐媽告訴我，你不在廳上，老早睡。我曉得你生了氣。總怪我太沒有勇氣，乍一見面，身不由主的不敢近你。這會兒趁著大家都在廳上，發狠的溜出來瞧你一瞧。」

「妹妹，你猜差了。不是為這個，這個還可恕；我疑心你不和我要好，和……」

說到這裏，縮住口，漲紅了臉，說不下去。

「和誰？」她著急地問：「你到底瞎疑心些什麼？」

「兩顆栗子……不要提了，我後悔得要死！你該打我這糊塗蟲！恨他的笨，恕他的痴！」

她聽了這話，呆了一呆，低下頭去，半晌，方帶著哽噎的聲音說：

「那麼你已經到我那邊去了，為什麼不進來呢？」

「就為我那時有了誤會，心裏不自在，縮回來。」

「現在你真的不誤會了嗎？」

她一面說，一面眼眶裏噙著一些淚光。

「你知道那栗子，剝給誰喫的？」

「你爹爹。」

「給我爹爹的，怎麼現在到了你桌子上呢？」

魯男子疾忙放了宛中的手，揭起帳來一望，果然見那個小籃子放在桌上，伸手取來，擱在枕邊，一開蓋，便見上層裏滿滿裝著一槅淡黃色的桂花栗肉，下層也疊著幾只削好的橘子。這才澈悟宛中躲在房裏，忙的還是他的事，益發又悔又恨，自己不該瞎多疑，辜負了她的一片心；倒弄得沒話可說，伸過手去待要替她拭淚，自己倒也掉起淚來。宛中推開他的手，噗哧地笑了一聲。

「你哭什麼？難道我當了你半天丫頭，又伺候得你不快活了？」

「你不要傷心，也不犯著為個沒良心人傷心。——但是妹妹你也要想想，我的疑神疑鬼，為的是關心你得太利害了，固然惹你傷心，我自己也苦惱。」

「算了罷。你也不必哭。算我知道你的心。」

她微微抬起頭來，瞪著他恨恨的道：

「你這個人！……」

一語未了，祇聽門上彷彿咦啞的一聲，她噢了一嚇，在床沿上直站起來，探身出了帳外道：

「哥哥，我去睡了，明天再好好陪你玩罷。」

魯男子明知留不住，應了一聲，看她把燈剔亮，掖好帳子，頓了一頓，似乎低低說一聲「你放心」，竟一溜煙地走了。

四　鬼

一個午後，一片半含春意的日光，斜射在一個曲尺式有廒❶倉的廣場上。那廣場上，正爭噪著一群麻雀，十來對異種鴿子，在那裏啄著石縫裏的米粒；東面曲尺彎角裏緊靠粉墻，對進來的門，有一架分房的鴿棚。

魯男子和宛中，手挽手，一壁說笑，一壁跨進那門，轉身向著那面著廣場一所像客廳的三間廠廳走，那廠廳中間是六扇紙格子長窗正洞開的，兩邊短窗嚴嚴關著。兩個孩子走到東窗下，聽見滴嗒一響，停一會，又是滴的一聲，住了腳。

「這裏我噢一下，」一個老人乾燥的口聲說，「你們要落後手。」

一個洪大的聲音：

「那邊有個劫，不要緊。」

又有尖銳的發聲：

「應了劫，又把我們這塊緊起來，還是後手。」

❶ 廒：糧倉。

魯男子一聽，方知他祖舅仞千正和他父親公明，叔父公寧在那裏下圍棋消遣。

「妹妹，」他向宛中提議，「我們進去看下棋。」說著，拉了宛中就跑，不提防把一庭的雀和鴿轟的一聲向四處飛，倒都嚇了一跳。

魯男子走進廳來，見那廳的中間，有天然几，有大方桌，有太師圈椅，方茶几；在東窗下，是一張大京磚面、綠漆木座的石臺。

祇見他祖舅仞千，年紀已經望六，戴著稀疏的白髮，臉色還紅潤，卻縐得和核桃殼一般，牙齒脫落，兩頰凹癟，下頦像太監，還是塊不毛之地❷。那時坐在石臺靠裏，嘴含著根長旱煙管，目注棋盤；他父親朝外坐地，一手指按著桌上的鼻煙牙碟，一手兩指挾著一顆黑棋子，正待要下；他叔父在下面半身爬在臺上看。

魯男子放脫了宛中，規規矩矩各垂著手，一齊上前叫一聲。仞千微微抬起眼來，問著宛中道：

「你娘才把祖婆婆開弔的事辦了，為什麼今天又和你慧中姊老遠的跑到我這裏來，不辛苦嗎？」

「還好。我娘這趟來，一則記掛著太公欠安，親來看看；二則朱家姑媽前幾天在這裏回城，經過汪市，告訴我娘魯家婆婆很寂寞；大伯伯，二伯伯來，想接了一徑回城，我娘要請婆婆再到我家住幾天。」

公寧驚異似的瞧著宛中道：

❷ 還是塊不毛之地：言無髭鬚。

「看不出她這麼一點年紀，聽她說話，多麼圓到！」

仞千怕冷落了魯男子，笑向他道：

「大寶也不差，瞧他那樣活潑，大起來，怕不要跨灶❸嗎？——你會下棋嗎？」

「沒有學過。」

那時宛中已走到她祖父身邊，靠著石臺看下棋。仞千撫著她的頭，得意似的微笑著說：

「這是我的高徒！大寶，你想學，就從她做師父。」

這位齊仞千老先生，實在是齊鎮上一個有產業的老學究❹。他除了圍棋是他的天才，其餘都是平庸；他熱心科名，可是連學都沒進❺，捐了個監生❻，考了十七八次鄉試❼，連房都沒有出過❽；今天快要到六十了，還在那裏青燈有味，皓首窮經，預備桂子香時❾，要去扶杖觀風呢。

---

❸ 跨灶：灶上有釜，故謂子勝於父為跨灶。

❹ 學究：科舉中的科目名。宋代貢舉，有進士、學究等十科。應學究的往往祇憑記憶經文，未必通曉經義，有才思者多舉進士而輕學究。後稱屢試不中的儒生為老學究。

❺ 連學都沒進：明清時童生經省各級考試，錄取入府、州、縣學習，稱進學。進學的童生稱生員（俗稱秀才）。

❻ 捐了個監生：明清時在國子監肄業者，統稱監生。清乾隆以後所謂監生，多由捐納錢財而得。如未入府、州、縣學而欲應鄉試，或未得科名而欲入仕，都必先捐監生，作為出身，並不入監就讀。

❼ 鄉試：明清時每三年一次在各省省城舉行的考試，考中者稱舉人。

❽ 連房都沒有出過：明清時鄉試和會試，以同考官十八員分房閱卷，將本房優秀試卷荐與總裁主考，稱荐卷。經荐卷的考生，稱出房。

他住的房屋，是老祖宗傳下來的古宅，在無邊綠野裏，突起一座危樓峭壁。東西築起兩道高大堅固的巷門，門上都有門樓，窗是圓形，遠望好似有銃眼的碉樓。巷門裏一條碎石鋪成的東西街，街北排列著朝南三所房子，靠東兩所，是他幾個兒子住的，靠著西巷門，是真老宅基，廳堂經過兵火成了一片瓦礫場，在場東造了三間朝西平房，後面一順五開間樓，是他和兩個女兒紋姑和綺姑住著，現在齊氏老太太和魯男子，宛中也就住在那樓上。此時他和兩個外甥下棋的廠廳，在老宅基對門，就是他讀書時的書室，收租時的倉房。

這時，宛中看了一會下棋，覺得有些不耐煩了，偷偷地拉了拉魯男子衣角，趁著人家不留意，溜出廳，站在鴿棚前怔怔的看。魯男子後腳就跟了出來，宛中眼望棚中棲著一對雪羽火睛的鴿子，嘴裏說：

「哥哥，這鴿子多可愛！你看，我來捉住牠玩。」

說時，就張著兩隻小手，撲進鴿棚。魯男子忙拉住她道：

「鴿子要啄痛你手，讓我來替你捉！」

兩個人一撲一拉，早把鴿子嚇得展翅飛過屋去。

「都是你拉拉扯扯，」宛中撅著嘴道，「把牠嚇飛，你賠還我鴿子！」

「你不要氣，」魯男子疾忙往外追，連連地喊，「我去捉回來還你！」

---

❾ 桂子香時：明清時鄉試都在農曆八月，正是桂子（花）飄香的時候。

等到他走到街上，那隻鴿子已飛出巷門。他在前追鴿子，宛中在後追魯男子，一直追到溪邊，不想恰遇見秦婆子的事，倒受了一番驚恐，巧得玉蘭和徐媽尋來才把他們安穩的領回。

在暮靄蒼黃裏，一進巷門，魯男子心中祇留著秦婆子哭喊阿林求告的影像，央著徐媽立刻把這事去稟知祖舅，希望救她們的急。徐媽被他纏不過，祇得趄⑩過對面廠廳來。進了門，卻是靜悄悄，黑設設，問著個戴氈帽的老僕，知道都到了對面去了。

魯男子一聽這話，扯了宛中，越過街，走進老宅側門，斜穿瓦礫場，見東屋已點上燈，聽著嘈雜的談話聲。他和宛中直到關著的長窗面前，祇聽裏面祖母的口聲：

「這一對小寃家，真鬧得人又頭痛，又好笑：前幾天，我在汪市動身時，我們這一個，忽然不願跟我來，要跟嬸嬸住，我答應了，誰知那一個又和娘鬧，要同紋姑到齊鎮玩，她娘也答應了，第二天，兩人一接頭，才知道各做各的做反了，心裏彼此都怨悔，嘴裏說不出，都垂頭喪氣的瞎拌嘴，亂使氣。還是紋姑做和事佬，把他們倆硬塞在一頂轎子裏抬走，才歡歡喜喜到了這裏。自到這裏，一天到晚，寸步不離，不是吵就是笑，鬧到更深夜靜，不強迫不上床，又是紋姑做好人，把他們安排在一張床上，才安靜了。現在我們明天想回城，分開時，不知道又鬧到怎樣呢。」

顧氏緩低的音調：

「那麼請姑媽到我們那裏多住幾天，讓他們兄妹們也多玩幾天，孩子們心實，廝混慣了，分開，

⑩ 趄：音ㄒㄩㄝˊ。中途折回。

怪不得要難過。」

他父親嚴重地說：

「他們年紀小，雖然不懂什麼；然而男女攪在一起，混得太親熱了，是不好的，還是把他們慢慢地離隔些的妥當。」

魯男子聽了這些話，心裏勃地一跳，回過頭看著宛中一眼，她也漸漸地低下頭去，在黑影幢幢裏，彷彿眼圈兒又紅了。恰好徐媽和玉蘭趕到，都喊道：

「怎麼站在窗外不進去？」

說著時，隨手把窗拉開，四個人一齊進了房子。魯男子抬頭看時，在燈光下衹見當中一張圓桌，他的祖母，父親，叔父，祖舅和顧氏嬸母，圍坐著談天；上首邊門裏紋姑，綺姑，慧中都聚在另一桌上。桌上鋪著一張花花綠綠的紙，紙上放一個小骰盆，旁邊有個木盤，裏面裝一堆黑白棋子，好像在那裏賭什麼似的。

「怎麼不管白天黑夜，」齊氏望見他們埋怨道，「你們又趕到那裏去？叫人好找。」

「還算我找得快呢，」玉蘭接說，「他們追鴿子，一直追到秦家晒麥場河邊去玩，恰碰上殺千刀地保，催頭，領了一班鄉下人，和秦婆子吵架，險些把宛小姐嚇壞。」

顧氏忙拉宛中到自己懷裏，回頭問著徐媽道：

「是阿林的娘嗎？到底怎麼回事？」

「正是她。我正要把這事告稟老太爺，就是阿林託我來求救。」

徐媽把剛才溪邊一大堆人欺侮秦婆子的事，一五一十向仞千老太爺訴說，魯男子和宛中又把徐媽不知道的補足了幾句。

仞千頓時臉上現出憤怒樣子道：

「那汪鷺汀真豈有此理！這條浜，一向是秦家的。他們世代種我們的田，我從小就知道。姓汪的仗勢欺人，欺到我門前來！明天和他講理去！」

「舅父，」公寧跳起來道，「這不是慢吞吞明天的事！」

向著徐媽問：

「現在他們怎樣了？」

「正鬧得兇咧，」魯男子不等徐媽開口，插嘴道，「不去救，祇怕秦婆子要喫虧。」

「我們既要管，」公寧說，「舅父該自己去，把那班如狼如虎的惡人趕走，救秦婆子的急，再和汪董事理論。——我們弟兄陪著舅父去。」

仞千點了點頭，就叫一個長工拿著燈，起身往外走，公明兄弟在後跟。魯男子此時把什麼都忘了，祇想跟去看看秦婆子怎樣，不覺緊隨在他父親的背後，剛到窗前，被齊氏看見，喊道：

「你去做什麼？快回來！回來！」

魯男子還不肯停腳，不防宛中繞到他的面前，朝外站在門檻上，做得像看出去的人似的，卻微微回著半個臉來，瞪了他一眼。魯男子理會她的意思，心已軟下來，但是，倒有些難為情，祖母叫不動，被她一擋，就縮了腳。

「讓我走！」他嘴裏喊著，「讓我……」

一語未了，紋姑在那裏招著手：

「大寶和宛寶，到這裏來，我們擲一盤『紅樓夢圖』玩玩吧！」

魯男子巴不得這一聲喊，藉此轉篷，慢慢地走向那邊桌上來，宛中自然也就跟了過來。

「阿彌陀佛！」齊氏嘆一口氣道，「真是一物一制！」

「紅樓夢圖」是什麼？是一種比較文雅的賭具，從「升官圖」裏脫化出來，和「勞勞亭」「攬勝圖」相仿：拿著《紅樓夢》裏大觀園的亭臺樓閣名字做步驟，用住在大觀園的人物，寶玉，寶釵，黛玉，探春，惜春，妙玉，做賭者的本位；用骰子一顆，各人先擲定本位，六點是寶玉，五是寶釵，四是黛玉，三是探春，二是惜春，么是妙玉，限至多六人，其餘賭例，都和「升官圖」，「攬勝圖」一樣的。

魯男子當下正怔怔地看圖例。

「剛才我們三個人，」紋姑說，「已玩了一盤，現在加入你們倆，我們重新起頭吧。每人出注二百文，總共一千文的輸贏。」

宛中知道魯男子心裏有些不自在，想引起他興趣，裝著很高興地道：

「啊喲！我是可憐的窮鬼，二百文來不起，一百文吧。」

「小姐，」綺姑披著嘴唇道，「太客氣了，你有的是押歲錢！」

「還提押歲錢呢！我的押歲錢，都給哥哥甜嘴蜜舌的騙去買花炮，玩戲法用光了；除非哥哥把騙我去的賠還我，我才放膽來。哥哥，你答應嗎？」

說時，一雙似笑不笑的眼，罩著輕微的愁雲，注射在魯男子身上。

「衹要妹妹要我的，任什麼都答應。」

他就叫玉蘭到樓上去拿錢。

「用不著現錢，」紋姑忙攔住說，「我們用棋子代籌碼，白的作二十文，黑的十文。」

宛中就手拿過那桌上的木盤，很興奮地把棋子數著，十顆白，二十顆黑，分做五份，分配到各人面前。

「各人四百文本錢，」她說，「這一份是我的。——哥哥，你不要把答應我的話忘了，半路裏把人跌一交！」

「你放心！我一輩子忘不了。」

她半笑的睞著魯男子。

「衹怕有秦呀林的把你攪忘了。」

籌碼分定，下好公注，又把骰子擲定了，恰該魯男子開首。魯男子抓著骰子，默默地祝禱著，如果命運能如他心願，他擲到寶玉，她擲黛玉；一擲下去，果然是六點，得到了寶玉，喜得嬉著嘴望宛中笑，宛中別轉頭去。第二便該綺姑，擲個二，派了惜春。輪到紋姑，先擲個六，重複不算，重擲成了個五。

「紋姑姑，」魯男子笑迷迷望著紋姑說，「我要改口叫寶姊姊了。」

「好沒良心，」紋姑臉上一紅道，「我樣樣幫你，你倒打趣我！」

魯男子央著，賠不是，說自己說著頑⓫的，求姑姑不要認真，紋姑對他笑了一笑。慧中搶過骰盆，隨手一丟，不想那顆骰子滴溜溜地轉起來。宛中站起來，眼釘在盆裏，心裏怕它是紅……可不是端端正正的紅，是四點的紅，不由自主懶洋洋地就坐了下去，袖著手動也不動。慧中推過骰盆，得意似的向宛中道：

「現在輪到你擲了，怎麼相攏了手裝新娘子！」

魯男子明知被慧中擲得了黛玉，宛中心裏一定和自己一樣感著失望的隱痛，又加上這句話，真似利刃一般刺到她心底，抑鬱的空氣裏，自然遏不住顫動的輕雷；看她臉色，是乳液上泛起的輕紅，聲音，是石縫裏咽著的流泉。

「我裝新……新娘子嗎？人家搶了……紅，那才是……喜氣沖沖呢。」

「咦！」慧中也變了色說，「奇了，擲出來的，誰搶？我不稀罕做黛玉，誰要做，就奉讓。」

「哼！我倒不知道誰定了你做黛玉，虧你好意思說奉讓！」

她們姊妹倆越說越不像話了。魯男子看著，不知該怎樣勸才好，見紋姑，綺姑衹當好玩似的由著她們鬧。

魯男子正弄得沒法擺布，忽聽窗門砰的一聲推開了，他的祖舅領著父親和叔父走進來了，後面一

⓫ 頑：同「玩」。

個長工領著那個紡紗的阿林，也跟了進來。他心裏詫異，紋姑和綺姑也都站了起來，嘴裏說著「我們不來賭了」，都走到中間去聽新聞。

「事情好了嗎？」齊氏先開口問。

「還算做得爽利。」仞千笑嘻嘻地答。

公寧對桌子站著，揚著頭，高高興興地道：

「舅父坐著歇歇吧，讓我來講。我們到晒麥場時，恰巧蕭地保和湯催頭領著一行人正待走。界石已埋好，籬笆已埋好，秦婆子被打傷還躺在溪邊，她的兒子已回來同阿林蹲在她身邊哭，這個景象，真可憐。我就大聲喝住了蕭、湯兩人，眾人見舅父出場，情知不妙，一個個在黑影裏溜散。我也不管，祇把蕭、湯兩人拉到舅父面前。舅父喝問他們為什麼這樣沒天理的欺人，別人不知道罷了，做地保催頭的難道不知道這浜是姓秦的姓李的？蕭地保先還強，後來被我嚇唬他帶城送縣追訊，才叩頭如搗蒜的承認被汪董事強逼。我哥哥又問他為何別人不尋，專尋秦婆子的事。湯催頭說出汪董事卻是個色中餓鬼，看中阿林，要討去做個等大⑫，秦婆子不肯，所以借端為難，不是真幫李根大。舅父大怒，定要辦蕭地保助紂為虐，還是我和哥哥，做好做歹，叫蕭、湯兩人合出洋五十元，替秦婆子養傷，立刻把界石拔起，籬笆拆起，以後秦婆子有些風吹草動，祇問蕭、湯兩個人，他們都照辦了。秦婆子感激得了不得，怕汪董事還來糾纏，情願把阿林寄養在舅父處，喫飯穿衣，隨便使喚。這麼著，我們把一

⑫ 等大：指小妾。

切都辦妥，把阿林就帶了來。」

「汪鷺汀⑬實在可惡。」仞千回顧顧氏道，「不能這樣罷休，你回去跟漢江說，要好好的去問問他。——阿林，我這裏也沒用處，你帶去伺候宛寶吧。」

顧氏當時唯唯地應著，叫阿林上來看了一看，大家都說她好，叫徐媽領到她⑭後面給她梳洗。

這裏大家談談講講，已到了喫夜飯時候。喫到中間，公明又提起明天動身的話，仞千和顧氏，紋、綺兩姑，懇切地留。公明很堅決的說從汪市舅母開弔下了鄉，離城已經五六天了，明天城裏有事，要一清早坐轎就從齊鎮陸路回城，請老太太一同走，老太太也答應了。眾人見留不住，祇好招呼預備轎子腳夫，一早來伺候。

這一個決定，別人倒不相干，祇有魯男子和宛中兩個痴兒女，突遇一陣意外的暴雨狂風，劈頭劈面地打來，躲也躲不迭；擎著飯碗，你看我，我看你，心中蟠著一萬個蛇牙在咬，撲著幾千個火鴉在灼，有淚也不敢流，和著喫不下的飯，硬往肚子裏嚥。彼此一般痴痴的想，祇有一夜親近，這一夜真有黃金般價值，恨不得把一夜伸長做一世紀，把兩顆小心裏的火苗，儘這夜裏把全身燒盡，化作一星星的灰，溶在永不分離的粘土裏；這時兩股熱烈的目電，早融成一片悲痛的結晶，辨不出你和我。卻聽公明又向齊氏道：

「母親，我想今夜弟婦來了，裏邊很擠，大寶跟我到廠廳上睡去，好嗎？」

---

⑬ 鷺汀：原本時作「鷺汀」，時作「露汀」，前後不一。據字義，似以「鷺汀」為上。無以確認，現依原文不變。

⑭ 領到她：據文意，應為「領她到」。

「你養的兒子，」齊氏笑著說，「你要怎麼便怎麼，跟你去很好。——大寶，你乖一點兒跟你老子去睡吧，好讓嬸母和妹妹睡在你們的床上。」

魯男子哽著喉，勉強答應了一個「噢」字。宛中正含了口飯，幾乎和眼中的急淚一齊噴出來，生生把滿口沒嚼的飯塊，填住喉管裏的咽喉，兩顆晶瑩的明珠，已滾落在飯碗裏；見慧中冷笑的眼光，又在斜刺裏射來，祇得低倒頭把賸下的飯一口一口嚥完了，實在坐不住，放下筷碗，面也沒擦，站起身來，往屏門後樓梯上走。魯男子也顧不得什麼，跟上去，到屏門邊，把她拉住。外面公明已在那裏「大寶，大寶」的喊著。魯男子心裏發慌，祇說得半句話：

「妹妹，等我在瓦礫場……我們說幾……」

宛中灑脫了魯男子跑上樓來了。魯男子走回來時，正遇見徐媽擰了一把手巾樓上去尋宛中。徐媽跨進樓上房裏，祇見宛中仰面睡在床上呃嗚呃嗚地哭。徐媽走近床邊，勸道：

「小姐，不要痴，哥哥不是你同胞，好煞總要散的。——快擦把臉吧。」

宛中接到手中胡亂擦了一擦。

「你下去罷，不要管我。」

徐媽情知一時勸不來，祇好笑著走了。

宛中獨自個睡在床上，對著一盞半明不暗的燈，心裏體會著「好煞總要散的」一句話，那麼為什麼我和他不做親兄妹呢？偏遇著慧中和我撇扭著。祇有他一個人說的話，總是在我心底裏掏出來的；不管他的話是真是假，和他在一塊兒，覺得我的心就得到了個安放的窩巢；難道一夜工夫，都不許我再安放一回嗎？從此，不曉得我的心，又要落到飄飄的空虛裏，經過多少時候？

她反覆地痴想，不斷地哭，忽然爬起來道：

「呸！我昏了！他在屏門後，約我在瓦礫場上，我怎麼不去，在這裏痴想，有什麼用處？」她鼓勇地離了房，下了樓，走向後面通瓦礫場的側門，到了門口，站住，聽得門外虎虎的風聲，倒害怕起來，心裏想著祖父常說瓦礫場上，有沒頭鬼，不覺兩腳軟軟地倒退，頭索索地顫動。

「難不成我怕了就不去，」她暗忖道，「讓他空等？——有幾分鐘的親近，被膽怯又打斷了嗎？」猛的把心一橫，輕輕開了側門。那時正是二月下旬，天上沒有月光，漫漫的祇蓋著烏雲，一個星都沒；有似剪刀的風，刺上她的嫩臉；滿場暗沉沉地無邊的黑海。她什麼都不顧跨出門來，一高一低地顛簸著，好容易摸到一架醬缸旁邊的石磴上坐下，心裏跳著，嘴裏喘著，又想著他沒有機會溜出來。正低著頭悲傷自己遭際，忽覺背後一隻手輕款地搭上她肩頭，輕輕地喊：

「妹妹不要怕，是我。」

宛中一見他，就拉他坐在磴上，兩手捧了臉，撲倒在他肩上，滿腔悲痛，似山峽倒流的淚瀑，在小小眼眶裏直奔出來。魯男子也禁不住緊貼了她的粉頸，差不多要出聲的哭。彼此偎倚著，足足對哭了幾分鐘，把衣服都弄得溼淋淋的，總掙不出一句話。

「你怎麼能溜出來的呢？」宛中先問，「今天大伯為什麼這樣兇？」

「爹爹常監視著我不許動，不是紋姑唆掇老太太搖攤投著爹爹的嗜好，我怎能出來會你呢？」

「那麼，趁他們熱鬧，我們還是到樓上去說一會兒話，想不要緊吧？」

說著話，就搖擺不定地立起來，靠在魯男子的臂上，向側門走，魯男子在淚眼迷離中，忽然很驚異的眼注定門口，一手震抖的指著道：

「啊！那是……」

他明明望見一個長長的人，矗立在階石上。定睛一認，上半身迷迷糊糊似煙霧一般看不見面目，不覺毛骨悚然，喊出半句話，轉念怕宛中嚇著，連忙縮住口。宛中見他慌張，也緊拉了他的手，往後直退幾步，顫動道：

「咦！有鬼……」

魯男子怕她驚暈，抱住她腰，安慰著說：

「我們哭昏了，眼花，那裏有鬼？」

他們抬眼細細向門口再看時，空空的一點沒什麼，倒是凜冽的寒風裏，濛濛飄下細雨來，把熱淚攪在冷滴裏，又聽見裏面骰盆聲停了。魯男子知道攤局快散，怕父親又要叫他，衹得對宛中說道：

「我不上樓了，多說一句話，中什麼用，總是要別離的。我送妹妹進了側門，我們分了手吧。」

魯男子扶著宛中，到了側門，宛中站在門檻上，魯男子立在階上，此時彼此都忘了恐怖，宛中雙手圍繞了魯男子的項脖，俯著頭，烏雲般的前留海⓯披拂在他的額上。

「哥哥，」她低低說，「你不和我好嗎？一向我不肯的，今天我……」

⓯ 留海：應為「劉海」。

魯男子機械似的把臉湊上去，貼了她的桃腮，搵著她的櫻唇，這是他第一次嘗著淚海裏的溫甜。

「哥哥，」她嬌羞地推開魯男子，咽著道，「明天我也不要再見你了。」

說罷，隨手把門輕輕地關上，聽著緩緩的輕步聲上樓去了。魯男子也沒趣搭拉的向著他父親處走去，獨自去咀嚼那離別的苦果。

五 靈與肉

「情是什麼，淫又是什麼？情和淫的分別究竟在那裏？什麼叫做樂而不淫❶？樂到怎樣地步是淫？怎樣是不淫？界限又在那裏？什麼精神戀愛是高尚，肉體戀愛是卑污？這些話，書本上說得金科玉律似的，指導我們；其實是背了事實裝門面的話，老練的假道學先生哄騙怯懦的初懂世事人們的話，一古腦兒是謊話。依我說，《紅樓夢》上警幻仙姑說的『情即是淫，知情更淫』那兩句話，才說得痛快，一個人在樂的時候，祇知道盡情的樂，誰肯留著一絲一毫的不盡？所以我說精神愛是肉體愛的開始，肉體愛是精神愛的結局；譬如我們人體的有頭有腳，缺一不可，有頭無腳的戀愛，便是殘疾的戀愛，那裏能滿足我們的心呢？我勸大哥，不要再呆，去模仿書本上的愛情。快樂的事變了煩惱，自討苦喫，也許弄出病來呢。」

說這些話的，就是朱小雄。那時正同著魯男子，在魯園裏橫亙池中的一條柳堤上一個仿西湖六橋❷式的橋亭中，兩人臨水憑欄，娓娓地密談。

---

❶ 樂而不淫：《論語・八佾》：「〈關雎〉，樂而不淫，哀而不傷。」這是孔子對《詩・關雎》的評語，強調在創作中感情的抒發應快樂而不過分，悲哀而不傷痛。淫，過分。但後人也常將淫字誤作淫蕩解。

❷ 西湖六橋：蘇軾任杭州知府時，開浚西湖，築成蘇堤，堤上有映波、鎖瀾、望山、壓堤、東浦、跨虹六橋。

正是四月裏艷陽天氣，滿園裏錦繡般的好景：碧桃吐著攔不住的嬌紅，迎風微笑；羞人答答的芍藥，在它幽艷的含苞裏，偷沁出醉人的芬芳；婀娜的垂柳，不自禁地抽出繁亂的情絲，化成銀般的霧，盲目地在春空飄泊，不知飄到誰家；翩躚的蝶舞，婉轉的鶯歌，活潑的魚樂。在這些濃春燦爛的晨光裏，全映出亭內兩個才發育的青年來。那時朱小雄正是十五歲，魯男子恰交十六歲，卻都已生得面貌丰秀，肌膚紅潤，顫動的筋肉上時時浮現情感，眼光裏處處流露聰明，早成了兩個發育充滿的青年人了。但是，朱小雄，身材矮小些，臉色肥白些，舉止驕貴些；勇敢而躁動的性情裏，燃燒著無限快樂的火苗。魯男子，身材略覺長大，臉色略帶清瘦，舉止似較溫雅，敏活而細緻的感覺中，籠罩著一層抑鬱的暗影。當時魯男子聽了小雄的一番議論，觸電似的臉上感動了一下，一瞥眼又沉靜了。

「你看得男女間的愛情，」他微笑地說，「太不值錢了。照這般說，那麼人類的愛情，和貓的叫春，鳥的打雄，狗的起性，有什麼兩樣呢？你要曉得，人為萬物之靈。這個靈的徵象在那裏呢？就是動物祇有肉體，人是有肉體，又有精神。動物的愛情完全受肉體衝動的支配，肉體衝動，牠不得不衝動，肉體不衝動，牠要衝動也不能衝動，是不自由的。人類的愛情，固然有時也受肉體衝動的支配，但有精神來控制它的衝動，肉體要衝動，精神也可以遏止它不衝動，肉體不衝動，精神偏要鼓煽它衝動，是自由的。所以前一個是限時期的，在瞬間熱狂似的肉體愛外沒有別的需求；後一個是無限制的，肉體愛外另有一個微妙不可思議的精神愛，使你陶醉，使你玩味，能使你喜，也能使你愁，能使你生，也能使你死，在必要時，情願犧牲肉體的愛，雖受盡痛苦，精神上倒感著反激的愉快。雄弟，這是我親身經歷裏的理解，你相信我的話嗎？」

「你老是說著這一套不由衷的鬼話！」小雄搖了一搖頭，披著嘴道，「我先說的，本不是人類祇有肉體愛和動物一般，不過覺得肉體和精神，這兩種愛的分界是極模糊的，我們不必把精神愛抬得神聖似的高，也不必把肉體愛輕蔑得糞土似的穢。若說完全不要肉體愛，便能滿足我們愛的要求，甚至犧牲了，反感愉快，這是我死也不相信的。試問我們愛心的根，從那裏發生，不是從對方人，面目的美，體段的美，肌理的美，才吸動了的嗎？第一次愛的動機，在我們就不能說純全是精神愛，從這個不純全的精神愛裏，慢慢想親近她們，眼裏領略她們的秀色，耳裏消受她們的嬌音，手裏接觸她們的溫柔，這不是一步一步祇望著求肉體愛的路走嗎？若然在我們熱烈地走到半路時，突然地把你打斷了，阻礙了，你不以為煩悶，倒反感著滿足，天下有這種人情嗎？你說祇要精神愛，你為什麼不去愛一個奇形怪狀的夜叉❸呢？不愛一個蓬頭赤腳的乞婆呢？否則你盡可虛構一個想像的美人，去交換靈界的戀愛，為什麼定要一個有形體的戀人呢？」

「雄弟，你從那裏去學來這些巧辯呢？你固執著精神愛非達到肉體愛的目的，不能滿足愛的欲求，這實在是你的偏見。你的誤點，就誤在認兩種愛為不可分立的混合物。我以為精神愛固希望兼得到肉體愛的滿足，然有時也有要增加精神愛的深摯，甘願遏抑肉體愛，未嘗不感到滿足。譬如一座縹緲的三山❹，與其考索圖經，攀尋岩壑，不如久久保存靈秘、望若神仙的印感更永；一朵含苞的名花，與其採在手中，插在瓶裏，何如遠遠賞玩艷色嘗味溫香的趣味愈濃，這便是我們對於一切自然物純全的

---

❸ 夜叉：梵語。也作「藥叉」。意為勇健，又為兇暴醜惡。佛經中一種形狀兇惡的鬼，列為天龍八部神眾之一。

❹ 三山：即蓬萊、方丈、瀛洲三山。秦、漢方士稱東海中仙人所居之地。

精神愛。那麼我們對戀人，何獨不能這樣呢？」

「大哥，你說的全是理想，事實決不是這樣，我也不來和你辯了。我要問你，自從前年漢江舅搬到城裏，在你家老園裏，借住了半年，你和宛中妹的戀愛，一天深似一天。我常打聽姊妹們，嬰姊姊最和宛妹好，關著她的事，一句也不肯說的。娭姊姊是直腸子，她告訴我：有一天，被她捉住你們躲在園裏假山洞裏，你抱著宛妹坐在膝蓋上；又一回，夏天，在涼亭裏，宛妹給你梳辮子，叫你餵西瓜汁，又被她碰上了。這些個，不曉得算精神還算肉體？後來，齊家新房子造好，搬到朝山街，一直到如今，三年多了。這三年裏，你跟著公明舅在這裏魯園讀書，你每天趁著公明舅不在園，或早晨和我爹爹、漢江舅在咸山腳下漱綠居喝早茶時候，——和今天在朝山街遇見你一樣——你老是先溜到宛妹那裏去至少磨蹭著一個鐘頭，才肯到園。宛妹的小丫頭阿林，很乖巧，她曾向著娭姊姊的堂妹——我已告訴過你我們有關係的——那個雲鳳妹說：『我們小姐，將來總歸是魯少爺的人了。他三天兩頭的來。我們小姐起身得晚，魯少爺一來，老是直闖進房，鑽到帳子裏，已經和一對小夫妻一樣的頭並頭唧唧噥噥地講話，再也講不了。我們太太也很喜歡魯少爺，儘著他們肉骨肉髓去要好，倒越快活。』你想，像這種故事兒，少說也裝滿了一肚子的我，能相信你情苗似火燒著的青年，又遇上宛妹花一般艷仙一般靈的人兒，有個特地天天跑到帳子裏去做坐懷不亂的柳下惠❺嗎？大哥，你少給我高談精神戀愛罷。」

---

❺ 坐懷不亂的柳下惠：傳說春秋時魯國柳下惠夜宿城門，遇到一個沒有住處的女人，怕她受凍，便抱著她，用衣裹住，坐了一夜，沒有發生非禮行為。後以「坐懷不亂」形容男女相處而不發生不正當的關係。

「啊喲！你真在那裏胡說八道了！我和宛妹的事，我早就不瞞你的了，我們倆相互的戀愛，自然不必說，但這個戀愛，非常純潔。先原不過兄妹的親愛，因為要延長這個親愛，不知不覺就轉到了情人的戀愛，總希望這戀愛的結果，變成終身的伴侶。這個希望，彼此卻都存在心裏，可是彼此都沒有說出過口。因此，形跡上，不避嫌疑的地方是有的，過於親暱的地方是有的。老實說，有限制的肌膚之親也在所不免。若說到亂字，肉體的愛，哎！皇天在上，不要說宛妹未必肯，就算她愛我愛昏了，竟肯了，我也決不幹。這並不是我的假道學，我在情話迷離時候，何嘗沒有幾次搖搖不自持地衝動。但是，一想到我們既想做夫婦，人總歸是我的，這個快活，早晚是跑不了，我該盡力保留她的童貞，直到正式結婚那一夜，做我們最高度的快樂，越是艱難，越覺得寶貴；何忍輕忽地把牠預支掉了，使未來的光明裏，減去不少的興趣？這是一層。至於我們的婚姻，照目前大人們的態度，似乎很有希望。然而，人事變遷，是說不定的。我若是祇貪圖一時的快意，一切不顧，把她哄騙到手，原不是不可能的事。婚事成了，不成問題；萬一中變，我把一朵聖潔的天花，沾上了地獄的烏泥。我既誠摯地愛她，何忍如此殘酷地犧牲她呢？所以我咬緊牙關，無論我肉體上受如何的焚灼，我牢守著這精神的愛，就是她受了壓迫嫁不了我，我還可以良心安寧地抱著這舊愛的殘灰，將來帶到墳墓裏去呢。這都是我掏心的話，絲毫沒有虛假，亦可以不用胡猜了。」

「不是我敢嘲笑大哥，照你說的是真，我說你太懦弱，太呆氣了。要是我做了你就沒有那麼傻。人生在世，什麼都是假，祇有快樂是真，尤其是眼前的快樂是更真。所以我說最真的戀愛，該大家一直線向著快樂路上走，決不可帶一點兒瞻前顧後的心思。照你那種自苦的強制，我祇怕對方的人，一般受著痛苦，未必感你的情，不過不好說罷了。我勸你還是拋棄了原來的主義，放大膽得到宛妹肉體的愛，叫它生米做成熟飯，反可促成婚事，這便是置之死地而後生……」

魯男子很興奮的帶著調皮的樣子忙剪住他的話道：

「不必說了！不必說了！這是你不打自招的供狀！你一定和湯家的雲鳳小姐，實行了置之死地而後生的戰略了。」

小雄忽然沉下臉去，眼望著橋下一對爭呷波面花瓣的游魚，好像觸著什麼心事似的冷冷地道：

「大哥，你不要挖苦我了。不要說我還沒有實行這個戰略，就算實行，我已經是戀愛戰爭裏的一個落伍者。」

「你今年才交十五歲，」魯男子詫異地問，「還愛戀過誰？怎麼已經是落伍者呢？」

「嚇，嚇！」小雄冷笑道，「你何必裝傻？我今天老實告訴你我的心事罷。我從小本也是個宛中的戀人，大概你也有些覺得。後來看見你和她一天熱似一天，你又會甜嘴蜜舌的騙，低心下氣去迎合著她的脾氣，特別是你的機會好，天把一叢空谷裏的幽蘭，忽地移植到你家花圃來，由著你性兒日夜把玩撫弄。我呢，本來趕不上你。不幸我的母親，又在前年春天去世了。我從此就不能到齊家，連和宛中見面的機會都少了。我祇好死了心不和你爭，讓你去獨自個耀武揚威，這不是已經做了落伍者嗎？」

「現在你的雲鳳，」魯男子拍著小雄的肩笑著說，「比著宛中，也差不到那裏，祇怕脾氣總要好伺候得多哩，何必和我再提到這隔年的陳醋呢？——你趕快實行你的戰略是正經。」

「論到雲鳳的品貌，稱得上富麗兩個字，雖和宛中的秀媚有些雅俗的分別，卻還說得過去。人是好動不好靜的，性是急躁，想做的事，說做就做，一刻耐不得。情是熱烈，喜歡的東西，拚著命的要，誰也攔不住，心直口快，這幾點都和我的脾氣很對，所以我們認識了不到一個月，就情投意合了。若要講實行戰略，卻和你的情形大大不同：你是明擺著機會，卻沒有實行的勇氣；我是充滿了實行的勇氣，可惜缺乏了機會。你該知道我的爹爹是個老古板人，守著男女授受不親❻的古訓，把我關在書房裏，比《紅樓夢》上的賈政還要兇，不許我和姊妹們親近。我的新繼母湯氏，雖然是雲鳳的親姑母，但我到底不是她的親生子，回娘家時，又不肯帶我去。所以我和雲鳳見面的機會，祇有她來我家時，在繼母的房裏最多。幸虧繼母待我還算好，見我給雲鳳要好，倒還肯瞞著爹爹，賜我們些談話遊戲的時間，已經是母恩浩大了，如何能再有別的妄想呢？大哥，你是個智多星，能給我想個方法，把雲妹引出來，找一個僻靜地方，面對面自由自在地談一會兒話好嗎？」

「方法是總好想的，」魯男子笑著說，「但是你拿什麼東西謝我？」

小雄立起來，對魯男子唱了個著地的大喏。

「你果真給我想出方法來，我也沒什麼謝你，祇有你有什麼用我的事情，我一般的給你出力。」

「我沒有事用得著你，這個不行。」

「那麼你要什麼？你自己說罷。什麼事都依。」

「我要你雲妹妹親手剝的桂花栗子兩顆，」魯男子故意板著臉道，「兩顆，多一顆也不要。」

---

❻ 授受不親：《孟子．離婁上》：「男女授受不親，禮也。」授受，給予和接受，猶交給。言男女間不能直接交接。

小雄倒呆了一呆，忽然噗哧一笑。

「大哥，你太小器了，四五年前兩個栗子的舊帳，還不肯放鬆。宛妹妹也太忠心了，喫了她兩顆栗子，都要報告情人。——咳！想到這個，我恨我那時候的痴！」

「那倒不要冤枉人，告訴我的不是她，是我偷看著的。——這原是和你說著玩的，你不要當真。」

「那麼給我想方法也是說著玩的嗎？」

魯男子仰著臉，靜默著祇是不答。忽一陣溫風裏，遠遠地傳來一片咚咚鏘咚咚鏘鑼鼓的聲浪，回過頭來，問著小雄道：

「明天南門外不是有划龍船嗎？」

「是的，你不聽見城墻外有鑼鼓聲嗎？就是鄉下人在那裏試演。」

「你們明天去看不去？」

「繼母是喜歡玩耍的，大概要去。」

「有了，有了！」魯男子拍著手說，「你祇要唆哄令堂約著雲妹一同出來看龍船，我包管你可以如意。」

「你用什麼方法叫我們私會呢？」

「你不用管，我自有方法。你祇要什麼都依著我做。你跟著令堂出來或跟著我走，隨你的便。」

小雄還是再三追問方法的內容，魯男子祇是不說。

「你再問，」他裝得厭煩似的說，「我索性不給你做了。本來這件事，幫你的忙，我擔很大的責任，祇怕愛你反而害你。」

「還是求大哥幫我的忙。」小雄著急起來道，「我不再問就是了。明天，我準到你家裏來。」

那時忽聽對岸書廳上咿啞的聲響，一霎時，臨河一溜的玻璃窗洞開了。魯男子站起身來道：

「我爹爹回來了，我要上那裏去了，你也去坐一會兒罷。」

「我不去見舅舅了，你也不要提我來。——那麼明天八點鐘到你家裏再見罷。大哥，你不要騙我！」

「你放心！」

兩個人說著話，就在長堤上分了手，分花拂柳，一個向著園門的大路，一個踱了一條六曲臥紅橋，直向書廳而去。

六 歡喜佛

當魯男子別了朱小雄走到魯園的書廳時，剛踹上廳前的抄手遊廊，劈面遇著個跟班模樣的人，頭頂著一頂豬肝色短纓漏斗式的涼帽，右手裏搖晃著一柄烏骨油單紙扇，左手膈肢窩裏搿❶著個朱紅漆描金龍的香牛皮護書，張著三稜角眼睛，嘴裏罩出一副黑斑牙，挺胸凸肚，得意洋洋地在廊裏走來走去。

這個醜相，好生面善。一霎時，忽然喚醒了魯男子六年前永不能忘的記憶。「呀！那就是蕭地保！來這裏做什麼？」

他想著，一腳已跨進書廳中央那兩扇半截玻璃門窗，一眼望見東次間裏他父親平常放書案的地方，靠近案邊有一個頂冠束帶的人，正爬在地下給他父親叩頭，他父親很謙和的摳下身去半還著禮，他叔父公寧卻巍然不動地臉朝著裏坐在書案對面一把交椅上。他縮腳不迭退出，祇為他從小最怕這些時髦紳董們，尤其是對他作醜態獻殷勤的紳董們，會弄得他手足無措，面紅筋赤。

他在廊裏徘徊著，思忖著，今天既沒喜慶，又非節日，這人為什麼要按品大裝，恭行大禮呢？這

❶ 搿：音ㄍㄜˊ。用力抱。

人又是誰呢？蕭地保怎麼做了他跟班？

忽聽他叔父公寧的幾句話，機械地把魯男子的腳又拽回來，站在廊欄邊一盆瑞香花的花架旁，眼看著花，耳聽著廳裏面的說話。祇聽他叔父道：

「露汀兄建議開濬汪市市河，是認做一件應辦的事，便作主在我們經管的地方公款裏撥了二千串錢，叫他領了先去動工。前天便中已和那荀縣官說了，囑他補一道經董的委札。昨天札子下來了。露汀今早到縣衙去謝委，又來謝謝我們的保荐，再三要我領到哥哥這裏來，也是他的一片至誠。」

魯男子聽到這裏，才明白廳裏面那個人，就是欺負阿林娘秦婆子的汪董事，怪不得蕭地保跟著了。他知道汪董事從那年發生了秦婆子的事，倒藉著託叔父疏通漢江為名，送了一份重禮，結識了公寧叔父。叔父是個愛恭維的人，幾句米湯一灌，就當他是個好人，這幾年竭力的提拔，遇事的幫襯。現在汪董事是闊了，雖趕不上天字第一號鄉紳，可以隨意分撥公產，指揮官府，卻也結交豪貴，出入衙門，包漕米，說人情，開賭場，搶沙田，應有盡有；學著漢江，也搬到城裏居住，捐了個同知❷職銜，加上一支藍翎❸，小小一個鄉董，如今也在城紳的大排裏挨上擋了。他又知道汪董事專門趨奉叔父，要做他惟一的靠山。叔父喜歡鬧酒，便日日張筵讌客，叔父愛好風流，就夜夜選色徵歌。近來他叔父新有一個戀人，名叫錦娘，也是縣裏花叢的翹楚，和叔父關係很深，祇怕不久就要討到家裏。叔父無日不在那裏偎紅倚翠❹，汪董事也無日不在那裏湊趣幫閒。其實愛戀是叔父的自由，決不關汪董事的誘

❷ 同知：清代知州的佐官。由捐而得的官銜，有銜無職。

❸ 藍翎：清制：五品以上官，皇帝賜孔雀翎作禮帽上的裝飾品，稱花翎。六品以下用鶡鳥羽毛，稱藍翎。

惑；然他常聽見家裏易氏孀母怨罵起來，把這個罪全加上汪董事身上了。

在這一剎那間，魯男子的腦膜上，忽然湧現了這許多往事，不覺提起注意向裏回過頭來。祇見那汪董事恰坐在靠東窗的一排客椅上，是個中等身材，燒餅式的臉盤，糙米色的皮膚，眉粗眼大，鼻鉤嘴翹，額下沒些髭鬚；神氣很柔媚卻時時露些巧滑；服裝穿得很漂亮，水晶頂，藍翎，紅纓圍帽，月白硬領，平金雲雁補子❺，天青寧綢團龍外套，醬色摹本圓壽字箭衣❻；外套下襬縫裏還露出些紅緞堆花的佩件，雖然十分恭敬的聽叔父說話，不免帶些自鳴得意的樣兒。

那時聽他父親說道：

「露汀兄，真太多禮了。舍弟的保荐我兄，全為地方公事；祇要工程辦得實在，保人就增了不少的光榮，原說不到謝。至於兄弟，向來不管那些事，那益發不敢當了。」

「哥哥，」他叔父就插口道，「那倒不是這般話。這回露汀的來，不但為的是謝，他還帶開河時新出土的一件奇怪古董送給哥哥，尤其奇怪的是掘出前，得的一場奇夢。露汀兄，你自己說給我哥哥聽。」

「什麼奇怪古董？」他父親很驚異地問道，「倒要請教請教。」

汪露汀放出破竹聲的喉嚨，一疊連聲地喊：

「蕭升！蕭升！」

---

❹ 偎紅倚翠：南唐李後主暗遊娼家，自題為「淺斟低唱偎紅倚翠大師鴛鴦寺主」。後來稱狎妓為偎紅倚翠。

❺ 補子：古代官服的前胸及後背綴有用金線或彩絲繡成的圖像徽識。故官服也稱補服。補子為官品的標誌。

❻ 箭衣：古代射者的服裝。清制有箭衣外罩，以戎裝為禮服。

蕭地保那時正踅到庭院裏，一株白皮松陰下，假山石上蹲著。聞喚，疾忙帖帖達達繞著迴廊走進廳來。經過魯男子面前，回頭對他現出僛賴的微笑，倒把魯男子嚇了一跳。

到得汪露汀面前，在他搭膊裏掏出一個石匣來，放在茶几上，轉身就走出廳來，跑到外邊去了。

這裏汪露汀才說道：

「這個奇怪古董，是個金質的歡喜佛❼像。裝在一個六寸長四寸高的石匣裏，石匣蓋上，刻著幾句銘文和題識。銘文道：『歡喜歡喜，安神適體，萬物惟心，都難到底，不是死別，便是生離。』接著是一行題識道：『崇禎十七年❽，八月，二十三日，近事男劉道真謹募眾緣，重伸安奉。』石匣裏，一個銀匣，長四寸，高二寸五分，闊也一般，蓋上雕著一對鳥兒。銀匣裏，還有一個金匣，比銀匣更小，祇有三寸來長，一寸來高和闊，蓋面是光的。揭開這蓋，才見臥著一個一男一女擁抱的佛像，金質，中空，重一兩五錢，髮是旋螺，全身赤裸，男佛的臂抱了女佛的腰，女佛的臂繞了男佛的頸。講到發現這古董的事，先一晚，我夢見在開工的地方，忽然起了一道沖天的白光，在白光裏現出仙佛一般的一對男女，在裏面跳舞著，歌唱著，正歡喜間，斜刺裏衝進一團青氣把白光隔開，一個在青氣東，一個在青氣西，掩著面各自悲啼。我醒來了，工頭來報告，河底有一塊堅硬的土，耜頭鶴耙打不下。我說，打不下，就留著這一墩。第二晚，我又夢見在原地方，忽然起了一道的紅光，在紅光裏現出一般的一對男女，在裏面跳舞著，歌唱著，正歡喜間，斜刺衝進一團黑氣把紅光隔開，一個在黑氣東，

❼ 歡喜佛：藏傳佛教密宗本尊神。即佛教中的「欲天」、「愛神」。作男女二人裸身相抱狀。

❽ 崇禎十七年：西元一六四四年。崇禎，明思宗年號。

一個在黑氣西，倒翻身都死在地上。我驚醒時，工頭來說，那堅硬的墩子，是磚砌的，方方不到一丈。我叫把它們拆卸，索性掘下去，掘到一丈多深，就發現了這石匣，一層層的揭開來，就發現了這金像，鄉下的學究們，說是歡喜佛。我知道公明先生研究金石，所以特地拿來送給你，請你留著賞鑑吧。」說時，把石匣雙手捧過他父親書案上來。他父親接在手裏，先看了看蓋上的題字，然後同他叔父逐層的揭開，最後看到佛像，細細的賞玩了一番。

「這是件很奇怪的東西！」他父親說，「我見過的歡喜佛都是兇神惡煞般的佛像和人獸交媾，不像這樣的善相。若說不是歡喜佛時，卻又男女兩個擁抱著。說他並不是佛像，銀匣蓋上，刻的偏是頻珈鳥❾。又是金銀兩個匣子，分明金棺銀槨。這『安奉』兩個字佛像上向不用，祇皇帝的梓宮❿下葬，叫做奉安。還有一層，崇禎帝有沒有十七年，這也是個問題。我祇怕這是明朝遺老，在崇禎煤山⓫殉國時，隱託著像不同的歡喜佛像，其實簡直當它崇禎帝和后，望空葬以天子之禮。這些雖是我的猜想，將來考據起來，或者還不離經⓬。兄弟，你以為對嗎？這件金器，金石家倒沒著錄過，我們該負保存之責，既承露汀兄送來，我就不客氣的留下了。」

---

❾ 頻珈鳥：義為妙音鳥。佛經謂此鳥發聲微妙，勝於他鳥，常在極樂淨土。頻珈，梵語「迦陵頻珈」的簡稱。

❿ 梓宮：帝后所用以梓木製成的棺材。

⓫ 煤山：景山的俗稱。在北京故宮神武門對面。明末李自成率軍攻入北京，崇禎帝朱由儉在煤山東麓一棵槐樹上自縊身死。

⓬ 離經：即離經叛道。這裏是不違背常理的意思。

「哥哥的評論很對，」他叔父道，「何不叫大寶先去查考查考。」

他父親笑了一笑，向窗外張望，見魯男子站在欄干邊。

「大寶，」就喊道，「你進來看一件東西。」

魯男子聽見父親叫喚，雖然汪董事是他心底裏最厭惡的人，也祇得硬著頭皮跨進書廳。叫應了父親和叔父後，免不了向汪董事彎了一彎腰，去站在父親書案旁。

汪董事足恭地迎上一步，眼望著他父親說：

「嘖，嘖，嘖！令郎好相貌！這麼點子年紀，已經通今博古！真是相門出相，將門出將。」

「我們這侄兒，」公寧拉了魯男子的手道，「十四歲上就了得。先祇怪他拆天的頑皮。還是我有一天在他書桌抽斗裏搜出一大堆寫的東西，什麼仿司馬相如〈上林賦〉⑬做的〈魯園賦〉，什麼仿初唐四傑⑭體做的〈上巳⑮山塘修禊⑯敘〉，筆記，詞曲，考據等，什麼都有，這才發見了他的天才。可是至今倔強著還不肯用功做八股，討他爹爹的罵哩。」

公明就指著案上放的石櫃和金佛等道：

---

⑬ 司馬相如上林賦：司馬相如，字長卿，西漢辭賦家。作〈子虛賦〉、〈上林賦〉，極寫天子遊獵之盛，以寓諷諫之意。上林，西漢苑名，在今陝西長安。

⑭ 初唐四傑：初唐文學家王勃、楊炯、盧照鄰、駱賓王，當時合稱「四傑」。

⑮ 上巳：農曆每月上旬的巳日。三月上巳為古代遊春的節日。

⑯ 修禊：古代民俗於農曆三月初三，到水邊嬉遊採蘭，以驅除不祥，稱為修禊。

「這是汪市市河裏新出土的一件金屬的古物，你拿去替我研考一下。我的意思……」

魯男子不等他父親說完就道：

「父親的意見，我在窗外都聽明白了。現在最要緊的，祇在查明崇禎的紀元，到那一年為止，就好決定了。」

「兆嚇！一言破的。」他叔父在旁拍著掌道。

「小孩子家大膽老面皮的瞎說，」公明半笑地板著臉說，「你叔父還要跟淘鬨，越發引得他狂了。──大寶，你快全拿到你書案上去查考罷。」

魯男子的書案，原在他父親對面西次間裏南窗下。那書廳本是三大間四面開窗的大廳，前後將紗窗隔做兩部分，面南是一個湖石疊成假山間著花木蘢蔥的庭園，北面正臨密著一片渺渺池波徑對著剛才和小雄密談的長堤橋亭，廳中間卻把書架來做各間的自然隔壁，真是牙籤插架，變成鐵甕圍身了。

當下魯男子收拾了佛像，金棺銀槨，一套套的裝進石櫃裏，挪過西邊書案來。坐下了，先細讀那石櫃蓋上的銘文。這銘文剛才他已聽見汪董事嘴裏念過，沒覺得怎的。此時讀到「不是死別，便是生離」兩句，忽然覺得死別生離四個字，在字堆裏凸了起來，分外的擴大，好比薔薇刺一般，直向心底挑挒得難受。不但不去查考崇禎的紀元，倒呆呆地把兩眼祇定在虛空。就在這虛空裏，彷佛湧現了一道非白非紅的光，光裏面跳躍著一對非佛非仙的男女。他定睛一認，那男的像自己忽又像小雄，那女的像宛中忽又像雲鳳。這些可怕的幻象，神秘似的演進，把他震抖得不敢往下再看，祇怕看見難堪的一幕。忙把兩手掩緊了眼伏在案上。

忽將兩手一撒，抬起頭來道：

「呸！我瘋了！這是古物上的事，干我什麼事呢？」

但是，他嘴裏祇管這麼說，眼睛又移到石櫃蓋上去，心裏總撇不下死別生離四個字。

「什麼叫做生離？」他暗忖道，「別離的滋味，我從小就嘗過。這幾年倒被愛神慣壞了。一天見不著她，就覺這一天的日子不是日子。偶然的離，心上便裂了傷瘢；若然一離永不會面或雖會面而等於永離，這個生活，何等的空虛！什麼叫做死別？死的事，我祇見書本上記著，人口裏說著，還沒有親眼看見過，到底怎麼一個現象呢？死時的別離，又怎麼一個感覺呢？但往常眼見一隻貓或一條狗死了，我和她都不自覺的悲傷；若臨到我們自己頭上，不論是誰，這個世界，何等的慘酷！」

想到這裏，自肚裏好笑起來，握著拳，自鑿著額道：

「喲，喲，喲！連她我都要呪詛起來，不怪早上她罵我糊塗了。不要再胡思亂想，查書是正經。」

他定了定神，起身走到史部的書架邊，在正史一類裏，抽了一本《明史．壯烈帝紀》，翻到明亡的末一年是十六年，沒有十七年⓱，知道父親的判斷是不差的。

他才放好書，猛的為了宛中罵他糊塗的一句話，又提起今早的記憶，又愣住了。

「她為什麼罵我糊塗？我糊塗的是什麼事？她這句話一定含有深沉而痛苦的意義！當我坐在她床

⓱ 明亡的末一年是十六年二句：明亡的末一年是崇禎十七年，作者誤記。

邊上，和她攙著手講話時，她還很快活，忽地印著枕紋的嫩臉上，升起一些薄薄的愁影，眼波注定了我半天，突然地問道：『一個人飛快的長大，有沒有法兒硬壓住叫他不長？』我給她兜頭一問蒙住了，道：『你問這個做什麼？』她抿著嘴似笑非笑的道：『這個你不懂嗎？就為我看哥哥今年長成得比往常快，大家都說你成了大人了。』我說道：『妹妹還不是給我一般嗎？』她瞪了我一眼，咬著銀牙狠狠地在我膀子上擰了一下。我衹好忍著痛問道：『妹妹，為什麼今天你忍心擰我？』她道：『我恨你糊塗！』」

此時魯男子回味著這句話的意義，倒越弄得多思發亂，衹恨當時被阿林進房來沖斷了話頭。

「難道她為了身體上的長成，」他想，「真的給小雄說的話一樣，不慼我不肯犧牲她的情嗎？」

「決不會！」他搖著頭噥噥地說，「決不會！她不是這種輕狂人！她或者……」

「吭嗨！吭嗨！」

兩聲咳嗽聲，正是他父親和他叔父在廊裏談話時的咳嗽聲。倒把魯男子在一片迷夢裏驚醒回來，抬頭一望，方知道半天的痴迷，連汪露汀的去，父親和叔父的送，一直到送客回來，自己一些也沒有覺得，此時才聽見父親說道：

「明天，我想還是自雇一隻大快船，請母親去看龍舟，何必又受汪露汀的人情？」

「河工上，」他叔父道：「汪露汀多少總沾些油水，我們就受他這一點，沒甚罪過。他叫了兩隻大船，一隻由著我們兄弟請客，一隻是給老太太和女眷們預備著的。我想藉這個機會，帶錦娘見見老太太，日後，哥哥好替我說話。」

「錦娘的事，你不能中止嗎？」

「她立志從良，又非我不嫁，這也叫沒法。母親那裏，總要求哥哥替我玉成⑱。」

「我倒並不是反對，母親那裏也好說。祇是弟婦一邊，你自己要安排好，否則她有子有女，話就多了。」

「我懂得。」

說時，兩人都走進廳來了。

「大寶，」他叔父招手叫著魯男子道，「你回來到齊家去，說我們請齊家嬸嬸，慧妹和宛妹明天同去看龍舟，到我家來會齊。」

魯男子垂著手，很恭敬地答道：

「侄兒準照叔叔的話去說。但聽說他們自己也雇好船了。」

他叔叔急急忙忙地在案上拿了一柄湘妃竹的冷金面摺扇待走。他父親留他道：

「你何不在這裏喫了午飯去。」

「不喫了。我還有事呢。」

不等話說完，已三步作兩步的奔出園門去了。

這裏魯男子仍回到西面書案上，繼續他考證歡喜佛的工作，心裏暗笑道：

⑱ 玉成：愛而使之有所成就。後謂成全曰玉成。

「今天，來了兩個情場急性人，一個才交弱冠，一個已過中年，都是一般的熱烈。本來愛戀沒有年紀。」

七明珠

「吭哼！吭哼哼！喔唷，喔唷唷！」

她正仰面睡在一張細工雕鏤著獼猴偷蟠桃故事的掛絡花梨床上，張著一頂貓兒戲蝶圖案楊妃色❶的輕紗帳，一邊垂垂地放著，卻把銀鉤鉤起了半邊；蓋著一條蒲劍斬五毒❷應景時花的火紅繡被，祇蓋到齊腰，下邊也一團縐的堆著，好似紅海裏微風激蕩起高高低低的浪紋，直捲到膝蓋上；一道溫軟而熱烈的晨光，在半開的窗簾縫裏，斜射到床裏面，沉浸著墳起雙峰肉色的胸兜，春蠶眠起般滑膩的粉頸，火齊❸欲吐的嫩臉，夢痕籠罩的餳眼❹。她剛在濃郁的香夢裏回來，被那晨光輕輕地一擊，不自覺地勉力睜開了倦眼，在被窩裏發出嬌憨的囈語，接連著伸了幾個懶腰，嘴裏不斷的哼出煩倦的聲浪來。

❶ 楊妃色：桃紅色。

❷ 蒲劍斬五毒：蒲劍，菖蒲葉，以形似劍，故名。舊時風俗於端午節（農曆五月初五），在門上懸掛蒲劍，謂可以驅邪。

❸ 火齊：寶珠名。相傳出於扶南（古國名，在今柬埔寨）。狀如雲母，色如紫金，有光耀。

❹ 餳眼：眼半開半閉。餳，音ㄒㄧㄥˊ。

她嬌哼時，雖說醒了，一顆小心還是勃勃地在胸腔裏跳。衹覺得渾身酥迷迷懶洋洋的有一種說不出的餘味，驚奇似的出娘胎第一回嘗到。好像把一年來不自解的橫不對豎不是彷彿缺少什麼的煩悶，明知是個虛幻的夢，也輕輕地撫慰了一下。

她想抬頭卻抬不起來，衹微微側向外床，把火熱而黑大的眼睛，恰睃到靠壁放著衣櫃門上的車邊穿衣鏡。怔怔的看那鏡裏面映出的臥房裏外景色，猶如經過了不可思議的神水洗煉，比現實更要溫麗；前面大玻璃和合窗沒拽嚴的湖綠軟簾空洞處，漏入庭中一角惱人春色，海棠花瓣的風前飛舞，小鳥羽影的枝頭廝打；日光裏的金塵，返耀了鏡稜的七色線，融合著海綠藻紋的壁衣，閃得滿屋成了迷幻的紺碧；床前鏡臺上，一盞白磁罩的小手燈，未燼的火苗，還在飄搖不定。再看那自己躺在床上的影子，一挽烏金般的長髮，拋散著蜿蜒在枕畔；圓滿的臉蛋兒，恰似中秋天心的月亮，渲染了一層紅暈；眼皮略暴，兩個瞳神，是世界奇珍的兩顆黑鑽石；當微笑時，利刃新破傷痕的兩瓣鮮唇，唇角邊旋起一對小窩，衹等儲著愛神的口蜜；看到項脖下面，築玉的雙肩，垂著兩條肥滑的雪鰻❺，游泳在活水裏；酥胸袒露，在水紅鮫綃❻兜肚的霧縠❼裏，掩映著雙雙含苞的睡蓮，印出淡紫的花蒂；這還是去年初夏，無意中在平坦的玉田裏，新發現的奇葩，在發現時，全身感受著不可知的顫動，漸漸地綻露了，漸漸地成長了，到如今彷彿已結成了核心。她此時自己越看越愛，不自覺地動了把玩欣賞的意思，倏的把

---

❺ 雪鰻：魚名。也叫白鱔，形狀如蛇。這裏用以形容手臂。

❻ 鮫綃：傳說為鮫人（傳說中居住在海底的人）所織的生絲。

❼ 霧縠：如同薄霧的輕紗。

兜肚解開，撩在一邊，兩眼恣意的賞鑑，一手盡量地撫摩。忽覺得心腔裏一股熱浪，突進了毛孔，沁出微微香泉，頓時煩躁起來。嘴裏低呼道：

「好熱！好熱！」

說著把雙足向後一蹬，一條薄薄的繡被，全褪到腳後去了。她生成的肌肉豐腴，肥不露骨，膚理細潤，滑不留手，嫩藕般的雙脛，粉團似的膝蓋，銀蟶❽的腰，海月❾的臀；自繡被一揭後，身上祇留得一條粉荷色的短綢褲，雪也似的全身，都呈露在她眼下。她雖受了造化主美的賦予，從來不曾親眼認識過。此時倒半昂起頭，雙目痴痴的凝視著，露出驚奇賞嘆的神情，不自禁的臉上一紅，唧噥道：

「唔！怪不得昨夜夢裏，他要……」

忽聽房門咿啞的響，有人放輕了腳步，推門進來。

「雲鳳妹妹！雲鳳妹妹！」

她嚇了一跳，疾忙拉那帳子脫了銀鉤，把繡被向身上一捲，面朝裏床裝睡。

「雲鳳妹，」進來的人笑著道，「你剛才明明醒著，見我來，倒裝睡，這算什麼？我是來告訴你，朱家姑媽，約我們姊妹們同去看龍船，還約著媖光妹。等一會兒，媖光妹就到我家來，同我們一塊兒上船。你還賴在被窩裏，不起來梳洗嗎？」

雲鳳聽了，這才翻過身來，笑嘻嘻地問道：

❽ 銀蟶：一種軟體動物，形狹長。蟶，音ㄔㄥ。

❾ 海月：又名窗貝，海中動物。形如鏡，白色。

「儀鳳姊姊，你今天怎麼起得這樣早，姊夫肯放你嗎？——他家還有什麼人去，姑夫去不去，小雄哥呢？」

儀鳳顯出不以為然的樣子，板了臉說：

「你看！你心裏衹橫著個小雄哥。小姐！你今年長成了！閨門女訓也讀過，怎麼還是不知內外，哥哥妹妹的儘擾。我們湯家是詩禮名家，你休要學齊宛中和魯男子的樣。朱雄伯姑夫也是個守禮的君子。老實告訴你罷，小雄不和我們一起去。」

雲鳳已抓了件短衫，要披了坐起來。聽見她姊姊這樣說，隨手把衣服一扔，仍舊倒了下去。

「既然姊姊教訓我，我就守著閨門女訓，不去看龍舟就是了。」

儀鳳很後悔才和妹子說的話，太嚴厲了些，又知道她年紀雖小，脾氣十分拗彆，說得到就做得出，什麼都不顧的。若真的扭著不肯去時，被姑媽看著，好像我已出嫁的姊姊霸在娘家欺負小妹子，面子上頭不好看。一壁想，一壁走到床邊，坐在床沿上，慢慢地把好言哄騙，勸她起來梳洗。她衹死閉著眼，憑你千言萬語，總給你一百個不開口。弄得儀鳳沒得下臺，也生了氣，一扭身自顧自地走了。

表面上，雲鳳的不願去看龍船，為的是和姊姊賭氣；其實她要去的目的，衹在和小雄廝會，聽說小雄不同去，這就是直接的給她打擊。她一點不肯敷衍的性質，肯去受屈服的周旋嗎？當然根本上不願去了。

她聽見姊姊的腳步聲遠了。睡在枕上，覺得滿心裏的鬱悶和憤怒，溢漲得衹待破裂。有些睡不穩，衹得起來還把帳子鉤起半邊，披上小衫，半睡半坐地斜靠在床欄上，對著兩眼恣意的注定了雙目呆呆地凝視，好像在那透明的舞臺裏，幻現出她過往的生活史上一幕一幕的戲劇。

她想到三年前，父親和母親未死以前，家庭快樂的情景。她的父親湯起鵬，就是娭光父親湯紀群的堂房兄弟，又是小雄繼母的胞兄。他原是個溫李❿派的詩人，愛美的詩人。曾經做過一任廣東廣州知府，四十歲上就棄官還家，逍遙林野，度他的詩酒生涯。他的性情，是易感的，熱情的，惟美的；所以他宦場的獵獲物，金銀倒不多，獵取了些書畫、雕刻、明珠。明珠是他的特好，有一顆最珍貴的，足有龍眼⓫般大，走盤不定，就叫做龍眼走盤珠。他生了兩個女兒，一個最小的兒子；大女兒叫儀鳳，嫁給本縣的高秀才，二女兒就是雲鳳，兒子還小，小名蓀哥。三個人裏頭，雲鳳生得最美麗，最伶俐，他也最愛雲鳳。他常說他家裏有兩樣寶貝，一樣是走盤珠，常擎在掌裏讚賞，認它是美的結晶；一樣是雲鳳，常抱在膝上撫摩，認她是美的表現。可是她的相貌越是豐艷嬌媚，性質越是淘氣頑皮，和別的女孩子不同，大膽，任性，倔強，從小就不容易駕馭，她父親又百般的縱容。有一回春天，她看見庭前一株西府海棠⓬枝頂上，棲著新蛻的一隻綠色的大蝴蝶，喜歡得跳起來，定要父親去捉來玩。她父親給她鬧不過，竟自爬上樹去撲，蝶是捉到了，不提防一失足跌下來，樹枝擦傷眼睛瞎了一目，他一點也不怨。她的母親，是鄉下馮財主的女兒，年輕時也是極漂亮的，生性也是富於情感，但暴烈而急躁。傳說和她父親在結婚之前，先生純潔的戀愛。直到後來，在她眼下的一對老夫婦，看著半凋殘

---

❿ 溫李：指晚唐詩人溫庭筠、李商隱。兩人詩風綺麗，長於抒情，在當時齊名，稱為溫李。

⓫ 龍眼：俗稱桂圓。

⓬ 西府海棠：海棠的一種。春季開紅花，秋季結實。

的心田裏，還不斷的透出熊熊的情焰，不過偶然她母親發起脾氣來，她父親在烈風暴雨的下面，祇有震抖，屈伏，因此，她父親得了懼內的聲名。就是她母親的待她，慈愛裏頭總帶三分嚴厲，沒有父親的寬容。她想著這些時，無論如何，總是她幸福的日子：喫飯，睡覺，玩耍，消受爺娘的愛憐，驚奇事物的發現，不知道世界上在這些事外還有別的可以攪擾她的生涯。

不幸，遇著第一個焦雷，就是她父親突然犯了傷寒症，一病嗚呼了。不到一年，她母親為了悲傷過度，接連著病死，偌大一個門戶，祇留下她和小兄弟蓀哥一雙孤兒孤女去支撐，這是何等悲慘恐慌的境遇！那時恰碰上她的紀群大伯伯——婑光的父親——請假省親回南，看見他們年幼無依，和她的姑媽——小雄的繼母——商定，喊她的姊姊儀鳳夫妻兩人，搬往他們家裏，一來照顧，二來代理家務，做了家中惟一的保護人。她和姊姊，親情上一向十分友愛，性情卻絕端相反。她看姊姊滿面掛起賢母良妻的招牌，開口三從⓭，閉口四德⓮，朝談〈內則〉⓯，暮說《女誡》⓰，未必實踐躬行，不過拿來做譏評人們的繩尺，常常暗笑她的作態，好在各不相關，也沒在意。等到她來做了自己的保護人，不想她竟擺出攝行家長的面孔，明查暗訪，處處來束縛她的自由。她從沒有受過這種痛苦，心上自然地起了強烈的反抗了。

⓭ 三從：舊時約束婦女的教條，即幼從父兄，嫁從夫，夫死從子。

⓮ 四德：指婦德、婦言、婦容、婦功。

⓯ 內則：《禮記》篇名。內容規定婦女在家中的言行，不許超越禮教。

⓰ 女誡：東漢班昭作。宣揚男尊女卑、三從四德。

第一使她痛心的，就是和小雄愛戀上的障礙。她想她和小雄自認識到今，連頭搭尾，還不滿三年，在先，不過新會面的小朋友，愛新是孩子們的天性，也是人類的直覺——好奇似的玩得高興一點，談得親密一點；後來，她感覺到他的肌膚，和她一般白細，眼睛，和她一般烏亮，面貌態度，和她一般豐麗灑脫，尤其是性情言語，完全相一致，不自禁地動了愛慕的念頭。誰知這一來，她就犯了不可赦的罪了。她姊姊當一件大事，用偵探手段，探出她靈魂上的罪狀，竟在她姑媽處提議，歸寧⓱時不帶小雄來，但還不便阻止她的去。她一知道了這個消息，彷彿得了一個可怕的凶信似的，又好像丟了一件寶貝似的，坐不安，睡不穩。其實平常也未必能天天會見小雄，這時候，好像非立刻見面不可，非一天到晚見面不可，本來不過溫度，一下子增加千倍的熱，升到了沸度了。她用了極巧妙的法子，第二天就到了朱家，她還記得那回和小雄廝會，在她姑媽的廂房裏，兩口子拉著手足足咕噥了兩個鐘頭，自覺得嘗著世界上從來未有的甜蜜；結果，使她對於小雄，下了什麼都肯的決心，這才澈悟自己和小雄確確實實發生了戀愛了。

這件事，又被她姊姊知道，益發著急，怕她真失了童貞，忙趕來秘密警告她姑媽，禁止小雄再見她。她姑媽卻反對這辦法，叫她不要這樣認真，說孩子家要好是常事，你越管得兇狠，他們越覺得有趣，和喫東西一般，不禁喫個暢，自然會厭，你越是禁，他們越是饞，甚而至於饞得要偷。她姊姊不相信，去懇求姑夫，雄伯是個道學先生，自然照准，並且把小雄暗地叫到書房裏打了一頓，從此在朱

⓱ 歸寧：回家省親。後多指已嫁女子回娘家。

家一面，也設了防障，會面一發困難。然事實上多一層困難，他們倆的愛戀上卻加一重熱烈，她的反抗力，也增進了無限的勇敢。她姊姊固然擋不住她的去，雄伯也不能終日在家看管，究不能完全斷絕他們的交通，不過感著痛苦罷了。

她想著這種種的過往，忽然記起剛才的夢境。她夢見小雄突然進了她的房，她一見了，心頭砸砸地跳個不住，不曉得她震抖的是嚇還是喜，小雄軟款地溫存，燃燒地擁抱，也不曉得她嘗味的是酒還是蜜；但久受羈弗的愛神，倏的解脫，展開雙雙肉翅在自由的雲海裏，誰還禁得住情波的奔放呢？她便毫不吝惜的自獻了。她此時追尋夢影，自問道：

「這個是個罪嗎？這個是失了貞操嗎？不！這不是罪。我和小雄的戀愛，完全是耽美的愛。他愛我的嬌媚，我愛他的精神。美原是愛的源泉。美是天給我們的肉體，愛是天給我們的靈魂，肉體不能不表現，靈魂不能不感印，這都是宇宙自然的規律。我們既愛光明，愛采色，愛雕繪，愛芳香，歌詠它們，舞蹈它們，不聽見人們算做一個罪，為什麼我們倆的相愛就硬派做罪呢？若說為了男女，男女的分別，祇在形體，心靈是平等的。愛是心靈的產物，應具純全的活力，無論何方，不應剝奪它的一部。怎麼偏偏女子愛了男子，便輕輕加她們一個淫蕩的罪名呢？這也不是失貞操。貞操的基礎該建立在戀愛上，不該建立在名義上。名義是人為的，文飾的；戀愛是自然的，真實的，是人生神聖的使命。生了愛戀，就該把自己的一切整個兒貢獻給所愛，一與之愛，終身不渝，男女一般，不問名義，這才是最純粹的貞操。就是小雄這一會真來了，我也決不疑慮的和夢裏一樣，何況是個夢。最可笑儀鳳姊姊，祇抄襲人們腐爛的話，來教訓我，管束我，全不了澈貞操和戀愛的真義，好像貞操是女子對男子臣服的標幟，又像妻子對丈夫特殊的天職。固然決不問男子的本分如何，連自己的心靈也不去反省，祇要死守了守身如玉的一句話，儘管你同床各夢也罷，身秦心楚也罷，便自命是貞女傳或清節堂裏的人物了，這真叫我死也不服。」

她正玄之又玄的在幻想，忽聽耳畔有人叫聲：

「小姐……」

她抬起眼來，看見是自己身邊十三四歲還梳著雙髻的丫鬟翠兒，笑嘻嘻站在床面前。她想出神，竟沒有聽見她進來。

「什麼事？」她問。

「大姑奶奶才叫我來告訴小姐，說娭光小姐為了時光不早，一逕下船，不來了。大姑奶奶也打扮好了，小姐若要去時，她可以等一等，否則她便下船，叫小姐在家裏靜養靜養也好。」

「你去說，我頭痛，決計不去，請大姑奶奶自管自下船去好了。」

翠兒剛跨出去，一個十三歲的小孩子搶進門來喊道：

「雲姊姊，為什麼不去看龍船呢？」

「我不高興去。」

「阿喲！那麼我倒騙了小雄哥哥了。」

雲鳳聽見提起小雄兩字，不覺經了心。

「怎麼你騙了小雄哥哥？」

「一早小雄哥哥特地來，叫我到門口，問我雲姊姊看龍船去不去，我回答他是去的，他興匆匆叮囑我叫你早一點去，他在那裏等你。現在你偏不去，不是我騙了他嗎？」

雲鳳一聽這話，頓時呆了。這明明小雄利用小孩子傳遞的一個密約，深悔剛才把話說得太實了，一時轉不過彎兒。若不去時，小雄一定很苦心的想好法子等我，倒叫他大大的失望。我如何忍心叫他失望呢？那是非去不可。正在七上八落的盤算，忽見蓀哥撅起了嘴，生氣似的靠在鏡臺邊。

「蓀弟，」雲鳳問道，「你怎麼不跟儀姊姊一塊兒去，呆站在這裏做什麼？」

「儀姊姊不許我去，他們早走了。」

雲鳳忽然得了主意，撫慰地向蓀哥道：

「蓀弟，你不要生氣，他們不帶你去，我和你去。等他們走了，我們雇一隻小船，偷偷兒搖出去，樂得清爽寫意。」

蓀哥快活得又是跳又是拍手。

「好！好！我情願跟雲姊姊去，比他們強得多。我們好找小雄哥替我多買些玩意兒了。」

雲鳳對蓀哥微微地一笑。

八 龍舟

那日下午一點鐘，正是風和日麗的天氣，有一隻單櫓雙艙的玻璃小快船，全卸了門窗的頭艙，裝起兩面雕欄，掛上四盞紗燈，從彳城南門內搖出來，載了他們姊弟倆，在柳暗花明的兩岸中，一條沿山的小河裏，慢慢淌下去，直向大堤競渡處來。

「姊姊快出來看！」蓀哥喊道，「前面就是大堤蕩，多熱鬧好玩！」

「弟弟，」雲鳳在艙裏道，「你小心著，被大姊姊看見，一把把你抓了回去！——翠兒，我才囑咐你的話，你得留心看好了。」

一個十三四歲的小丫頭，梳著辮子，站在船頭上，一面東張西望的忙著看，一面答道：

「可不是，正要告訴小姐呢。剛才眼裏一晃好像是朱少爺的背影，站在一隻沒棚船上往城裏搖。可是兩來船過得快，正要認早去得遠了。不曉得是也不是？」

蓀哥腳踹在艙門口的步踏上，身靠著蜈蚣形的大紅地白鑲邊門槍旂，眼望著前面喊道：

「不是，一定不是，翠兒在那裏活見鬼！姊姊，你看！河裏衹有出來的船，沒有回去的。不見大堤蕩裏，兩岸都是大快船面對面停著嗎？雄哥一定在前面的大船堆裏，——魯家的船上。我們趕緊搖上去找他。」

果然，前面是個很闊大的河面，便是彳城南門外最大的菱蕩，叫做大堤蕩。蕩的兩岸足有三四十丈闊的距離，左岸橫著蒼翠萬變的彳山，如屏風般界住了十里的地平線；右岸拓著一碧無垠的沃野，卻被微風波動了如海的麥浪。那時，傾城仕女的遊船，大大小小，都傍著兩岸背岸朝河的停泊著，當中留出一條河道，好讓龍舟往來游弋。那些遊船，都裝飾得金碧輝煌，異彩奪目，軒窗洞啟，闌楯玲瓏，棚上滿掛書畫宮絹燈，門邊豎起繡彩門槍旂，船頭上撐得各色排穗的遮日天幔。那些仕女，都打扮得艷服縟川，靚裝照野，有的來往幔下，手足舞蹈；有的倚靠欄邊，笑語呢喃；有的在艙裏歡呼暢飲；有的在船頂遊目騁懷；有挈帶妓女，打情罵俏的；有暗逗情人，傳眉送眼的。在龍舟還沒出來的當兒，河心裏擁擠著許多小販的舢板，有賣瓜果的，海蜊的，豆腐花，油豆腐線粉的，都挨傍大船一路的叫賣。還有些年輕子弟們，嫌大船煩悶，跳上小船，如梭的搖，賞鑑人家的婦女，評頭品足的。也有高雅些的遊客，約了一班知音的朋友，帶了絲竹樂器，吹彈歌唱的。好像人們一年間工作的煩倦，社會裏禮文的拘束，全靠這春社❶群眾發狂的機會，發洩一下，解放一回，大有及時行樂惟恐不及的氣象。

他們姊弟倆的船，已進了大堤蕩。雲鳳吩咐船戶，祇傍著右岸快船邊一路搖上前去。此時雲鳳心裏，祇記掛著小雄，希望在這大家混亂的時間，得到一時半刻沒拘束的快活。蓀哥和翠兒祇管歡天喜地的看熱鬧。雲鳳獨自躲在艙裏，靠著窗口，目光注定經過的快船上，一船過了又一船，那裏有小雄

❶春社：祭名。祭祀土地，以祈豐收。後多在立春後第五個戊日舉行。

的影兒？不覺有些焦急起來。

正行間，蓀哥慌慌張張逃進艙來，指著前面一隻快船道：

「哪！朱家的船！大姊姊坐在船頭上旗門下抽水煙哩。娭光姊姊著地坐在船舷，兩腳掛在河裏，叫豆腐花喫哩。」

雲鳳忙叫船家扳梢向對岸，傍著左邊各船折回頭搖。

船祇管搖，雲鳳祇管想：「小雄既然約我，怎麼自己倒不來？難道有阻礙嗎？被姑夫管住了嗎？不，不，不會。他早上既能來尋蓀哥，不會再被姑夫撞見。——哦！一定在魯家船上，和魯男子在一塊兒，魯家的船沒見哩。」

忽然，人聲鼎沸，河心裏一大群小船烏飛鵲亂風捲殘雪似的向兩面直擠過來，把雲鳳坐的那船擠到一隻頭號快船擋裏，硼的一聲撞在船頭上。雲鳳喫了一驚，抬頭看時，祇見遠遠的似樓船般的七八隻龍舟，居中矗起一頂紅緞繡花大傘，四面一層層插滿了光怪陸離的雲幢❷羽葆❸，龍腹裏蕩出八支畫槳，似拏雲❹的五爪一般，在水面上驤首掉尾，鑼鼓喧闐的衝波而進。蓀哥已倏的跳上船頭，拉住翠兒踮著腳痴望。不提防那大船上立著一個三稜眼黑獠牙的瘦漢子，彷彿跟班模樣的人，抓起一根竹篙，不管三七二十一就望鳳姊船上的船戶劈頭打來，罵道：

---

❷ 雲幢：如雲一般的旗幟。幢，古代作儀仗用的以羽毛為飾的一種旗幟。

❸ 羽葆：古代車上以鳥羽連綴為飾的華蓋。

❹ 拏雲：淩雲。拏，音ㄋㄚˊ。

「不生眼的直娘賊，你須不曾長三個頭，膽敢撞我們魯太爺的船！」

那船戶被打，嚇得抖索索忍著痛不敢做聲。雲鳳有些發怒，正待發作，祇聽船上又一個人說道：

「蕭二，你別亂罵，那是湯家的船，你看船頭上不是蓀官人嗎？是我們魯家的親戚。」

雲鳳這才知道是魯家的船，聽見有人替她說話，氣早平了。她料想小雄十有八九在這船上，心裏倒暗暗歡喜，祇把一雙俏眼打了幾個圈兒，不但找不到小雄，連魯男子也看不見。

祇見那大船，是個新下水雙夾衖的無錫快。艙裏擺下一張大圓桌，桌上一席盛筵，團團坐著許多男客，正在那裏猜拳行令。那些男客裏，第一進她眼裏的，就是她姑夫朱雄伯，魯男子的父親魯公明，齊宛中的父親齊漢江，也在裏面；還有許多不認得的都是衣冠齊楚，氣概昂藏，大概是城中縉紳；祇有坐在主位上的，是個粗眉大眼俗氣熏天的人，身邊還圍繞著四五個塗脂抹粉的女妖嬈，嘻嘻哈哈的在那裏打鬧。再看到頭艙裏，恰好和她的船窗緊挨著的闌干邊，一對男女，正在那裏耳鬢廝磨，噥噥私語，雖隔著船，卻一句句的話，都直灌進她的耳中。

她留心細認，認得那男的正是魯公寧，女的卻不認得。看她生得圓整的臉，半白的膚，矮短的身材，豐盛的頭髮，雖不十分美麗，卻也滿面端莊。她聽見小雄說過，猜是公寧心愛的錦娘了。祇聽公寧低問道：

「錦娘，剛才大老爺領你過船，見了老太太，老太太和你說些什麼話？待你好不好？」

「老太太是很和氣，問長問短，給我說了許多話。倒是你那位太太，鐵青了一張臉，祇待要喫人，叫她待理不理的。在她手下過日子，祇怕有些難。」

「那怕什麼？大老爺才說，老太太已答應叫你進宅了。祇要老太太喜歡就行了。我們太太實際並不利害❺，便利害，中什麼用呢？況且，我就要到北省去做官，帶了你走，她又該怎麼樣？——你再見了些什麼人呢？」

「大太太，兩位姑太太和大老爺的幾位小姐，我都見了。我們的幾個小姐，算嬰茀小姐最標致，還有個和嬰小姐行坐不離的，長得更標致，一雙水汪汪的俏眼，誰看了都愛的，不知道是誰，我沒敢叫。」

公寧想了一想道：

「哦！那是間壁齊家船上的宛小姐，來看我們大小姐的，她們姊妹最要好。她是老太太的侄孫女兒，也許將來要做我的侄媳婦呢。——你看見我們的侄少爺嗎？」

「我看見兩個眉清目秀的小少爺，一個文靜些，一個淘氣些，不曉得那一個是侄少爺。」

「自然是那一個文靜的。那淘氣的一個，是朱伯雄的兒子朱小雄。」

「你們的侄少爺，外面雖說文靜，祇怕實在也是一樣的不老實吧！」

「你怎麼知道呢？」

錦娘一壁笑著一壁手指了雲鳳的船。

「剛才這裏也停一隻小船，我親眼看見你們的侄少爺同了朱少爺在這裏下船，搖出去玩耍。」

❺ 利害：應為「厲害」。下同。

「他們去『搖出水』玩，那也是少年人的常事，算不得什麼不老實。」

「『搖出水』，」她披了披嘴，「自然算不得不老實。祇是那船艙裏還藏著一個嬌嬌滴滴的女孩兒，一下船，三個人就嘻笑著攪做一團。你做叔叔的祇當祇有你自己會尋開心，小輩比你乖得多呢。」

「有這等事！」公寧祇管搖著頭說，「那女孩又是誰呢？」

這一套話好比暴風急雨般祇向雲鳳的耳朵上撲來，震得一顆火熱的心，搖晃得差不多要炸裂。她因此知道小雄的確在魯家船上。她又知道他和魯男子現在已換了船搖到別處去了。他又知道他們曾另外預備一隻船。她把這些情形在心上轆轤似的推想，第一個思想，以為另外這個小船，一定是為她預備的；小雄既來約她，必然預定計劃，這計劃一定是魯男子同謀的，這預備的小船也許就是計劃。現在他們一同上船搖出去，大概為了找我不到，所以一同去尋訪。這麼一想，覺得自己不合鬧脾氣，不和大家同去，叫小雄摸不著頭路，十分的悔。她第二個思想，他們既然為著她，要那女子何用，那女子是什麼人？難道小雄有了外好不成？照這麼想，小雄的愛她，完全是騙她，妒心一起，自然十分的恨。她第三個思想，果真小雄有了外好，樂得撇了她，自己去逍遙自在，何必又老清早跑來約她，也不必拉上魯男子，若說是魯男子的相好，又何必拉小雄，難道那船上的是妓女？那麼又何苦停在自己船邊呢？想到這裏，又十分的疑。

雲鳳越想越難過，恨不得立刻尋到那隻船，抓住小雄細問。也不問那時河面上正擠得水泄不通，祇逼著船家往前開。船家被她催得沒法，祇好在船縫裏死挨。好容易撐過了一個船頭，忽見魯家船上，那個三稜眼的瘦漢子手裏拿了一面小紅旗，爬上船頂，把旗在風中舞動，一時艙裏的客人，都鬨上船頭，河面上七八隻龍舟，打緊鑼鼓穿梭似的來往游划，把雲鳳的船又擠到一個船旁——是魯家家眷的船旁。

「我們看完了魯家『叫划』再開吧。」蓀哥和翠兒一齊說。

雲鳳情知開不出，又怕被魯家姊妹們看見，忙叫蓀哥和翠兒都躲進艙，自己把窗簾掩護著，祇在簾縫中偷看。

看見那邊船上，五彩天幔下，此時粉白黛綠❻擁滿了一船頭的人，魯老太太滿面笑容手裏還是拿著一根湘妃竹❼旱煙筒，坐在當中一把大交椅上，劉氏，易氏和湯卜兩姑太太，在旁邊陪坐，且談且看，一群姊妹，花團錦簇好似肉屏風地圍繞了。此時頭艙裏卻祇膌了一個人，雲鳳留心看去，認得是宛中。卻見她一手托著香腮，斜靠在短闌上，蹙著雙眉，眼望天上的白雲，呆呆地想，不一時，一手忽在懷中掏一塊帕兒，偷偷地搵著粉臉，好像在那裏拭淚似的。雲鳳看了，倒有些詫異起來。自肚裏想，宛中有什麼心事？難道也知道了他們小船中的事嗎？

正想間，卻見嬰茀進來和宛中說話。先像勸慰似的，宛中惱得哭了。嬰茀祇是嘻皮賴臉地央告，終究把宛中拉到船頭上來了。

當雲鳳呆看宛中和嬰茀說話的當兒，魯家船上叫划已完，龍舟漸漸地去遠，河心裏的船也漸漸的

❻ 粉白黛綠：謂婦女的妝飾。粉白，面傅脂粉，潔白如玉。黛綠，青黑色的顏料，用以畫眉。

❼ 湘妃竹：即斑竹，又稱湘竹。《初學記》引張華《博物志》：「舜死，二妃（娥皇、女英）淚下，染竹即斑。妃死為湘水神，故曰湘妃竹。」

鬆動了。雲鳳的坐船就在這機會裏，衝出了船陣的包圍，到了自由的波面。雲鳳的船家一路的向前搖去，一路留心，依然沒遇到小雄的蹤跡。直到快要出大堤蕩的邊界，忽聽有人叫道：

「翠兒妹，翠兒妹，你們小姐在船上嗎？」

翠兒回頭向左岸喊道：

「咦！阿林姊，你怎麼不跟你小姐，倒在這裏？」

「翠兒妹，你快叫船搖過來，我有要緊話和你小姐說呢。」

雲鳳在艙窗裏忙向岸邊看去，祇見一株柳陰下，停著一隻小快船。阿林穿一身元色夾紗衫褲，拖一條烏光照人的辮子，倒也唇紅齒白，丰韻宜人，正站在船頭連連招手，艙裏面影影綽綽一個少年，彷彿是魯男子。

雲鳳心裏好生詫怪，阿林是宛中的寵婢，怎麼獨自和魯男子在一起，又什麼要緊話和我說呢？

兩船相併，阿林跳過船來，剛要進艙，那邊船上果真魯男子走到頭艙裏。

「你把話細細地告訴湯小姐，」他向阿林道，「你就乘了湯小姐的船回城，我還要回到大船上去呢。」

阿林答應了。祇見魯男子叫船家開船，咿咿啞啞地搖進大堤去了。

九朝山宮

一片處女般含羞而溫軟的晨曦，漸升到彳山一角橫截在城內西北隅一座古宮的殘基上，那古宮原是梁朝真靈館遺址，後來元末張士誠❶竊據縣城時，在那上面替他神妃金姬造了供奉遺像的神殿，喚做朝山宮，現在全頹廢了。

那頹敗的神殿，在彳山的半山腰裏，自下至上，隨著山勢一層高似一層的共有五層。那頂上一層的殿基，離地已在千尺以上。殿基上雖然荊棘縱橫，瓦礫歷亂，矗著傾斜的石柱，露出橫斷的階砌，令人起滿目蒼涼之感。但那殿後卻重巒疊嶂，布滿了鬱蒼蒼的松楸檜柏，碧玉屏風似的圍繞著，使一片荒蕪，變現了莊嚴。那殿的東面，離著四五十步陡起一個嶄絕的峭壁，一面上接森林，一面下臨巨壑，壑下沖激著吰噌鞺鞳❷的瀑布，直瀉到山下的城河。壁頂有一個石亭，彳城人都叫它做望海亭，祇為一到那亭上，固然全城在望，天氣晴朗時，一直望得見江海之交經過的輪船煙影。那最下層的殿基下面，便是一條斜坡的甬道❸，直通到朝山街，沿街豎著一座高大的石牌樓，牌樓上橫刻著朝山宮

❶ 張士誠：販鹽出身。元末率鹽丁起兵，自稱誠王，國號周。後自稱吳王。被明軍俘獲，自縊死。

❷ 吰噌鞺鞳：音ㄏㄨㄥˊ ㄔㄥ ㄊㄤ ㄊㄚˋ。均為象聲詞。這裏指水聲。

❸ 甬道：兩側築墻的通道。

三個大字。

那天，四月初三日，正是看龍舟的第二天的一個清晨，一向嬌生慣養非日高三丈不肯起床的齊宛中，忽然出現在曉露初晞的陽光中，披了一身家常白羅衫褲，梳了一個蓋頂麻姑鬆髻，微風飄蕩著衣袂，真似奔月的羿妃、踏波的龍女，低垂粉頸，輕擺柳腰，趁著一大早路上人稀，從自己家裏後門溜出來，使勁越過街，跨進那朝山宮的牌樓，望著甬道向上祇顧走。

在迎面的日光下，見她海棠似的臉，忽變了蒼白而憔悴，醇酒似的眼❹，全成了紅腫而乾澀。這明明是一夜沒有睡覺的樣子，這明明是不但一夜沒有睡，並且整整哭了一夜的樣子。

她此時的情緒，像麻一樣的亂，此時的腦海，像油一樣的煎；不是慣使的嬌嗔，是難堪的鬱怒，不是自尋的煩惱，是意外的失望。她一口氣向山上跑，不管腳步的伶仃，喘息的急迫，穿過甬道，一層一層的攀登。

她身體本來單薄，又經過全夜的翻騰，若不是煽著一股熱狂的火，怎麼能爬登到五層的殿基呢？等到達了第五層，已經弄得筋疲力盡，頭暈眼花，坐在一根薜荔纏繞的斷石柱下面的殘階上，口裏祇管吁吁地喘，手裏不住地拿帕子拭著額上的津津香汗。

她此時，定了定神，抬頭向下望去。祇見面前一片空闊，雲山縹緲，雞棲似的萬家屋頂，地毯般的五色田塍，地平線上緣著一縷白練的長江，萬象空明，都照耀在溫麗的春光裏，眼界一寬，精神頓

❹ 醇酒似的眼：如同飲了美酒後的醉目。

覺清醒了好些。

於是，她默默地遠望。她深深地回想。

她想，她現在是完了，她的幸福是毀了，她的快活是死了，她的生命之火是滅了；從此魯男子再不是她的了，沒有了魯男子，她就一切都沒有了。

她想，昨天早上，她還沉醉在戀愛的幻夢裏呢。魯男子照常不到九點鐘，就溜進她的臥房來了。她為了預備要去看龍舟，特地起得早；當魯男子進房時候，她已經披上衣服，坐在床沿上穿鞋，正待跨下床哩。魯男子死活和她歪鬧，不許她起來，要和她多親熱一會兒。她為了聽見前面正房裏爹和娘都已起來，阿林也快端洗臉水進來，不肯依他，一撒手，硬掙了起來，魯男子還撅著嘴不高興呢，她也賭氣不理他。這種小小口舌，他們是從小鬧慣的，常常一句話不對，彼此變嘴變臉，一會兒工夫又如影隨形地分拆不開了。當下她看見魯男子垂頭喪氣地在窗口梳妝臺旁坐了一會，當阿林提水進房時，他一聲不響地就踱了出去。到底她現在年紀大了一點，不能像小時候一樣隨意，看見阿林站在那裏，心裏雖不願他出去，不好意思去拉他回來，祇好由他自去。不久，她聽見魯男子的聲音，在前房裏正和她的娘顧氏在那裏談話。祇聽魯男子說道：

「今天，我們公寧叔叫了兩號大快船，特地叫我來請嬸嬸和兩位妹妹同到我們大船上。我想，請嬸嬸把昨天雇定的回掉了罷，大家在一個船上熱鬧一點，不好嗎？」

那時慧中恰在旁邊，笑著插嘴道：

「我們的船是回不掉了。其實又何必呢，祇要叫宛妹妹到了你們船上去，大哥就覺得熱鬧了。」

「阿慧，」顧氏道，「又要來說小氣話了，哥哥，妹妹，還不是一樣的，難道大哥祇理宛妹不理你嗎？倒是雇船的事，原是你宛妹主意，到那個船上，我反正是從你們的興，我不管。你還是去問宛妹妹罷。」

「我那裏敢不理妹妹！妹妹現在都變了貴千金，人大心大，不把人放在眼裏，動不動就使氣不理人，我不高興去問她。」

「大哥，你在那裏說誰？我從來沒有使過氣，況且也不配使；生薑辣了怪茄子，什麼都不都的？」

顧氏見他們兄妹吵起嘴來，連忙調解道：

「你們不要瞎鬧了。回來到了大堤蕩，吩咐船家把兩家的船靠在一塊兒就得了。」

以後就再不聽見魯男子的聲音了。她急急忙忙梳好了頭，想去尋他，說幾句安慰的話。在通前房的紗槅子裏跨出來，卻不見了魯男子。她祇當他又從中堂屏門後——每天走慣的——便門裏到自己房裏去了。正要縮回，卻被顧氏叫住。

「阿宛，你幾時和大哥又拌了嘴？」

「沒有，」她臉上一紅道，「今天我還沒見他呢。——人呢？」

「才走出房呢。」顧氏向外努嘴說。

她到房門口，掀簾一望，祇見魯男子站在抄手迴廊❺裏，西廂房窗邊，正和窗裏面的阿林在那裏低低說話。看見了她，魯男子故意高聲地喊：

「妹妹，我回去了，朱小雄在我家裏等我呢。大堤蕩再會罷。」

說著，他飄飄灑灑地走了。她看了，心裏雖有些詫異，但魯男子是她從抱裙❻裏打出來的交情，自然一萬分的信託，決不會起別種疑心。當下就叫阿林來問道：

「魯少爺給你說什麼話？」

阿林很寫意的笑嘻嘻向她走來。

「魯少爺真纏死人呢，他說，他要做一個打子網絡扇袋兒，要裝小姐寫的和嬰小姐畫的那個泥金扇面，他今天去配好牙骨子，明天就要等用，連龍船都不許我去看，央著我給他趕。他說，本請小姐做，小姐不肯做，說過叫我做，所以他死繞住我非做不可，叫我給小姐說一聲。小姐，你想，做呢，我的鍼線如何拿得出手？不做呢，又怕魯少爺生氣。小姐，你看怎麼樣？」

她本知道這扇袋的事，的確曾經拒絕過他，的確說過叫阿林去做的話。這原不是一件奇事。況且剛才她不依了他的要求，看他很失望的口出怨言，她心裏早有點不安。她很知道他的怨望，並不是真的全為今早的事；她很了解他因為愛戀的熱烈，誘起了肉體衝動，她也很感念他能強制衝動的橫決，保持彼此愛戀的純潔。她又可憐他不斷的強制，感到說不出的鬱悶。她不是感覺麻鈍的人，有時眼見他悸動不寧時，曾想過犧牲自己，但到底多讀了幾句書，被道德的牆垣，名譽的枷鎖，包紮得緊緊的，竟沒有衝破的勇氣，但每天早晚，和他在一塊兒背著人時，再不能不讓他擁抱，撫摩，甚至接吻，稍

❺ 抄手迴廊：抄手，謂左右環抱。房屋建築中，自二門起，向兩旁延伸到正房的走廊，叫抄手迴廊。

❻ 抱裙：嬰兒、幼兒的圍裙。也指小兒的衣服。

救他的饑渴，這也是她的一點苦心；明知這種幸福，決不能持久，不過靠大人們的溺愛，縱容，習慣，忘記了他們的長成，在一時糊塗裏偷得的甜蜜。每想起來，她不免有些怨恨他祇曉得迷戀，不上緊去圖謀他們倆一生的大計。所以剛才的拒絕，暗中實在含著這種意思。等到一看見他的不快活，聽見他的怨言，早就軟化下來，後悔自己的冷淡了。如今聽了阿林一番話，毫沒有想到別的，祇有一個念頭：

「不要再違拗他。」

「既然魯少爺要你做，」她說，「好歹要給他趕做的。今天看龍舟，用不著你跟去了。」

這是她體貼魯男子一片不染罪污的真心，脫口就答應了。後來到了大堤蕩，齊魯兩家三號大船果真會齊了，停在一起，三隻船如同一隻船，彼此隨便來往，女眷們自然都到齊氏老太太身邊來趁熱鬧，她也藉著和嬰茀，蕙姑，阿蘼，芷春諸姊妹談話，老早就到了魯家船上。其實，她一心祇在魯男子身上，想覷便解開早上的一結；她覺得魯男子心上的傷瘢，就是她心上的傷瘢。那天使她第一感不快的，好像魯男子把早上的事滿不在意的，倒心猿意馬似的同著朱小雄在三個船頭上不住的巡視，有時交頭接耳，有時東張西望，全不把她放在心上；和她說的話，祇在船剛停泊好，他過船來叫她娘時，順便地道：

「那個網絡扇袋兒，我叫阿林做了，她給妹妹說了沒有？」

「我知道了。我叫她給你趕著做。你看，不是她沒有跟出來嗎？」

他聽了這話，賊忑嬉嬉的眼望著同站的小雄，嘴裏卻回答道：

「謝謝妹妹……」

一句話未了，就被朱小雄拉了過船去，從此沒有和她近過身，說過話。她是從小給魯男子寫伴慣的，往常祇覺得他似蛾撲燈蝶戀花的支使不開，沒有過今天這樣的疏遠冷落，不知不覺感到了寂寞，原來的一團高興，忽然消滅，看著眼前的景物，都沒了意味，倒現了驚異，祇為沒多大工夫，魯男子和朱小雄兩個人不見了，別人不在意，她卻把一雙含愁的媚眼，在三隻船上輪流了多少遍，又不好意思開口問人，到底被嬰茀冷眼看出來了，有意無意地問著蕙姑和芷春：

「你們看見大哥到那裏去了？」

「才看見大哥和小雄哥一塊兒上小船搖出水去了。」蕙姑姊妹倆都搶著這樣的說。

她心裏很感激嬰茀的暗中慰藉，想到魯男子是她情願託付性命的人，今天變得連嬰茀都不如，驟變的原因，她還認定為了早起的事，她雖自認過於衝撞，也怨著魯男子祇顧自己，太不體諒女孩家的為難。想到傷心處，幾乎落下淚來。

她一壁忍著淚和姊妹們應酬，一壁還在那裏盼魯男子回來。直盼到開午飯時，魯男子才滿頭汗淋淋地，臉皮晒得起了一層烏光，一手提了一柄已摺好的黑綢日傘，一手把一把新配牙骨她給寫的泥金摺扇拚命的搧著，在一隻小攤船上和小雄一同跳上船頭，嘴裏祇是熱啊熱啊地喊。

那時，船裏已開了飯，大家都陪著齊氏老太太團團坐著一圓桌。她正坐在老太太肩下，魯男子走進來就挨著她下面的一個空位上坐了，對她微微地笑了一笑，隨手端起一碗飯來，把一雙筷像搶主顧舢板上的槳一樣向嘴裏亂划。大家很熱鬧地談天，他也不管，低倒頭，不到三分鐘就把飯喫完了。

她眼睜睜地看他胡亂喫完了飯，還想和平時一樣自己躲到僻靜地方，給他一個親近的機會。那裏曉得他偏不如她的心，一放筷碗，故意避開似的慌慌張張跟了小雄就向船頭上跑，她機械似的兩腳也追了出來，遠遠地坐在門槍下木墩上發怔。

那時，恰遇公明領了錦娘過來見老太太，大家都擁在頭艙裏烏亂了一陣。等到錦娘回到男客船上時，她留心看魯男子和小雄鬼鬼祟祟的趁亂溜下一隻傍著男客船右舷的小玻璃快。她心裏已經覺詫異了。

不一會，那小快船搖出來了。她看見小雄獨自站在船頭上，魯男子卻躲在船艙裏，身旁立著一個女孩兒，玻璃窗裏露出一個背影，她心上就別的一跳。再定睛一認，那女孩穿一件玄色夾紗襖，梳一條桃色把根黑漆般的大辮，活像一個人。正凝視間，忽然那女孩雪白一張小圓臉回了過來，恰好和她打個照面。這個面一照，突然使她觸電似的渾身起了痙攣，心上彷彿鑽進了千百條毒蛇的火牙，耳中祇聽鍠的一聲炸彈般爆破了腦殼，嘴裏不自禁地出聲喊道：

「咦！阿……」

下一字沒出口，覺得天旋地轉的一陣頭眩，祇待要倒。虧得嬰茀在她身旁，瞥見她面色死白，忙搶上一步扶抱住了。

「宛妹，」她喊道，「你怎麼了？」

大家看見，都著了慌，一齊擠到船頭上，圍著問她，尤其是顧氏。

「怎麼？」她拉著她手問，「手都冰冷的，發了痧罷？」

「沒有什麼。」她閉了眼，搖著頭說。

她此時需要的是哭。又怕人家看破她真情，哽咽住了，用盡平生之力，才掙出這一句話，自己知道帶抖聲了。

大眾都勸她到艙裏去躺一會兒，她的姊姊慧中便上來攙扶，她直搖手，站起來，想往艙裏，走到頭艙，實在心裏震盪得支不住，就靠窗一張藤椅子裏坐下，頭枕著臂靠在欄干上。

「你們休要理我。」她微喘地說，「讓我靜一會兒就好了。」

恰好龍舟已到，間壁船上，正興高采烈在那裏叫划，眾人看她漸漸安靜下去，索性都湧到船頭上，獨讓她在頭艙裏安息。

她徐徐抬起朦朧的眼來，看著眼前的世界，更不是平常看見的世界：一片淡黃的日光，處處都是悽涼；黑魆魆的河水，滿布了恐怖；四圍的人聲，一聲聲在那裏譏誚她，連安慰她的人，眼光裏也含著嘲笑的神情。她到底不信這件事是真的，還疑是個惡夢。但是，玄色的夾紗襖，漆黑的大辮，雪白的小圓臉，明明是看見的：魯男子身邊一個女孩兒，這個女孩，不是別人，是阿林，——她的丫鬟阿林，明明是看見的，這是千真萬真，決不是夢。她想起了早上魯男子在迴廊裏和阿林的隔窗低語，她想起了阿林裝出寫意❼樣子告訴做扇袋的謊話，她又想了阿林不肯跟她看龍舟，騙她答應留在家裏趕活計，原來都是他們串通了來欺騙她的圈套！怪不得魯男子失魂落魄一刻不停地奔忙，怪不得整天撩她在冰缸裏一理也不理。她如今澈悟了，澈悟了自己的痴。死抱著一片童貞的純潔心，她認魯男子和

❼ 寫意：吳語，舒服的意思。

自己澈頭澈尾是一個人，不但絲毫沒起過疑，常當他是支撐自己生命的一根大柱子，在那下面去築她樂園的基礎。現在基礎是全搖動了，支柱倒坍了，樂園消失了。到底魯男子和阿林的關係是幾時起的呢？她不知道。為什麼肯丟了從小耳鬢廝磨的她去愛上一個不相干的阿林呢？她也不知道。難道因為她衹交付了他整個的心，沒有交付他整個的身嗎？難道他口頭上精神戀愛，抵不住他身體上的肉欲橫決嗎？難道她溫柔的熨貼，敵不過人家輕狂的誘惑嗎？她從此又起了種種的疑團了：她疑魯男子的每天早晚不斷地來，不為的是她，為的是阿林；她疑往常沒起床時，得到一時半刻親密的快樂，不是她獨享的，是在阿林那裏分下來的；她疑他把一向待她的濃情蜜意，全盤移到阿林身上，賸下給她的衹是些虛架子；她並疑到他什麼事都護著阿林，早存了私心，一直疑到六年前初見面時節，呆看紡紗，她丟著橘子玩的情事，彷彿也是有意的了。她越想越恨，恨魯男子簡直玩弄了她幾年，謊騙，欺蔑，污穢了她整顆貞白的心，她恨不得立刻等待魯男子回來，豁出割斷了這個愛——殘缺不全的愛，豁出捨棄了這個活——半生半死的活，拖了他，在千人百眼下，揭破他那破爛不堪的良心，一同跳下這大堤蕩深水裏去死。她既不要他的愛了，她也不願讓別人去再受他的愛，不這樣，她怎麼能發洩她的恨呢？可是一會兒，她轉念一想，忽然震慄了。這不是妒婦的行動嗎？結了婚的人，這樣做，還要被人家罵幾聲雌老虎，黑心符，何況她和魯男子，名分上不過是表兄妹；表哥哥行止有虧，關得養在深閨裏的小妹妹什麼事呢？這麼一鬧，不但自己的乾淨身體，染了洗不清的污泥，連家聲都葬送了。死得了還罷，萬一死不了，她便做了千人笑萬人嘲的目標，怎麼揣著羞顏在這社會上掙扎呢？這斷乎使不得。她翻來覆去，想自己和魯男子的愛根，實在種得太深了。她一天沒有了魯男子，她的生活從此就沒有溫熱，沒有光明，如何捱得過去呢？而追想這個溫熱，這個光明，卻被自己信任的丫頭偷了去了，叫她怎麼不憤怒呢？她怒起來了，打定主意，等一回家，把阿林打她一個臭死，趕出去不許上門，這是最輕的發落。忽然仔細一考量，又把她的勇氣落下去了。她為什麼要毒打她，為什麼要趕掉她？問出原因，卻為了和魯男子有了私情。這不是笑柄嗎？表妹房裏貼身丫頭，怎麼能和表哥勾搭上手，不是連自己拖下混水去嗎？況且我們倆的窗前私語，枕畔柔情，有時也落在她眼裏；再者，魯男子還有不告訴她一個盡情，雖然自己問心無愧，和這種人一結了仇，難保不混造黑白。她苦思力索了半天，真是一點沒辦法。誰叫自己做了個天造地設被人欺弄的女子呢？動一動，就有道德冷酷的吁聲威嚇著你！社會尖酸的眼光環視著你！儘你一顆脆弱的心，擔著無量數的悔，恨，疑，怒，祇有納著頭，望肚子裏倒嚥！但終究，她感謝神明！他們的秘密，落在她眼裏，她從此醒悟了！她惟一的辦法，祇有把一團愛的烈焰，盡力去撲滅，寧可犧牲一世的快樂，永不願再見魯男子的面，受他第二次的欺騙。

她淋漓的眼波，正和了她迷濛騷動的思潮不斷地洶湧，忽覺她肩頭搭上一隻滾熱的手。她吃驚似的回頭時，卻是嬰茀現出含愁的微笑，附著耳低低地道：

「才好一點，又哭些什麼？宛妹，我勸你丟開些罷！」

她本來是淌淚，被這句話一激，真變了哽咽。但嬰茀終是她的知己，滿船上真曉得她心事的，祇有嬰茀一人，能引哭她的也能勸好她，很巧妙的幾句話居然騙得她上了船頭。不料坐不到二刻鐘，她忽然老遠的望見那個惡魔似的小快船又映到她眼瞼下，在雲水蒼茫中彷彿展現了魯男子的側影。她直覺似的精神上陡起了颶風，身體再也把持不住，趁著大家亂著看河中過的雜耍船，一溜煙跑回自己船上，後房艙裏，把艙門關得緊騰騰的，躺在一張赤裸的板床上盡量地去哭。

當魯男子回到大船時，才發見她已回了自己船上，疾忙過了船奔到她關嚴的艙門口。她聽見他敲著門喊道：

「妹妹，你怎麼著？病了嗎？怎麼連門都上閂了。快開門！快開！」

她忍不住哭出聲。可是不理睬。

聽見他聲音震抖的敲得更急。

「啊！你在……哭……為……什麼？……——讓我進來！」

她還是不理。他不敲門了，變了軟軟地懇求：

「你生氣嗎？該死的我！今天又一定是我惹你生了氣！——我很知道……你千萬別生氣，別瞎疑心，——快讓我進來，我才好告訴你。」

她咬緊了牙，把兩手撳住兩耳。他可發急了，在枰板上亂蹬雙足。

「死關我在門外，喊你，不理我，這算什麼？就是我一日的不好，有千日的好，好妹妹，難道為這一點兒荒唐，你忍心就拋棄我嗎？不許我在你面前訴冤嗎？——我一時糊塗透頂，撒謊，隱瞞，是我對不住你。可是你不要錯疑……你不讓我進來，我顧不得一切，祇好在這裏直喊出來了。你剛才一定看見了……」

魯男子正要說下去，忽然顧氏同慧中領著一班老媽，丫頭，一陣風的捲進艙來，把他的話頭打斷。

顧氏還在那裏高聲喊著船家開船回家，瞥眼看見魯男子。

「咦！」她驚異似的道，「大少爺在這裏呢。怎麼呆站在風口裏，弄得面紅筋赤，滿頭是汗！你的宛妹妹呢？」

她在艙裏聽見她娘的話，怕魯男子說出什麼，不等他開口，搶說道：

「我為了頭疼想睡一會兒，大哥哥偏要進來，我懶得起來開門，正在這裏和我吵呢。」

「大少爺，」顧氏笑道，「妹妹今天不好過，你讓她安睡一會兒罷。那邊船上，祖婆婆已經尋了你半天，你快回船去，你們是還要看晚上的煙火哩。我們祇好先回去了。」

她聽見魯男子還站在門口，向著門，口音帶著些哽哽地說：

「妹妹，你自己保重，我明天再來看你。」

漸漸地有緊沒力移動他的腳步，過了那邊船上去了。這裏齊家的船，立刻開行，到得家來，已在上燈時分。

一到家裏，第一使她注意的，就是阿林。阿林接到廳上，來攙扶她出轎時，她此時眼光裏的阿林，再不是伺候她的心腹，變了盜她幸福的仇人。下意識地把兩條含怒的眼光，直射住她，見她已換上一身淡湖竹布衫，辮子還是紮著桃色把根，兩頰還是敷著薄薄香粉；見她臉上陡然飛起一朵紅雲，低著頭不敢仰視；覺得她兩手微微有些抖動，全身都有些擺布不好。她已看透了她一種賊人心虛的態度，更增加了魯男子不忠的證據。

她下死緊按捺住了萬丈憤火，默默地逕回自己房中。當她換好衣裳，預備關門睡覺時，阿林手裏拿了做好的扇袋給她看。

「好容易趕做好了，小姐，你看……」

她撒手望地下一撩。

「誰要看你們這些鬼祟的東西！」她抖聲道，「你還不出去，難道要在這裏逼死我嗎？」

阿林嚇得同小鬼似的，連扇袋也不敢拾，慢慢閃出房來。當阿林跨出房來，她用力把兩扇房門硼的一聲關上，和衣倒在床上，再也不肯起來。她的娘顧氏和她的姊姊慧中幾次來題長問短，她祗說頭疼乏力，求大家讓她安睡，不要來驚動她，再問幾聲，她索性使氣不理人了。

她在這一夜思前想後的苦境裏，對著魯男子，祗有怨恨，憤怒，這是當然。同時也該輕蔑他，屏絕他，從此不願再見他，從此不值得再放他在心裏。意念中自然是這樣，可是心的內在，卻萬萬做不到。人類的心靈，常常是矛盾的，特別是愛戀。波平浪靜的愛，最容易令人厭倦；境遇越是險惡，纏縛越是牢固，滿口裏恨如切骨，實際是戀戀不捨，發誓不願見，其實比要見的心還要迫切，不值得放在心裏，其實一秒鐘也撩撥不開：她是個人類，當然不能例外。她想到難過時，自己愈要推開，卻愈弄得痲亂，慢慢由痲亂變成迷幻了。一會兒，魯男子明明伏在懷裏，淚眼模糊的求她始終的愛，求她給一句愛的保證話，這是多麼甜蜜啊！一會兒，彷彿魯男子得意了，才華蓋世，風標絕俗。做成了社會上第一等人物了，她也做成了第一等人愛的夫人，人人羨慕，處處歡迎，這又多麼榮耀啊！這都是平時藏蒙在她靈魂最裏層的私願，被痛苦的瀑流擠了出來。可是曇花一現般消滅了，卻在她哭模糊的眼膜下，又瞥見魯男子閃進阿林房裏，偎倚，擁抱，接吻，還有種種不堪的影像，有意驕傲她似的，她真心疼得要發狂了。她就這樣迷離惝怳，似夢非夢地擾亂了一夜，忽地驚醒似的在床上直坐起來，窗簾上已射進魚肚白的曉光，好像對她睜著眼，樹顛屋頂，百千噪聒的鳥聲，開始那裏和她嗚咽的節奏。

她頓時記起昨天魯男子臨走的一句話，料今天一定來得很早。她還是閉門不納呢？還是放他進來呢？放他進來罷，無非聽他幾句虛造的謊辯，看他一片喬裝的假情，我還能和往常一樣的接待他嗎？閉門不納呢，又怕他鬧得沸反盈天，不但自己受不住，還要給大家笑話，也許給爹娘責備。她左右為難了好些時，忽被她想到了她曾經去過的那徑對他家後門的朝山宮，是在山凹裏僻靜無人的一個好去處，暫時去避一避，也好到那裏出聲的慟哭一場，發洩發洩胸中的鬱氣。

這便是她跑上朝山宮惟一的主意，等到天一亮足，趁著大家沒起來，溜出後門，一口氣竟奔到宮基的第五層，坐在殘破的階石上，把這些事在她腦膜上，都一頁一頁的展開出來了。

宛中那時越想越傷心。正想對著海闊天空，放聲大哭，忽覺下層殿基上，有草葉摩擦聲，似乎有人走動的樣兒。

「不好，」她驚喊，「有人來了。」

立起身來，往殿東角逃去，走過峭壁下，聽到一派泉聲，她想如果前數日和魯男子來同聽，何等悅耳怡魂，現在變了訴苦的呼號了。看到幾堆奇石，她想如果平常時和魯男子來同看，何等悅目賞心，而今成了填胸的塊壘❽了。她依了一條蛇蟠小徑，也不管沒膝的野草，刺足的荊條，直攀登到壁頂，跨進了望海亭，面對了大壑，倚坐在半倒的短墻上。

她於是恨殘酷的運神，把她哭的命運都削除了，能哭的地方，都故意叫人來阻礙她，她於是又很詫異自己怯懦的逃避。逃避誰呢？決不是逃避一般人。問到結果，還是逃避魯男子。她既認定魯男子不愛她了，她也想從此不愛魯男子。那麼魯男子和一般人一樣，又何必逃避呢？逃避，就是表現魯男子不是一般人；不是一般，就是尊重，也就是愛；因為不願意看見殘破的愛，因為不願意洩露片面的愛，不得不出於逃避。她於是追到自己的心底，儘管說恨，說不願再見，實在還是愛。逃避了魯男子她去迎就別人嗎？她不能。不愛了魯男子，她再愛別人嗎？她不能。那麼愛不管一切，仍回頭去愛魯男子，她又絕對不能。她在人生的長途上，覺得已到了絕地了。

她四顧無人，在松濤瀑嘯中，無抵抗的放出她心底的第一次的悲號：

「吼呀呀！愛我的哥哥！忍心抛撇我的哥哥！你到那裏去了？你真的在我的心上死了嗎？……」

「妹妹！愛你的哥哥，在這裏，沒有到那裏去！活著在你腳邊！死也要死到你的腳邊！」

她猛喫一驚，覺得一雙又冷又潮的手，抱緊了她膝蓋，一抬頭，可不是真的魯男子哭得淚人兒似的跪在她膝前，倒把她愣住了。

「妹妹，我老早到你家裏，找你不著，猜你一定在此，果自被我找著了。我在你背後聽轂多時，我知道你還是愛我的。但是……」

---

❽ 塊壘：也作「壘塊」。胸中鬱結不平。

「我愛的不是你，」她推開他的手，很決絕的道，「我愛我心上的哥哥，現在已死了。」

「妹妹，你就算不愛現在的我，但是我不把事情的真相全告訴了你，我死也不能瞑目。你生我的氣，不是為了看見和阿林同船的事嗎？這事毫不關我事，是我幫小雄的忙給他設的計。小雄和雲鳳戀愛的熱烈，你是知道的，偏偏他們家裏，都管束得嚴，連談心的機會都沒有。小雄告訴了我，是我忽然痰迷了心，慨然仗義要做黃衫客❾了。我好奇似的弄我的小聰明，就是利用看龍船，料定大家都要出來，我卻另外替小雄雇了一隻小快船，靠在我們船旁。我又大膽把二十塊錢買通了阿林，原想叫她冒你的使命，差過去請雲鳳過船來玩，免得湯、朱兩家疑心。等到請過來，卻把雲鳳藏在小船上，讓小雄去和她私會，這是我預定的步驟。誰知事不湊巧，雲鳳竟不和她姑姑姊姊在一個船上，以致阿林白走了一趟。小雄又死活要拉我同去找雲鳳，找不到，他倒發怒跳上舢板自回去了。我卻被龍舟擠住，停了一回，反遇見了雲鳳，就叫阿林趁了她船回城，我趕緊回到大船，誰知你已經誤會了。這是我忠實的口供，沒半句假話，可以起誓的。我罪該萬死，就是把做扇袋的謊話，欺騙了妹妹不帶阿林，那是我怕說明了，妹妹不許我的緣故。我現在把我的話講明了。妹妹能相信我嗎？能原諒我嗎？」

宛中含淚別轉了頭，冷冷地道：

「我不信你，不能原諒你。——你快放我！我要走！」

---

❾ 黃衫客：湯顯祖《紫釵記》，寫唐霍王小女小玉與隴西才子李益結為夫婦。李益赴考，高中狀元。朝中盧太尉想招李益為婿，陰謀離間其夫妻感情。後在黃衫客幫助下，夫妻終得團圓。

宛中倏的立了起來，掙脫魯男子的手。魯男子死命拖住了不放。

「你真認定我和阿林有關係嗎？你真不信我嗎？」

「誰管你們的事！總歸我眼前的你，不是我一向心裏的你了。」

「那麼沒有挽回嗎？我們就此完了嗎？」

「完了。你記起朝山宮的故事嗎？張士誠愛金姬，金姬寧死不受他的愛，你回去讀一讀亭子裏的碑文上金姬的辭，它早代我答了你。」

魯男子被宛中這幾句如寒冰一般的話一激，感情也衝動到極度，倒不哭而怒了。

「那麼我活著再不能得妹妹的愛，衹有死了求妹妹的信了，我們一塊兒去死罷。」說著也立起來，差不多和狂了一般，撲上去拉著宛中的手，直向峭壁邊走。宛中向下一望，衹見萬丈危崖下，一條怒吼的銀龍，彷彿張牙舞爪來攫她，不覺心膽都碎。

「我不願跟你死！」她喊道，「我不願跟你死！」

魯男子突見宛中兩頰急得緋紅，眼中含滿了恐怖之光，兩個眼圈暴漲而青黑，一個俊俏的龐兒消瘦得不成模樣。看了這樣兒，就揣摩她受到的苦。為誰受苦呢？還不是為了自己。自然地軟起來，把手一鬆，看她竟頭也不回，怒沖沖地自管自到峭壁下去了。

魯男子不忍再去追她，懶洋洋走回到亭中，果見亭中立著一道殘碑，記著元末偽周誠王妃李金兒的遺事。末後讀到金兒辭婚的四句卜辭：

「二蟻逐蠅，陷墮釜中，灌沸渰殪❿，與汝長訣。」

在滿山近午的驕陽下，忽見魯男子如赤霞般的兩髗⓫邊，不斷地滾下晶瑩的明珠。

❿ 渰殪：淹死。渰，通「淹」。

⓫ 髗：同「顱」。

十　血

魯男子從望海亭隨著腳一步一顛的望山下來，前面一些兒望不見宛中的影子，知道她已跑回家去了。

此時他心上再沒有憤怒，祇有憐憫和悔恨。他憐憫她一時的誤會，膠附了腐心的妒毒，再也排解不開，神經完全錯亂了，縱不到得尋死覓活，便照這樣的廢寢忘食，也怕弄出病來。他悔恨自己弄巧成拙，為幫別人，反害自身，別人幫得半三不四，自己已是寃沉海底，百口莫辯，他從小知心著意的伴侶失去了。腳下雖說踏著的是路，心裏祇覺晃晃蕩蕩踏的是一片虛空。猛抬起頭來，已到了齊家後門口，呆呆站住，望了半晌，忽然自語道：

「我進去做什麼？進去無非惹她哭一場，或者比哭還要沒趣。我剛才去找她時，叔叔和嬸嬸都沒有起來，大概還不知道她的出來，我一去，她一鬧，弄得大家都知道，叫她更不肯去，還是暫時耐著不進去的好。」

他深知道宛中拗執的脾氣，對別人還可通融，對他，格外的求全責備。平時一句話，牙齒略高低一點，就是一天不理，兩天不睬；惱起來，甚至咬，掐，抓，手口並用，不算一回事，何況這次特別傷了她的心，決不是三言兩語，一天半天，解釋得開的事。

一壁想著，一壁就掉轉身衹向朝山街一直走。一路走，一路還回想到往常上慣那最甜蜜的早課，今天突然停了課了。他彷彿變了失乳的嬰兒，全身沒有個安頓的窩兒，看看來往的行人，都停著腳在那裏驚怪他，趁早市的菜傭魚戶，都喊著大聲在那裏譏笑他，丟錢擲毽的街童都舉起手指在那裏背後指點他，連古廟門前一對石獅子，也睜開冷眼在那裏當面藐視他；他再沒有勇氣昂起頭來回顧或平視，衹望著地下默默的走，走到一個岔路口，正是到魯園和到他家裏的一個岔路。

他站住了腳，心下暗忖著，到魯園去嗎？今天還能照常的讀書寫字嗎？乾脆地說，這兩年來學問上的努力，他為的是誰？全為的要得宛中的歡心。她既決絕了他，還有甚心情去圖上進。還不如一徑回家，納頭去睡；否則便尋嬰茀姊姊商量，有甚辦法，或者請她代為分辯，也許比自己說倒有效些。他父親問起來，衹推有些感冒就得了。心上打定了主意，便一直的走回家來。

他正悶倒頭走上大廳，忽聽有人叫他：

「大寶，你垂頭喪氣的做什麼？你來，我有話問你。」

魯男子喫一嚇，抬頭看時，叫他的，是他叔叔公寧。

那時，公寧正笑嘻嘻地站在大廳的西半間，指揮著三四個僕人，在那裏安排一張馬鞍式的豆瓣楠木書案，放在南簷下的卍紋欄干邊；廳外庭中搭起涼棚，廳上前面的窗槅已一齊卸下，掛起了八扇湘簾，把日本水彩畫屏風代了隔壁，橫隔了中間；擺著幾把杭州竹製的涼榻和躺椅；書案上陳列些宣銅墨船，哥窯❶筆格，陳曼生❷的銘硯，陸子剛❸的中丞；橫頭疊著一部五色筆新標過的二馮批的韋縠《才調集》❹，一部自加朱墨的《梅邨詩集》❺，一本響搨的李北海〈雲麾將軍碑〉❻，還有一套手抄的崑腔❼曲譜，布置得清淨整潔，精雅絕倫，預備夏天在這裏讀書度曲❽。這原是公寧每年習慣的處置。

魯男子衹好走到公寧身邊，一言不發的站著。公寧拉了他的手，微笑地道：

「昨天龍船，看得快活嗎？」

他點了一點頭。

「你看見錦娘沒有，怎麼樣？你說好不好？」

「見過的。好得很。」

「怎麼樣的好法？你倒說給我聽聽。」

---

❶ 哥窯：故址在浙江龍泉城南華琉山下。北宋舊有龍泉窯，南宋章生一、生二兄弟也在此製瓷，各主一窯。生一所製之瓷號哥窯，生二所製之瓷號弟窯。哥窯瓷胎細質白，十分精緻。

❷ 陳曼生：陳鴻壽，字子貢，號曼生。清代篆刻家。官溧陽縣時，製陶家楊彭年為製茶具，經其作銘，風行於時，稱「曼生壺」。

❸ 陸子剛：明代工藝家、雕刻家。居蘇州橫山下。善琢玉。

❹ 韋穀才調集：韋穀，五代後蜀人。曾緝唐人詩千首，為《才調集》。所選詩取法晚唐，偏重閨情，風格穠艷。

❺ 梅邨詩集：明末清初詩人吳偉業，字駿公，號梅邨。康熙時被迫入京為官，作詩多寓身世之感。有《梅邨集》。

❻ 李北海雲麾將軍碑：李邕，字泰和。官至北海太守，人稱李北海。唐代書法家。尤擅以行楷寫碑，筆力沉雄。存世碑刻有「唐宗室雲麾將軍李思訓碑」，在陝西蒲城。

❼ 崑腔：崑戲（劇）的唱腔。

❽ 度曲：製曲，或按曲譜歌唱。

「又天真，又大方，彷彿人家人。」

公寧很得意地拍著魯男子的肩，哈哈地一笑。

「好孩子，你說得對！你叔叔的眼力不差吧！我叫她到我們的家裏來，你說好不好？」

「好。」

「老實告訴你，你祖婆婆已選定了明天飯後接她進宅了。你替我填一闋〈賀新郎〉❾的長調，我好好兒請你喫一杯喜酒。」

「祇要嬸嬸見了不罵我，我便替叔叔做。」

公寧兩手把魯男子摟在懷裏。

「小油嘴，」他說，「看不出你這一點年紀，倒會使刁。我問你，昨天藏在小船裏的那女孩子，到底是誰？你不替我做，哼！小心點！我就告訴你父親去。」

魯男子突然被公寧兜頭問出這一句話，刺著他心上的新創，急得兩臉似火炭一般的紅，眼眶裏幾乎衝出淚來。

「這不關侄兒的事……」

一個肥頭胖耳的汪露汀打頭，後面跟著齊漢江，朱雄伯等三四個客，汪露汀大搖大擺的先搶進來，嘴裏大聲嚷著道：

❾ 賀新郎：詞牌名。又名〈金縷曲〉。雙調一百十六字。這裏語意雙關。

「明天錦娘進宅的儀仗，一乘藍呢四轎，一頂馬❿，一跟馬⓫，八名護勇，這一點排場，總少不了吧。我都給公寧兄預備下了。特地同著諸位來道喜，順便報告你一聲。」

公寧忙放了魯男子，起身招呼。魯男子正沒擺布，趁這個機會，就一溜煙跑脫了。

魯男子穿過大廳，並不直向內室，卻向西首轉彎進了家裏的小花園。祇為那時他的姊姊嬰茀正在園裏讀書，公寧喜歡嬰茀聰明，替她請了兩個先生，一個是女先生，教畫，和齊家合請的，和慧中，宛中同學，每天下午去上學；一個是男先生，教詩，古文，書房就做在小園中臨池的小閣裏。

他正迤邐走上一條湖石堆成玲瓏的懸崖下的石梁，渡過石梁，便到小閣。他一眼望見嬰茀梳著兩朵烏雲似的蟠桃小髻，襯出一個棟果式的嫩白小臉，細而彎的長眉下，露出一雙靈秀的小眼，十分溫藹裏含著幾分淘氣的童性，此時正面對了窗，手裏握了一支筆，向外凝視，彷彿在那裏構思似的。忽見魯男子迷迷惘惘地走進來，臉上露出驚異的神情。

「咦！怎麼跑到這裏來了？——好難看的臉色！光麗宛妹不相信你的話，碰了大釘子來了！」

魯男子看見先生並不在書房，祇有嬰茀獨自坐著，他就靠到他姊姊身旁，伏在書案橫頭。

「我給她說，她老不信，我要拉她一塊兒死，她又不肯。她老早一個人跑上朝山宮的望海亭，在那裏哭，見我追到，她倒又跑回去了。叫我怎麼樣呢？我的心，真被她揉碎了。」

「我晚天就料到你這一套話，她是不會相信的。這也難怪，本來你事情做得太尷尬了。但是，我

❿ 頂馬：這裏指走在花轎前面的騎馬差役。

⓫ 跟馬：這裏指跟在花轎後面的騎馬差役。

知道她終究和你好的，祇要你當真沒有對不起她的事，過三兩天，自然會想過來，你何必心焦？」

「姊姊，你沒有瞧見她剛才那個樣兒，從來沒有過那個樣兒。我祇怕這回真的要和我決裂了，不瞞姊姊說，我十天不喫飯，十天不睡覺，都不要緊；一天沒有了她，我就不能過活；要是她真的不回心，這個日子，叫我怎麼挨呢？好姊姊，你可憐見你弟弟的著急，你替我想法子解救解救。」

「弟弟，不是我當面說你，有今天這樣的著急，為什麼昨天那樣顧前不顧後的起勁，氣得她死去活來，要不是我在那裏，早暈倒了。女孩兒家遇著這種說不出的苦，比你們男人家祇怕要加幾千倍的苦呢。這兩天，難道她的日子好過嗎？我看你們倆，真是前世冤孽。她遇見你把她的心千絲萬縷的纏繞得一刻不放鬆，已經轂她七上八落的不安了，還經得起你再絞切她一下？我覺得她才是真正可憐。你說是一天沒有她不能過，她沒有了你，未見得能過吧！現在你們的小衝突，我不為你，為了她，也要盡力來給你們調停的。在我看來，這倒不要緊，倒是你們倆以後的事，我著實替你們耽心哩。弟弟，你不要糊裏糊塗的害了人家！」

嬰茀這一番驚心動魄的話，一字一句都打到魯男子的心坎上來，不知不覺就爬在桌子上盡情的哭，一個字也答不出來。嬰茀看他哭得真切，也陪灑了幾點同情之淚。

「快不要哭！」她撫著她弟弟的肩道，「這都是我不好，惹你傷心。我回頭去約她，明天到我們這裏來，藉著看新姑娘為名，叫你們會面，我來從中替你們解釋，你看好不好？」

這個辦法，魯男子自然贊同的，並且很感謝他姊姊的體貼。正抬起淚眼，想要說話，忽見通著閣子另一面的迴廊裏，他父親公明同著漢江，一頭說著話，一頭緩緩地走，向著閣子裏來。魯男子出其不意，心下一急：一則知道自己哭得眼紅臉腫，被父親查問起來，對答不出哭的原因；二則見同著漢江一塊兒來，怕早間宛中出門的事，也發覺了，特地來責問的。

他不及深究，拔起腳來，往原來的路上逃。他也不知道當他們姊弟倆談心的時候，外面天氣驟變，正飄灑著濛濛的細雨，苔衣新潤，石面分外的滑。

他恍惚的精神，慌亂的腳步，飛也似的跨上石梁，不提防一隻右腳的鞋底，不曉得踹著了什麼，往後一淌，上半身失了均衡，連頭帶腦向前直撲下去，恰恰撞在一塊有稜的石階上。

祇聽他姊姊嬰茀在閣裏失聲喊道：

「啊呀！不好！血！」

他自己爬了起來，正還想跑，忽覺一陣熱淥淥的水沖下臉來，一看身上，一件熟羅半截衫，上截全染了鮮紅。喲！不是水，全是血！

他一點不覺得疼。但是，頭暈了，眼花了，身體搖擺不定了。第一個飛步來扶他的，就是他姊姊嬰茀。

「快些！」她嘴裏急得祇是喊，「血！……怎麼了？……伯伯……」

一會兒，公明，漢江，都來了。公明在嬰茀手裏搶過一塊白綢手巾，亂七八糟把魯男子的頭包紮好，公寧在外跑進來，把他攔腰抱起，還有許多男女僕，七手八腳，簇擁到了上房，齊氏老太太的側邊床上放下。

那時，房間裏，他的母親劉氏，孀母易氏，湯、卜兩姑太太，他的姊妹們，表弟妹們，擠滿了一屋子。尤其是齊氏老太太嚇得直發抖，祇喊著：「怎麼跌成這個樣兒！」劉氏等公寧一放手，奔到床前伏在魯男子身上，連聲叫問：

「阿男！阿男！你覺得怎麼樣？傷在那裏？」

一面說，一面替他解下白綢巾，細細的察看。方曉得跌破的是眉心偏左，眼睛的上面，被石角嵌進足有三口分深，成了一個小窟窿，血液還是流個不住。

魯男子躺到床上，凝定了神思，心上覺得清楚了些。聽見他母親的問，就答道：

「請娘放心，孩兒不覺得疼。祇是血流得太可惜了……」

一眼望見他的親妹蕙姑，正靠著床面前的繡櫃站著呆看。

「蕙妹，」他就向她說，「你把繡櫃上的那個小茶杯遞給我，讓我承受起來，做個紀念品。」

蕙姑真的把杯子湊著傷痕，不多大會兒，已積了小半杯。劉氏忙攔著不許接受，急忙換了一塊白綢想來包。公明卻已尋到了一包七釐散藥粉，叫劉氏先敷藥，再包紮。漢江從外面進來，他趁大家慌亂時，已去請了一個外科醫生，一同來看。那醫生仔細診察了一遍，開了藥箱，洗滌一回，敷上他的止血藥，又貼上一張膏藥，居然把血止住了。

「大體無妨，」醫生說，「並不曾損傷筋骨，但失血過多，本原喫虧不小，倒要靜心調養才好。」

當下開了一個方子，囑咐了幾句禁忌的食品，就走了。大家看見血已停止，又聽了醫生說，都放了心，漢江也到床前來慰問了幾句，又和齊氏同公明夫婦閒談了一回，並且提起宛中也在病著，今天沒有起床的話。後來也和公明，公寧一起出門去了。

魯男子默察父親的態度，靜聽漢江的談吐，方悟到剛才自己是完全誤會。又看著漢江的十分關切，忽然起了無限的希望，一曉得宛中臥床不起，卻又平添了無限的愁腸。其實，他的傷疤，漸漸發炎疼痛起來，他竟拋在九霄雲外，一個心全集中在宛中身上，倒很樂意似的想利用這回的傷血，全澆滅她誤會的妒焰，所以特地留下那半杯血液，要當做墨汁，寫一封懇懇切切的謝罪書，託嬰茀帶去。

當下裝出精神困倦的樣子，推說想靜睡片刻，把滿房的人支使開了。他叫齊氏留在那裏伺候他的玉蘭去拿了紙和筆，又叫她去暗暗知照了嬰茀。他提筆來，蘸滿了血，寫道：

我裏在襁褓裏的同伴，鐫在心葉上的愛神，成日成夜不離口叫喚的宛中愛妹，請你聽我幾句掏心的話：

我大膽地傾我全身的熱血，寫信給你，我不是嚇唬你，也不是誘惑你，我實在是乞求你的哀憐。不管你如何的怨恨我，不管你如何的輕蔑我，不管你認我已死在你的心中，在今日以前，我還敢良心安穩的向你申訴，我還是你向來心上愛你的哥哥，絲毫沒變。

早間，你堅決地拒絕，冷酷地拋捨，我決不怪你。祇為我已看見你神智的狂亂，顏色的憔悴，面容的消瘦，我已知道你為我深深的受了傷心的痛苦了。我的糊塗，愚笨，童騃，無意識的構成了你的傷心；構成你的傷心，無論如何，便是我惟一的罪惡。我的罪惡，誰都不能罰我，祇有你能罰我，祇有你罰了我，我才甘心。但是，你這樣的罰我，實在太輕微了，不彀抵償你所受的痛苦！

好了！好了！現在我的良心，來替你處罰了我了。良心使我昏亂，使我蹉跌，使我頭破肌裂，使我流多量的血！

妹妹，我今瀝血告你，我願瀉我奔騰的沸血，洗濯我一切的罪惡！我不敢希望你信我的話，我祇有求乞你的哀憐，信我這一片懺罪的血痕！

人們為什麼要生活，為希望而生活。你便是我生活海裏一點希望的明燈！引導我前途的希望，全在你，毀滅我未來的希望，也在你！

宛妹，你見了我這血淋漓的謝罪書，不知道你心底的感想如何？如果還是不信我，怨恨我，輕蔑我，那麼你就斬絕了我的希望。我的宛，你既斬絕了我的希望，從此我便不擇手段地毀滅我的生活！請你睜開一雙含愁的媚眼往下瞧罷！

你的摯愛而忠心的小伴侶魯男子

當一句一句的寫出時，額際新傷，一刻痛似一刻。好容易忍著痛把信寫完，封固，密囑玉蘭偷偷兒送交嬰茀帶去後，不由自主的倒下去，祇覺得全身好似投在烘爐裏，火辣辣的燒得人事不知了。

十一　惡　夢

人生是個無邊的大海，愛戀便是那大海裏的波浪。一隻船漂泊在大海裏，忽低忽昂，或逆或順，時安時危，主宰的不是櫓和柁，是波浪；猶之乎人生在世界裏，祇要不是無感覺的木石，全部行為，表面雖似有種種意志的變化，實則暗中沒一個不受戀愛的支配。戀愛能使你上升，前進，冒險，奮鬥，使你成就一切；戀愛也能使你失志，發狂，兇暴，頹廢，使你毀滅一切。從原始以來，人生的歷程上，顯發千萬不同的跡象，不管它是美好的，醜惡的，口說的，手寫的，你若揭破那號稱先知者給予我們糊滿遮眼符咒的一張假虎皮，赤裸地說，都是些從戀愛的火山口爆裂出來的結晶。人生沒有別的神聖，戀愛就是你的神聖；人生沒有別的命運，戀愛就是你的命運；人生沒有別的目的，戀愛就是你的目的。

魯男子是個神經質的人，從小就受了戀愛的衝動。他感覺它的強烈，認識它的偉大；不過被聖賢之徒，金口木舌❶中念念有辭的空氣，彌漫了他的四圍；偶然在舉動上表現一點，監護他的婢僕，就會向他說道：「這是難為情的事，以後再要這樣，可要討打了！」魯男子嚇得生了戒心，或者語言上不自禁地發洩幾句，尊長就要罵他不好學，不務正，甚至父親特地叫到身邊，板起臉來，搬出一大堆

❶ 金口木舌：古代宣布政教法令，巡行振木鐸以引起眾人的注意。木鐸以金為鈴，以木為舌，搖振則發聲，故稱之為金口木舌。

「授受不親」「內外有別」的古訓，「萬惡淫首」的格言，教訓一大頓，弄得魯男子響也不敢響了。在先他很自疑惑，祇道戀愛是自己獨具的先覺，天生的惡性，後來才知道不然，一般社會對著戀愛是諱莫如深，絕對不許公開，祇能窖藏，不許在日光下交換，祇准在黑影中偷竊。不要說想像中的情人，不能傾吐真性情，便是已成婚的夫婦，在人面前，偏要表示格外冷酷的態度，才能博得到群眾口中正人賢婦的美稱。

就為這個原因，魯男子雖和宛中，有分拆不開的熱情，卻從不能向父母面前，吐露一句半句。就是這回兩小意外的衝突，魯男子受了無窮的委屈，也祇好啞子喫黃連，有苦沒處訴。碰到了一個知心的姊姊，許他調解，剛尋到一些安慰，又被父親驀來的一嚇，像逃犯一般跌得他頭破血淋。直到偷留血液，偷寫血書，偷求玉蘭，偷遞書簡，一種醇白的無罪天真，卻要把竊賊的手腕來行使。你想他失血過多的孱軀，遇到這樣拂逆的心境，無怪他要昏睡不醒。這正是舊社會裏愛戀不公開的惟一犧牲者。

魯男子一睡下去，就迷迷糊糊發了一夜的燒，斷斷續續說了一夜的胡話，弄得齊氏老太太和劉氏也一夜不得安眠。公明是懂得醫道的，叫大家不要著急，說這是失血後常有的事，祇要熱度不高上去，能安穩地睡一覺，就慢慢養過來了。果然一到天亮，安靜得多，呼呼地打鼾，家裏都放了心了。

魯男子這一睡，直睡到第二天午後，錦娘進門的時候，還沒有醒。

錦娘的進門，在公寧自然當一件大事，一個人跳進跳出，內外張羅。在後堂正中天然几上，供了和合紙馬，結上紅桌圍，點起大蠟燭。錦娘的轎子一到，兩個丫鬟扶了出來，站在紅氈毯上。公寧自己進來把老太太和劉氏，兩位姑太太都請了出去見禮。那時，老太太房中祇留下嬰茀。祇為不高興去趁熱鬧，硬拉住了湯娭光，姊妹倆靜悄悄地對坐在床面前兩張小矮杌上，說閒話兒陪伴魯男子。

滿房正靜得像死的一般，連蝨爬蟻語都聽得清的時候，忽聽床上魯男子狂叫一聲：

「喔唷！痛死我了！……妹妹，你好……狠心！」

嬰茀忙揭起帳子，斜靠著床沿。

「弟弟，」她連連的喊，「你醒醒！快醒！你做了什麼怕夢？」

不提防魯男子欻的起著來，把嬰茀的兩手緊緊抱住，兩眼直瞪瞪的注視，嚇得嬰茀都喊不出來。你道魯男子為甚這個樣子？原來他那時還不曾醒哩。他夢見有人告他和阿林犯了奸情，被一群如狼如虎的衙役，在他頭上套了一條鐵鏈，橫拖豎拉的鎖了去。去的地方，不是官衙，倒是荒山上一座石亭，彷彿和望海亭一般。他抬起頭來一看，亭上坐的並不是官員，就是漢江。告他的不是別人，就是宛中，見她惡狠狠地不像平常嬌柔的樣子。他心裏詫異，怎麼和樂的家庭，忽變了恐怖的衙門，愛他的尊長，成了審他的官員，要好的姊妹，做了告狀的仇敵。世界真是奇怪了。他祇聽宛中一樣樣的在那裏證實他的罪狀，他越聽越忍不住，氣急敗壞的聲辯他的冤枉。

「哼！」宛中不由冷笑了一聲道，「你還賴嗎？至今阿林還藏在你床上呢。」

魯男子一聽這話，可發了急了。

「你相信有這等事嗎？那麼很好！請妹妹就到我床上去搜，如果真搜出阿林來，馬上一刀殺了我這沒良心的人！」

說著這話，不知那裏來的一把刀，就手遞給宛中。他恍惚已到了自己房中，宛中祇望著他笑，但是這個笑，他看了，比罵還要狠毒。

「怎麼不把帳子揭開，」她喊，「給我看呢？」

魯男子向床上一看，果然見帳子放得嚴嚴的，心裏一急，搶上一步，把帳子揭起。可不是呢！衹見阿林笑嘻嘻地坐在床的中央。這一來，真把魯男子驚得呆了。

宛中忽然變了冷酷的樣子，咬緊了牙齒，直向魯男子身上撲來。但覺頭腦劈開似的痛，身上流下淋淋漓漓的血，知道受了宛中的刀刺了，心裏彷彿曉得已死在宛中手裏，雖然死得冤屈些，卻還是甘心情願。不過一時疼痛得利害，不自覺地喊出聲來。

魯男子定睛細認，才知道不是宛中，是自己的姊姊；一切的境界，不是真的，是做了一場惡夢。問起什麼時候，才知道自己昏睡過了一天，忽然想起嬰茀寄的血書來。

「昨天，」他低聲問，「一封信，姊姊交給她沒有？她看了怎麼樣？她來不來呢？」

「交給她了，」嬰茀頓一頓道，「她知道你跌傷了，很不放心的說要來看你，你放心罷。」

「真的要來嗎？」魯男子皺了皺眉說，「姊姊不要騙我。」

「誰騙你？你好好兒再睡一覺。醒來時，保管你看見她在這裏。」

魯男子真的有些相信了。心上一安，不覺又朦朧睡去，一遞一聲微微地呼吸。

嬰茀和媄光聽見魯男子睡得很安靜，姊妹倆低聲地閒談起來。

「宛妹真的今天要來嗎？」媄光問。

「那裏會來！我騙騙大弟罷了。她今天下了鄉，找她的紋姑和綺姑去了。」

「這兩天，大哥和宛妹好像有什麼事似的。到底怎麼一會事❷？大姊姊，你總有些知道罷！」

「我也不大明白他們鬧的什麼事。宛妹的執性，你是知道的。我覺得大弟很可憐，抱了一肚子委屈，寫信去求饒，她睬也不睬，自顧自的下鄉去了。」

「世上的事，真是料不定。宛妹和大哥，這樣的要好會突然的翻腔，我們的儀鳳和雲鳳兩姊妹，一向同居，忽然決裂得會分居。」

「為什麼事決裂的呢？」

「就說為了雲鳳常要到朱家去，儀鳳不許她去，雲鳳偏要去，因此姊妹倆吵鬧起來了。雲鳳說姊姊是已出嫁的人，又不是她的父母，輪不到她來管教。儀鳳說她並不是自己挨上門，是紀群大伯為他們姊弟年幼，特地請她住在娘家照顧的。雲鳳說她現在不是三歲小孩子，沒有姊姊照顧，也不到得丟了。儀鳳說不怕丟，祗怕壞。雲鳳說到朱家去看姑母要壞，除非姑母是壞人。儀鳳說姑母自然不是壞人，祗怕表哥不是好人。雲鳳說便算她愛上了表哥，須不是姊夫，干礙不著姊姊的事。儀鳳說她不要臉。雲鳳說眼睛祇看見精圓珠子，霸占在家裏，捨不得離開的，這才是真不要臉。這樣的你一句，我一句，越鬧越利害，還有蓀哥幫著雲鳳，日夜的嘰咕，弄得儀鳳存身不住，祇好夫妻倆都搬出來了。」

姊妹倆談得高興，竟把床上的魯男子忘了。祇聽他翻了一個身，噯了幾聲，接著咳嗽了一陣。嬰茀不放心，鑽進帳子來，見他面朝裏睡著，叫也不應，疑心剛才的話，被他聽見了。

❷ 一會事：應為「一回事」。

一陣紛雜的腳步聲中，劉氏和湯、卜兩姑太，蕙姑姊妹等，外面見過了錦娘，都進房來看魯男子。劉氏眼見魯男子還是昏迷不醒，心裏早著了慌。再去按他的額，忽又熱得燙手。問起嬰茀和媄光來，知道雖然醒過一次，沒說幾句話，又睡著了。湯、卜兩姑太也覺詫異，都是到床面前來，揭起帳子，喚了幾聲，衹見微微睜了一睜眼，並沒答應，倒怕煩似的索性把被窩蒙了頭，再也叫不醒了。大家看了，都嚇起來。齊氏知道了，立刻把公明在外邊公分賀喜的酒筵上叫進來，替兒子診脈。公明一診，卻也喫驚不小。

「到底怎麼樣？」劉氏忙問。

「古怪！」公明蹙著眉說，「早上脈象很好的，這會兒熱度高了，脈倒沉鬱起來，怕夾著別的病。衹好請郎中給他看看罷。」

從此魯男子的病勢是加重了。他這場病，來得古怪，決不關跌傷失血，也不為風寒外邪；一天到晚，不是昏沉沉地睡覺就是忽哭忽笑的譫語，寒熱似有似無，神識若明若昧，醫藥是一點沒有效力，眼見得一天比一天消瘦了。公明夫婦猜疑這病的原因，終和宛中有些關係。在沒人時，劉氏也曾安慰過他，叫他不要著急，許他一定能如他的心願的。但這些安慰，還是不中用。這樣的鬧，直鬧過了一個多月，忽然清醒安靜起來，一天比一天的好了。這個病好得這麼快的原因，也沒人猜得透。

十二　墮落

年光似危崖的懸瀑，沒控制的向下直流，一瞬目已到梧葉初凋的新秋天氣了。魯男子的病體，總算恢復。但是，恢復的祇在形體，不是精神；精神是全變換了，全變換了病態的精神了。

自從病起後，魯男子還沒到過魯園，祇為公明捨不得他兒子暑天裏在街路上奔波，特地叫他留在家裏讀書。他就選定家裏小園中那一間——從前宛中借住過的——竹圃，做了用功靜養之所。

那竹圃，是個很幽靜的別院：三間矮屋臨著一個庭園；庭中央，湖石堆成一座皺瘦透的屏山，屏山下把亂石圍成一個牡丹臺，靠臺角，挺起一株老幹蟠曲帶些傾斜勢的紫薇樹，樹下安置著小小的石臺石磴；庭東，梢雲蔽日的千竿修竹，界了一桁竹籬；庭西，隨著墻勢砌了參差大小的花圃，植著一栗，一桐，一梅，地下滿敷鳳尾，虎耳，秋海棠各色花卉。

一個秋陰靉靆❶的薄暮，低壓著一片灰白色的天空，噪倦了的寒蟬還在枝頭一遞一聲悽咽，背人含怨的秋海棠，隨風飄落點點斷紅❷。那時，魯男子正半身靠了紫薇樹，坐在樹下的一張小石磴上，滿臉現出憔悴而焦熱的顏色，雙腿蹻❸在石臺上，手托一本不知什麼書，放落膝蓋，兩眼痴痴的凝視

❶ 靉靆：音ㄞˋ ㄉㄞˋ。形容濃雲蔽日。
❷ 斷紅：落花。

虛空。他並不在那裏讀，卻在那裏想。

忽聽一陣吉吉各各和著踏碎落葉的步聲，他驚醒似的仰起頭，注目到進門來的小徑，機械地忙把膝上的書一塞就塞進磴旁樹根的窟窿裏，隨口胡謅道：

「嬰姊姊，你在朝山街放學回來了！——咦！什麼事？生氣？」

的確，嬰茀待走不走的在蜿蜒的碎石小徑裏來，臉上帶著新感的憤怒和了舊蘊的憂愁，直向魯男子對面的小磴上撅了嘴坐下。

「你倒還想得到朝山街呢。我是為了你好容易盼到了……你看什麼書？鬼鬼祟祟的！——咳！說來氣死人！昨天，為了錦娘，我們爹爹和好娘又吵了。吵完後，大家沒留意，直到開夜飯，才知道好娘失蹤了。把合家翻了過來，都找不出一些影蹤，把我嚇得直發抖。沒法子，我跑去告訴爹爹，爹爹冷笑一聲道：『管她呢！』我說：『怕尋死。』爹爹怒吽吽❹道：『死嗎？死了倒乾淨。』」

「到底在那裏找著嬸嬸的呢？」

「在倉場上，米廩背後找出來。那裏有口井。我想，好娘是氣昏了，想去跳井，虧得我們尋得快。弟弟，你想，男人的心，多麼殘酷，叫人聽了真寒心。」

魯男子臉上微泛著白，冷冷地道：

「這有什麼奇？掏心挖膽的血書，人家看了也是沒事人一大堆，自管自走她的路，這不是和『管

---

❸ 蹻：同「蹺」。舉足。

❹ 吽：通「吼」。象聲詞。牛鳴。

她呢』、『死了倒乾淨』兩句話一樣的殘酷嗎?女人會這樣的待男人,男人也會這樣的待女人,這才是銖兩悉稱的報應。」

「啊呀!弟弟,你真變了相了。一開口,便是怨氣沖天,牛頭不對馬嘴的怪議論。打總說一句,無非為了宛妹不理你那一封信吧了。宛妹的忽然這樣冷落你,原是出乎意外的事,我想總有別的誤會,否則竟許沒有看見你的信,非等她回來,面對面證明,不會明白的。你何苦鬧到這樣一塌糊塗?」

「這封書信,不是姊姊親手交給她的嗎?」

「今天,我老實告訴了你吧。你託我轉交的那封信,我實在沒有當面交給她。那一天飯後,我照常的去上學時,宛妹並沒到書房。慧中妹說她昨天一天沒有起床,也沒喫飯,祇推頭疼眼紅,身體不快,今早齊市紋姑和綺姑派自己的船到城裏買物事❺,捎帶一封信來,接我們姊妹下鄉玩,這原是順水人情的事,她忽然鬧著真要去,爹和娘攔都攔不住,聽說這會兒爬起來理行李了。慧妹說著這些話,鼻子裏哼了兩聲。等我走進宛妹房裏,見她頭也不梳,臉也沒洗,歪在床上,看著阿林在那裏收拾衣箱。她看見我來,就拉我坐在床沿上。我一抬頭,她那一副黃瘦的病容,一雙紅腫睜不開的倦眼,倒把我嚇了一跳,滿肚子要說的話,都咽住了。我一提起你的事,她已半含了哭聲說全知道了,忙告訴我要下鄉的話來打岔,好像不願意提到你,我自然不便再提別的話了。到了兒,我沒有法子,祇好趁著她轉身向裏床拿一件衣服給阿林的當口,我把那信輕輕的塞在她枕頭底下,後來,我就走了。第二

❺ 物事:物品。

天，我一半去送行，一半是探信，卻想不到一字也不提，倒避我似的逃下船去，直到如今，還賴在齊市。這便是我交信時候的實情，在你病中我沒有敢直說，誰知你已偷聽了我和娭光說的幾句話，害你病得十死九生。但是我心裏始終懷疑的，倒不在乎她的怨恨你，遠離你，這都是女人家的常情，倒是接了你那封真切的血書，一點沒有動心，那似乎不是宛妹的為人。所以那封信到底怎麼樣，不弄得水落石出，終是我的責任，叫我怎麼能放下這條心呢？」

「姊姊放心。那封信如果落在別人手裏，早鬧得翻江倒海了。不過，現在我覺得，這封信她看見也好，不看見也好，她看了相信也好，不相信也好，滿不相干。我現在什麼都明白了，不再發痴了。」

「弟弟，你又來了。我勸你不要失望！」

「啊！失望嗎？我若是真的失望，親愛的姊姊，祇怕你就有十個弟弟，也不在世上了！不瞞你說，我不是失望，我現在求樂！」

嬰茀忽把臉一沉，說道：

「哼！算了罷。沒多少時，有個新來的阿大姐，一黑早，在你床上出來，被人撞見，把伯娘氣得要死，把她攆了，把你打了。我也恨你失了身分。這也算求樂嗎？」

「姊姊，你差了，戀愛是根本沒有階級的。但是，我這個，並不關戀愛。我現在不大信仰戀愛了。世上果有真戀愛，我便把我的財產，名譽，幸福，甚而至於生命，犧牲盡了也要去尋求。噯！可憐我這個愛海裏的哥倫布在半路上失了事了！我看見世上的叫做戀愛不過是畫得格外美麗的一張假面具，把它一揭開來，裏面隱藏著的是什麼？祇有需要！那麼男女當需要強烈時，不擇手段的交換一下，需要一過，各不相關，同餓了喫一頓飯，渴了喝一口水，一樣的稀鬆平常，何必抬出許多大題目去求全責備？」

「啊呀呀！你這些話太荒唐了。下流人也不敢這麼說，虧你說得出口。你真墮落了！弟弟！」

「要墮落就墮落到底……姊姊，你還想我給從前一樣的向上嗎？我早沒了那勇氣了。我彷彿橫臥在一個下臨地獄或黑潭沒遮攔的斜坡上。由他去滾罷！一個人，不怕做壞事，祇怕做了壞事偏要遮遮掩掩充好人，真是不值一錢。我決不瞞姊姊，這一點就算我的墮落嗎？多著呢。我索性在姊姊前，直供出我的罪狀罷。一向因為尊重宛妹的愛，也很堅苦的和處女一樣保守我的童貞。就從病後一變，不高興守苦節了。也是孽緣湊巧，日裏無意中在園裏假山洞裏偷看了一對野鴛鴦的熱鬧戲，夜間就碰到了那大姐誘惑，自獻，我不自禁的把她當了怡紅院裏的花襲人，做了我第一次的試驗品，這是不求而得的償來物，結果使我味同嚼蠟。我又起了一個好奇心，去勾引一個比我大兩歲已有情夫的鄰女，以為在他人手裏去爭奪，比較得艱難，在蕩女面前玩戲法，總多些花色；誰知不用力，不費心，就落到懷裏，益發令我失悔。我近來又結識幾個向常不大來往的新朋友，一個杜三哥，是喜歡賭博的，一個應四哥，是熟悉私窩子的。他們領我上賭場，研究過青進白出的寶路，配搭過丁穿橫角的注碼。他們引我穿門子，學學爭風喫醋的經絡，嘗嘗打情罵俏的滋味，有時拉我住夜，不是我不肯，到底有些不敢。後來放馬養馬販鬥鳥計花枝，進花煙館，狠命抽鴉片煙，雖然覺得頭暈眼花，喫躺櫃台酒，和些不三不四的人，談天，說地，另是一個天地。我本不會喝酒，下意識地一杯一杯倒下去，現在也會大碗喝了，總想喝得他越糊塗越快樂。姊姊，我從病後，精神是委頓了，身體是麻木了。我的前途，變了不見一物的沙漠了。祇想精神上求些興奮，身體上求些刺激；祇求快樂的死。姊姊，我這樣的求樂，可憐始終沒有求到些微快樂！」

嬰茀十分注意地聽魯男子說完這番話，嚴重的臉色上漸露了憐憫。

「誰不說你這回病也變得古怪，」她很誠懇地說，「人也變得離奇。連我曉得你些的人，也不懂得你為什麼變到如此。」

「不怪大家詫異，」魯男子頓了一頓道，「姊姊不懂。第一要曉得我這回的病，決不是病的病，完全是心的病。我這顆不自主的心，經過了三次的大變，我的病自然跟著我的心變化，我的人也跟我的病變化了。」

「怎麼經過三次的變化，你倒說我聽聽。」

「第一次，就是姊姊和娭光在我病床前不注意的閒談，那是打破我好夢的一個天崩地塌的大霹靂。祇為我這個信仰戀愛做生活源泉的青年，又一向確認宛妹是了解戀愛而同情於我的天生伴侶，而我託姊姊帶去的那封謝罪書，又是我貢獻她整個愛的魂靈的寫照。在我熱烈地希望裏，以為她讀了這信，無論有什麼誤會，一定全消滅了；至少，也強忍著感悔的淚，藉端來看我一次。誰料到如火的熱情，竟撩在她冷酷的冰缸裏，給沒看見一樣，飄然地離我遠去了。姊姊，我彷彿是一個嫌疑犯，她毫不偵查，宣布了我一個死刑，叫我如何受得住呢？我那時，祇有憤恨，悲哀，占據了我的全體，——憤恨她的絕情，悲哀我的失戀，祇盼死神來解除我的痛苦，這便是我突然變病的原因。過了幾天，忽然在最糊塗的時間，生了一點光明。想到她雖然這樣冷淡，這樣決絕，然種種表示，還是妒忌的表示；妒忌是戀愛的反映，沒有戀愛，決不生妒忌。她若是看了信，平平淡淡的不響也不動，那倒完了；她卻馬上下鄉，這種下鄉，明是特地向我表示的，是表示她妒忌的態度，可見她還不忘情。往這裏一想，我戀愛的死灰，又漸漸地重溫起來。但是，同時卻起了一種幻象。我深知道婦人的妒心是最殘酷的，沒理智的，具反抗性而常謀報復的。我不怕她別的，我怕她硬撇了我去愛別人，顯示愛情上的復仇，不覺又使我震抖了。這便是我第二次病情忽好忽壞的原因。若講到第三次，是在我情感起落不安到沒法解決的時候，就在沒解決裏找到了解決的路了。我忽覺得澈悟了。澈悟宛妹不是真戀愛我，並且澈悟世上沒有真戀愛，把一切莊嚴的築在想像裏的西班牙宮殿，一拳打得粉碎。這才把我已投入戀愛死淵裏的殘生，硬拖了回來，變成了現在半生不死的我。」

「你怎麼澈悟宛妹不是真戀愛你，怎麼澈悟世上沒有真戀愛呢？」

「我是向來崇拜精神戀愛而輕蔑肉體戀愛，姊姊是知道的。所以我常和小雄爭論，每每譏笑小雄和雲鳳是肉體愛，自負和宛妹是精神愛。其實也不過說些空話罷咧，究竟肉體愛與精神愛的意義同界說，沒有仔細究求過。這一回在病中，情感逼得我把這問題倒理解清楚了，知道肉體愛便是情欲，精神愛才是真戀愛；情欲是受生理直覺的衝動，想占有所愛者，供給自己的享用，解放自己的苦悶；戀愛是有主宰的自動，由理智喚起氣質和情性的感召，不圖占有所愛者，但求同情的糅合，共同禍福，甚或不顧自身的樂利，目的在成就永久的伴侶。所以情欲和戀愛，原是整個生活的兩面，它們根本的區別，就是前一個是純粹自私自利的，後一個是自他並利，有時或他重於自。我弄明白了這一點，我忽然對著宛妹這回對付我的態度，是不是真戀愛，倒生了疑問了。祇為覺得她冷待我，隔絕我，完全為她自己，並沒絲毫顧到我；完全為了占有欲的反動，享用的不滿足；完全為了一向認為已占有了獨自享用的我，被攘奪而被分割了，不自覺洩露了一種強烈而蠻橫的反抗。這不是顯然自私自利的情欲嗎？戀愛在那裏呢？若然她是戀愛我的，她就應當替我設想，她懷疑的事，有沒有慎細考查的必要；不考查，就給我這樣無情的悶棍，我情感上能不能禁受？不要說本是莫須有的冤獄，就算情真罪當，她深知我為了她久受著肉體上的痛苦，是否有可原諒或可補救的地方，何忍一切不顧的就撒手拋撇呢？我從頭至尾的一想，大澈大悟，才明白她始終沒有真戀愛過我。要不然，一個自出娘胎身體和靈魂整個給了她的我，為了這些子嫌疑，不過侵犯了些她占有的目的，怎麼會反過來就很殘酷地憎恨我呢？她既然憎恨了我，我又何苦不顧性命再發瘋似的戀愛她呢？於是我的心，立刻改了方向了。我的病，從此得了轉機了。我未來中一切美麗的夢，片片地飛散了。覺得人生不過那麼一會事，世間不過是蒙著虹彩的一個淫穢的遊戲場。既混在裏面，雖沒意義，祇好自私一點，不問善惡，不管好歹，急忙忙去尋些有趣的事，使肉體上感到一時的快樂，也算嘗味了天給予我的生命。這便是我現在求樂的主義。」

「你真相信宛妹不戀愛你嗎？若然她明白了，回心轉意的再愛你，你難道不再愛她，情願照現在一樣的墮落，去求你的快樂嗎？」

魯男子把一道憂鬱的眼光射定了嬰茀的臉道：

「怎麼？姊姊，還說是我不愛她嗎？她如還留絲毫愛我的意思，那麼她讀了我給她信的最後一句話，她那裏肯讓我去不擇手段的毀滅？既毀滅到這樣，固然她不會再愛我，就算真愛的，我還有什麼臉去再向她說愛呢？可愛的姊姊，我倒辜負了你一片希望心。我是死心塌地祇求我毀滅中的快樂。老實說一句，一般的死，與其憔悴的死不如放蕩的死痛快得多。」

當嬰茀再要駁他的話時，忽見丫頭玉蘭從園門慢慢進來，手裏拿著一封信。

「是誰的信？」嬰茀問道。

「是朱少爺給我們少爺的，」玉蘭一壁走一壁答道，「他特地打發小童拿來，吩咐面交，我看見了，叫他交給我，省得他瞎撞，反落到別人手裏。」

「拿來給我看。」嬰茀伸手去接。

玉蘭微笑，眼覷著魯男子，彷彿等待號令似的。魯男子劈手奪了，趁手在嬰茀頭上拔了一只金耳挖，挑開了層層封固的封口，抽出一張白高麗髮箋。

「倒看不出玉蘭這樣忠心。」嬰茀笑道。

玉蘭一扭身就往外跑。這裏，魯男子展開那箋子讀道：

男子大哥：

自從貴體違和，我們不相見，已好多個月了。你這病的根由，完全是我和雲帶累了你，我們越稱心，反叫你越傷心。這段秘密，祇有我和雲、嬰大姊三個人知道，他人都是莫名其妙。你的舉動改常，大家背後說你壞話，嬰姊姊是手足情深，暗地為你日夜憂愁，我和雲良心上更覺過意不去。但有什麼辦法呢？你熱烈地在我們愛情上打抱不平，難道我們就聽憑你愛情破裂，袖手旁觀嗎？我和雲都不是這種人！今晚，雲得了一些機會，親手調製幾樣可口的菜。知道大哥近來喜喝兩口酒，親釀了一瓶玫瑰薄荷酒，要請大哥到她家裏，替你愁消解悶，順便當面商量一個替大哥辨明心跡的妙法，千萬不要託故不來。

小雄密啟

「小雄又在那裏瞎操心咧。」魯男子隨手把信遞給嬰茀道，「我感激他們的好意，但中什麼用呢？向誰辨明心跡，辨明了又怎麼樣呢？——姊姊怎麼近來你倒常和小雄他們見面？」

「也是偶然碰到的。」嬰茀一面看信，一面答道，「昨天是雲鳳的生日，竢光來約我同去的。我覺得她對你特別的關切，連竢光告訴她儀鳳四處布散她壞話，叫她防備，她都漫不在意，祇秘密地拉著我商量你的事，替你想法。依我說，不管她想的法中用不中用，現在，既來請你，你該就去走走，別辜負了人家一片至誠。」

嬰茀雖這般懇切地說著，魯男子總是百不起緊的樣子，坐著不動。其實，他那時心裏，祇盼等嬰茀走後，還想去樹窟窿裏掏出那本新從應四那裏借得來的《痴婆子傳》❻，獨自玩味；祇為他近來尋求現實上肉體的快樂，老實說，已厭倦了，反而轉到想像上去追求肉樂的影子，倒可激動一點興味。出門本非所願，尤其是不願見小雄和雲鳳的歡樂。當下嬰茀彷彿早看透這一著，老坐著不走，差不多半勸半逼地催著他馬上前去。魯男子卻不過姊姊的情，祇好慢吞吞披上一件淡湖色香雲紗大衫，拿著

❻ 痴婆子傳：明代文言小說。原題芙蓉主人輯，情痴子批校。寫河南女唐阿娜從十二歲開始到處偷情，前後與十二人通姦的風流事。為明代猥褻小說的代表作之一。

一把牙柄廣東畫羅掌形扇。臨了兒，嬰茀還親手替他在紐扣上掛上一串十八子伽楠香珠，防著街上觸穢，才把他慫恿出門，向小雄約的地方而去。

十三 我不配

沉浸在半明不滅的晚霞下一條月牙形的小巷裏，魯男子趔趄著腳兒踱過來，認清是百一街輕易不大來的雲鳳住宅。有一個不認識他的駝背半聾老門公正靠在門口從前豎過大斗旗杆留下來的石座上搓紙吹子消遣，纏繞了半天，才弄明白是小雄約來的，把他一領就領進了內書房。

看那內書房，緊靠著雲鳳臥室的左首，地位略望前些，後一半貼著臥室，前一半靠著臥室的外廊，是三間平屋，一色漆光如鏡的地坪，一座紫檀❶十景玲瓏的多寶架做了槅壁，恰像一個橫寫的T字形把屋子隔成兩明兩暗。兩明是兩合一，做了客座。居中放著一張細雕水柟❷嵌了一塊吉窯❸中著名舒翁女舒嬌製的穿花喜相逢青磁圓面的百齡臺，四面安下四個修內司❹仿造秘色雲龍滿地嬌的涼墩，一排水磨花梨❺几椅，也都鑲著康乾❻五彩人物故事的磁片，茶具，香爐，不是蟹爪的哥❼，便是鱔裂的官❽，

❶ 紫檀：紅木名。木材堅實，色紫紅。為製作家具、樂器等用品的貴重木材。

❷ 柟：同「楠」。木名。

❸ 吉窯：吉州窯。因在吉州（今江西吉安永和鎮）而得名。起於五代，盛於宋代。所產白瓷、黑瓷，頗有名。

❹ 修內司：官署名。掌宮城和太廟的繕修事宜。南宋修內司監燒的瓷器，即修內司窯。

❺ 花梨：即花桐木。質堅，紋理細密。

否則是百圾碎❾的龍泉❿。兩暗是一分兩，劃分前後，前做書房，後做密室；那多寶架南北徑裏，陳列了不少周鼎，商彝⓫，秦權⓬，漢玉，界開了客座；東西橫裏，卻疊滿了牙籤⓭，錦笈⓮，宋槧⓯，元刊⓰，中間一個洞門，垂懸著內府⓱刻絲二龍戲珠的繡幙，把書房和密室遮斷了。此時祇看見繡幙外的書房裏，靠窗橫擺著一張馬鞍式香樟小書案，案上羅列些翡翠筆床，琉璃硯匣，薛濤彩箋⓲，仲姬玉

---

❻ 康乾：康熙、乾隆。

❼ 哥：哥窯。

❽ 官：官窯。北宋大觀、政和年間，宮廷自置瓷窯燒製瓷器，故名。南宋在今浙江杭州鳳凰山沿襲舊制仿燒。明清時景德鎮御器廠所燒瓷器，一般也稱官窯。

❾ 百圾碎：哥窯所製陶器名。明陸深春《春風堂隨筆》：「哥窯淺白斷紋，號百圾碎。」

❿ 龍泉：龍泉窯。以燒製青瓷聞名，在南宋達到高峰。

⓫ 商彝：商代的彝。彝，古代青銅祭器的通稱。

⓬ 秦權：秦代的權。權，稱錘。測定物體重量的器具。

⓭ 牙籤：象牙製的圖書標籤。

⓮ 錦笈：織錦面的書箱。

⓯ 宋槧：宋版書。槧，音ㄑㄧㄢˋ。書版。

⓰ 元刊：元刻本。

⓱ 內府：官署名，掌管皇家倉庫。

⓲ 薛濤彩箋：唐代女詩人薛濤，入蜀為樂伎，居成都浣花溪，自製深紅小箋寫詩，人稱薛濤箋。

瑄⑲；靠多寶架一面，有一個楊妃⑳醉酒榻；靠西壁，斜對書案的壁上，嵌著一面六尺來高二尺闊的著地穿衣鏡；挨近鏡子，壁上開著兩扇小玻璃窗，窗外彷彿臨著雲鳳臥室的外廊，正靜悄悄的遮著茜色軟簾，搖曳在黃昏黑浪裏。

魯男子正靜候小雄，進了這裏一間形和色薰人迷醉的書房裏。坐在那書案的安樂椅上，心裏疑疑惑惑，他們到底要我來做什麼，找到何種機會，為什麼嬰姊姊也很關心催我來，難道他們串通來哄騙我的嗎？

他迷迷惘惘祇管想，機械地兩眼恰移到那茜色軟簾上，瞥見閃過一些影子好像雲中過月一般，心頭猛喫一驚，忍不住幾乎直喊出來：

「啊！誰……是她?!」

急忙伸手揭開那茜紗簾帳時，卻又夜色朦朧，看不清楚，祇聽見遠遠女子腳步聲和低微的嚶嚀笑語聲。方惶惑間，忽見書案對過那面穿衣鏡活動起來，直向前推照見了自己的全身幻影跟著轉動，嚇得退避不迭，卻見鏡裏面倒轉出一個人來。祇道是小雄出見，要搶上一步去招呼，一抬眼，又把他驚得呆了，那裏是他候著的小雄，倒是個嬝嬝婷婷女子，——他做夢也想不到的阿林笑嘻嘻，羞答答地站在他面前。

⑲ 仲姬玉瑄：元管道昇，字仲姬，又字瑤姬。趙孟頫之妻。世稱管夫人。翰墨詞章，不學而善。玉瑄，也作「玉管」，玉製的古樂器。

⑳ 楊妃：即楊太真，小字玉環。入宮得唐玄宗專寵，封為貴妃。

他愕住了，迷惑了，自己也辨不清七情裏面那一種感情，兩眼直瞪瞪的�了她半天，直退到楊妃榻上斜靠住了，好容易掙出一句話來，抖聲問道：

「咦！怎麼你在這裏！——小姐呢？」

阿林臉上紅了，害羞裏面，卻藴藏著說不出的得意，低著頭，手弄衣褶，微笑道：

「我早不在宛小姐身邊了。從那回，我和少爺……」

魯男子聽到「我和少爺」四字，好像一把燒紅的鐵錐直刺到他心底的舊瘢，真受不了，下意識地驚叫道：

「你說什麼？什麼『我和少爺』？……我和你絲毫沒關係！不過使喚你做一件欺騙宛小姐的事！——我不許你這般說。」

阿林驚詫似的看了魯男子一眼，臉色頓時泛了白，嗓音咽而帶顫的說道：

「噢！我就不這樣說。我說從那回起，宛小姐就疑了我，帶下鄉，把我交還我的娘。我鄉下住不慣，跑回城來求湯小姐。湯小姐可憐我為她受屈，收留我在這裏。」

實在，魯男子覺得剛才脫口而出的幾句話，說得太嚴厲了。他近來對著女性，常是嬉皮賴臉，取極寬容的態度。況且阿林生得甜淨輕俏，心地又乖巧，又是從小伴熟的，比起那些不相干的閒花野草，總要高明得多，若沒宛中珠玉在前，也許會愛得發狂。如今她為自己受了委屈，含著火熱的心，向自己討些愛憐；自己不但不愛憐，反去盡量的摧殘。想到這裏，老大的良心上有些過不去，不覺心如懸旌的搖動起來。但是，使勁地把眼睛看了她幾眼，自己也不曉得什麼緣故，總覺得和別的女性不同，心靈上另有一種神秘的反射彈力，一碰上她，突然喫驚似的彈出來了。當時衹好把話放溫和些安慰她道：

「那麼也是我帶累你了。哎！種種都是我愛管閒事的不好，害了人家，還害自己。罷了！現在說它做什麼？——這裏肯收留你，再好沒有了。——那麼為什麼今天你又偷跑出來見我，人家看見，又是無私有弊，事情更弄不清白了。你快走吧。」

「嚇！我的大爺，你真是個痴子，你還想把事情弄清白嗎？你最知己的宛小姐，就是第一個死不信你！」

「那是她糊塗，瞎疑心。真是真，假是假，到底總要明白。就算她一輩子糊塗，我的良心上總歸是清清白白。」

此時阿林眼眶裏，忽然不斷地滾下淚來，徐徐退到鏡門口，一手握了門紐，一手拿了帕子搵著臉，帶著悽咽的聲浪道；

「這是少爺衹對我一個人表示的清白！宛小姐倒拿你在家裏鬧的什麼阿大姐……阿什麼……的把戲，來證明我的不清白。我雖是個丫頭，我是個清清白白的窮女兒，現在連什麼阿大姐阿二姐都不如，枉擔了一世虛名，今天，你索性討厭我，趕我。既然趕我，我還有什麼臉站在這裏？我不怪少爺，我衹怪湯小姐為什麼給我上這個當，丟我的臉？」

說著話，便挨身入門。魯男子非常驚怪，忙攔住她道：

「且慢。你說什麼？怎麼你上湯小姐的當？難不成你出來見我，是湯小姐的意思嗎？」

「可不是？要不是她騙我，我也沒有這膽子，也何至於這樣不識羞。」

「她怎樣騙你？」

阿林面背著半開的門，低了頭，帶著哭聲斷斷續續地道：

「我是老惦記著少爺的病！……又見不到面，有時放膽探問湯小姐，她總是含胡[21]地答我一句半句。昨天，她忽對我說：『人家都說魯少爺的病是全愈了，人是變荒唐了。我們深曉他生的是個傷心症。傷心症，那裏是醫藥治得好的？荒唐就是傷心的反應，荒唐得越利害，病根越種得深，我們真替他著急。這傷心的病根，自然是關著宛小姐和你。宛小姐突然和他生分，不啻挖斷了他的命根；連你都帶下鄉去，那麼把枝葉全削盡了。朱少爺是最曉得他的心事，明知道宛小姐一時不容易挽回，目前祇有叫你去熨貼他已灰冷的心，總可以救轉他一半的病。』湯小姐說著這些話，便問我肯不肯。咳！那就是我們女人家的太痴心了，我祇想著少爺一向待我的溫存！……誤會了你的意思。再者，也不甘心枉擔……這個虛名。所以朱少爺和湯小姐要報答你撮合他們的義氣，也照樣做成了圈套，今天約你來，特地叫我出來私會你。誰知道呢？我……太不自量，沒有長得像阿大姐，阿什麼……的好嘴臉，修得她們的好福氣！不但……沒貼你一點心，倒惹你生了一場氣。我在這個世上成了一個……厭物……唏！唏！」

阿林說到這裏，說不下去了，祇賸了無聲地飲泣。

[21] 含胡：應為「含糊」。

滿屋裏差不多全籠罩了陰沉的黑霧，在那扇鏡門返射的微光裏，魯男子隱約望見阿林低垂的粉頸，白膩得可愛，腰肢斜倚，自有一種小鳥依人的憨態，耳中聽著又悽婉又懇摯的音調。他本是個易感性的氣質，不知不覺觸發了不可思議的情緒。澈底的說，就在他和宛中要好的時候，當著肉感衝動，對了這枝惹目的小花，何嘗不偶動採擷的私意，不過和影子般一瞥的就飛過了。現在情勢不同，夜來人悄，對影聞聲，明放著絕對的自由，各抱著滿腔的幽怨，人心是包著情焰的肉團，稍一撥動，自然地突突地跳個不住。他正待站起，想去拉她過來，放在懷裏；忽覺全身起了一陣痙攣，有萬道雪山上的寒瀑，直瀉到心的深谷裏，把熱的痴夢沖醒了。

「這如何使得，」他自己警戒自己道，「使不得！使不得！」

「阿林，」他眼望著阿林說，「你待我的一片好心，我非常感謝。我請你寬恕我，我請你不要怨恨我。我原是很喜歡你的，不但喜歡，而且很看得起你。但是，我始終沒存輕薄你的私心，因為你是個清清白白的窮女兒。你不要去羨慕阿大姐，阿什麼姐，也不必挖苦我不識好歹，她們都是我肉欲的犧牲品，洩憤的機械，一下子就丟開，絲毫不生情感。今天，你熱心地來安慰我，反受了我許多冷酷的報答，外面看了，好像我太無情，其實正是我不肯糟塌你的真心。你要知道我再不是從前天真未鑿的人了，我的心被宛小姐椎得粉碎的了，不要說你不能來安慰我，就是……」

忽然滴溜溜飛出鶯簧般的語調，剪斷了魯男子的話頭道：

「是不是？我說大哥不是這種人。今天，總算不枉了我一片苦心，在我這裏，你親眼看見，親耳聽見，證得清清白白。宛妹妹，這該沒得說了。快些哥哥，妹妹，來！合個面吧！別再鬧得大家心上不安生！」

說著話，衹見多寶架的洞門邊那幅二龍戲珠的繡幙，倏地兩分的揭開，高高鉤起。洞門中縹緲地活現出一個身裁嬌小的人，穿著一身閃色銀紅蝶戀花的暗紗衫，頸後垂著一綹點漆堆雲鬢，眉兒畫得濃濃的，臉兒撲得紅紅的，不是湯雲鳳是誰呢？正伸開雪藕似的雙腕，依次挽著幙上的銀鉤，射出臂釧㉒上晶瑩的珠彩，嘴裏說著話，兩眼沒縫的衹向著外笑。幙裏面，緊靠北窗東首，放著一張羅帷錦褥的紅木床，床邊上正坐著個玉容清瘦的齊宛中，穿了一件藏青一枝梅的蟬翼紗小襖，頂上挽了一個麻姑髻，不粉不脂，越顯出天然風韻，曲著一胕斜靠在梳妝臺上，一手拿了一支小金簪，臉上似笑不笑、似羞非羞的在那裏剔牙兒。

這意外的突變，可把幙外的魯男子和阿林驚得目瞪口呆，都成了石像，一個軟化在楊妃榻上，不曉得是喜是悲，一個死貼在穿衣鏡門，逃又不是，留又不好。

雲鳳左顧右盼地看看這個，看看那個，誰也不起身，不說話，不覺拿帕子搵著嘴忍住了笑，回頭向著宛中道：

「宛妹，我是個直胎子，生平最瞧不上那些打偏袖扭扭捏捏裝小姐模樣的人！你還害羞似的躲在裏面做什麼？還不出來跟大哥說話，疏散疏散他病後的鬱悶。」

㉒臂釧：手鐲。釧，音ㄔㄨㄢˋ。

她又睃了阿林一眼道：

「而且，今天把阿林也難為得觳受了。你做主人的也要發一點慈悲心才公道。」

她一壁朗朗地說，一壁就帶頑笑的三腳兩步硬把宛中從床上拖了出來納在書案上的安樂椅裏，恰和魯男子面對面坐下。

此時宛中全明白了魯男子的心。她正蘊藏著萬千悔恨，祇怪自己任性，過分決絕，幾乎斷送了知心小伴的性命，巴不得把滿肚子甘心認罪的話，倒在魯男子懷裏，盡情傾吐，求他的饒恕。剛才隔房聽到魯男子和阿林說話時，幾次想不顧一切的衝出來爽快地說一下，誰知到了此時真的見了面，自己也不懂被一種不可解的潛勢力，横阻在心頭和喉際，倒一句也說不出來，祇呆呆地望著魯男子，抖顫地掙出一聲：

「哥哥！」

祇見魯男子慢吞吞地半抬起頭來，眼睛卻看著別處，很冷淡地也叫了聲：

「妹妹！」

叫罷，依然別轉了頭，祇看著多寶架上的古玩。

宛中見魯男子總是不瞅不睬，倒有些忍不住站起來直覺地向楊妃榻前走，走到書案横頭，終有些難為情，站住了，向魯男子笑了一笑，搭訕著反給阿林說：

「阿林，你還怨恨我嗎？也怪不得你怨恨，我一時糊塗，埋沒你的心，叫你喫了不少苦。我如今知道錯了，請你寬恕了我吧。你還是照舊的到我那裏來，我要好好的補償你呢。」

宛中說這話時，眼睛斜睃著祇留心魯男子的神情，卻沒想到觸動了阿林心裏一件沒人知道的秘密，頓時漲紅了臉道：

「小姐這樣的說，如何叫我當得起？況且，我也有對不起小姐的事，小姐何必一人認錯？」

「就算你有對不起我的事，在今日以前無論如何我不怪你。」

宛中還是偷眼望著魯男子，魯男子還是沒聽見似的拿著一塊漢玉剛印，不住地摩挲。

雲鳳眼看兩人這些情景，她是聰明人，深知魯男子和宛中都有些拘文牽義脾氣，自己梗在面前，便是個大障礙。

「你把房裏的洋燈點起來吧。」她先向阿林說。

「大哥和宛妹，」又向魯男子和宛中道，「不要客氣，請你們在這裏喫一頓便夜飯，可以隨便談心。再者，今天的事，大哥還沒有澈底明白，請宛妹替我講給大哥聽吧。我要暫時失陪，去預備些蔬菜，一面還要派人去招嬰姊姊和小雄哥來，索性湊個熱鬧呢。」

那時，阿林已把一盞掛起的花籃式綠罩大洋燈點上，照得滿房古色古香，十分幽靜。宛中還向雲鳳虛留了一句：

「雲妹妹，忙什麼？要你自己去弄菜！」

「還是讓我去的好。」

雲鳳說這話時，給宛中暗使個眼色，朝著魯男子努了一努嘴，微笑地開了鏡門去後仍把門帶上了。

現在房裏靜悄悄的衹有魯男子和宛中面對面，一個坐著，一個站著，阿林斜靠著鏡門，三個人外沒別人了。

靜默了數分鐘，宛中忽然鼓著勇氣把剛才想走而沒走了的行程繼續前進，邁到楊妃榻上，很親密地挨著魯男子身邊坐下，到底她第一個破了空氣中的沉寂。

「哥哥，看你黃瘦得可憐！——為什麼你還是不快活！今天，難道你突然見了我，一點沒動你的心嗎？——好像你還沒問過我一句話！」

魯男子此時臉向了外，手裏把那有斷紋的剛印轉來轉去，淡淡地道：

「我正不懂大家鬧這種把戲，為的是什麼？大概妹妹是知道的了。——沒問妹妹一句話嗎？老實說，我不配！」

「哥哥，今天你氣我，恨我，罵或打我，甚而至於殺我，我全情願。衹因我冤枉給你的痛苦，該輪到我一樣樣的來承受了。但是，請你不要辜負了大家的好心，你問這把戲，為的什麼？當然為的是你和我。我今天才從齊市來，未來之先，我也全不知情。你和我的事，第一個著急的是嬰姊姊，其次，就是小雄和雲鳳，他們商量了不知多少回。恰好阿林投到了這裏，嬰姊姊又得了我今日回城的確息，昨天他們會商的結局方才想出了這三面互試真情的妙策。這全是雲鳳聰明的主意，所以就由雲鳳一個人擔任了，她的地方又適當，又沒窒礙。她一面叫小雄約了你，一面打發轎子老媽等我在埠頭上。老媽假傳了嬰姊姊的話，叫我先到這裏，有要緊話和我說，我就信以為真的來了。誰知嬰姊姊並不在這裏，倒看了這齣戲文，完全喚醒了我的迷夢，發露了你的真心。他們這一番好意，我們倆不是該感謝的嗎？」

「意思是當然可感。但是，中什麼用呢？我覺得已太遲了。」

宛中聽了臉上一呆，彷彿一陣寒風，吹落在她才回暖的心坎裏，頓時低下頭去道：

「我的心，在今日以前，本死得要腐爛的了，忽然的復活，在我覺得是意外的歡喜。我情願低心下氣，向你賠罪，重溫我們從小的愛。照你這麼說，我也明白了，你是永遠不能寬恕我，永遠不能再愛我的了，是不是？」

「不是，我雖不敢說寬恕你，我豈肯不愛你。妹妹，你要知道，我才說的話，並不是氣憤話，是良心話。妹妹，我再不是你從前心上愛的那個哥哥了。你難道忘了他已經墮落的了，已經毀滅的了，——還在那裏不斷的毀滅！」

她真忍不住了，也不管阿林在旁，她撲到魯男子懷裏，和小時候看鴿子洗澡一般的天真，把頭枕在他膝上，撒嬌似的喊道：

「我不管你怎麼樣的墮落，怎麼樣的毀滅，你總歸是我心愛的哥哥！況且，你既有愛你的我，為什麼你還要不斷的毀滅！」

魯男子雖沒有推開，卻也不來擁抱，一種冷漠的態度，已經足彀宛中的難受了。

「我本屬於妹妹的，」他還嚴正地說，「我的毀滅，若不是得了妹妹同意，那裏敢擅自下手呢？妹妹，你難不成把給你血書的兩句話都忘記了嗎？」

宛中一聽這話，直豎的坐了起來，睜大了一雙媚眼睖著魯男子的面。

「你說什麼？」她驚喊，「毀滅，是我同意的嗎？什麼血書？你幾時給過我血書？」

「在你下鄉的上一天，我託嬰姊姊交給你，她放在你……」

魯男子話未說定，祇見阿林突然跑到楊妃榻前，跪倒在宛中膝下，和犯人認供似的，低了頭，目注地上道：

「血書是我收著的。那天，我鋪床時在枕底下發見，我看了知道這信很要緊。我不敢瞞小姐，我那會兒，鬼迷了頭，自己也不明白存的什麼心，總不願意小姐看見這封信，膽敢藏了，沒交給小姐。這是阿林對不起小姐的事。今天，我夢醒了，該死的罪，還求小姐寬恕。原信在我這裏，請小姐看吧。」

這一段阿林意外的供狀，魯男子和宛中都驚怪得變了臉色。魯男子怔視著阿林，臉上露出一半埋怨，一半憐憫。宛中慌忙接過阿林懷裏掏出來那兩張已團皺泛黑色字跡的箋紙，全神貫注地讀，讀到一半，已止不住眼淚索索地落，等到讀完，竟嗚咽地哭：

「阿林，你這一來，玩得我太刻毒了！如果我早讀到這封信，何至鬧到這步田地！哥哥，如果你早知道我沒讀過你這封信，何至這般的怨恨我！如果我讀了你這信，一點不回心，我真是個鐵石人，無怪你今天冰一般的待我！這還有什麼說的，祇好說是命運。阿林，我已經說過，無論如何，都不怪你，這個，我也寬恕你了，你起來吧。」

阿林滿面羞慚地站在一邊。宛中含著淚向魯男子道：

「你現在總該明白我不是忍心聽憑你去自己毀滅，原諒一點吧！」

魯男子的心上，為宛中不理會他的信原是最大的傷痕。現在知道是受了阿林的蒙蔽，自然安慰了不少。但是，他總覺得自己為了宛中，犧牲得大了。女性的魔力真了不得，祇為她一剎那的任性，使你憂鬱戕賊了形體，使你憤怒毒害了精神！她呢？還是一塵不染高高地站在端雲裏，祇損失了幾點眼淚，幾聲嬌啼，還彷彿施恩似的寬恕你頹唐的罪惡，輕輕地便收回了她渴求的快樂。兩兩比較起來，輕重未免不平。他這時對著宛中的熱情，實在已經又煽動了。可是他不像童年的真實，他知道宛中對他的愛，受了反動，正達到沸點。他要利用這一點取得她戀愛的最高度。

那時，他反而裝出很平靜的樣子。

「便是忍心聽我去毀滅，」他答道，「我也沒什麼不原諒妹妹。不過各事都可以修補，一個人自己毀了自己，是沒法修補的。我愛妹妹的心始終沒變，我的人現在可變得不成東西了，靈魂是墮落了，身體是污穢了。就算妹妹大度包容，一切都寬恕了我，我自己如何能照樣的寬恕？譬如妹妹是一朵淨瓶裏的白蓮，我是一枝坑廁裏的腐菌，腐菌要倚傍白蓮，自然要自慚形穢。我現在沒有別的感覺，我覺得和妹妹親近，我不配！和妹妹談話，我不配！和妹妹說愛情，我更不配！」

宛中兩手捧著面祇管哭。

「那麼說來說去，打總說，你不給我要好了。這一輩子算白認得了你，就這樣的完了嗎？」

魯男子強笑似的回過身來，輕輕地挽住她的手道：

「妹妹，請原諒我的傻。我不是不愛，我是羞，我從良心上發出來不安的感覺，我自己也做不了主。好在妹妹是最知道我的心，總有法子使我安心樂意地愛著你。」

「不要假惺惺了，我從此認得你的。你聽！外面許多人聲，祇怕嬰姊姊和小雄他們都來了，然你不要在這裏挨著，到書案那邊去罷。」

宛中忙把絹子擦乾了淚，魯男子迎到鏡門口。果然，雲鳳領了小雄和嬰茀，後頭跟著蓀哥，一路說笑著陸續地都進房來。

十四　快樂與厭倦

夜裏，還不到十一點鐘的時候，滿書房靜悄悄地，還是點著一盞綠油油的掛燈，照得格外沉寂，多寶架上的古玩書籍，格外古色古香，一個刻絲的繡幙還把銀鉤鉤起，張得開開的。屋裏不但沒有客，連使喚的人都沒一個，貓叫也不聞，空氣沉靜到懶軟的化境了。

朱小雄似醉的半橫斜著身體臉朝北躺在那楊妃榻上，無力地半睜著眼，彷佛望那書架，可是，望的不是書，是黑洞洞的書縫。他望了半天，才在喉頭的發音管裏掙出了半咳嗽的聲浪：

「吭嚯！嗳！」

這一聲不打緊，可把裏面床上的雲鳳驚醒了。在繡幙裏望進去，黑影裏，祇隱約地望見她側臥著，一挽雲鬢拋散在枕邊，臉粉雖褪了，還留著緋紅的兩靨。她先伸了一個懶腰，把嬌眼餳粘似的撒開一條小縫，望著小雄道：

「雄哥哥，你睡好嗎？」

這一個懶怠地答道：

「雲妹，沒有，我也睡得不樂意。」

「我聽著好難過，」雲鳳蹙緊了眉向他說，「你說那『也』字。」

「啊！怎麼？這個『也』字，不是我們說話裏該用的嗎？」

「不要向我用，尤其是這個時候。」

「咦！這為什麼？」

「這個字刺我心。」

「你快告訴我刺心的緣故，雲妹。」

「你說『我也睡得不樂意』，猶之乎說給你一樣的不樂意；其實，寧可，你換一句話，猶之乎說：雲妹，我們厭煩死了！」

「真的你覺得厭煩嗎？」

「我也覺得膩煩，所以說刺了我的心。雄哥，你來，我和你說。」

小雄才在楊妃榻上慢慢地爬了起來，又抬眼看了一看鏡門上面的掛鐘，長針已指到十五分上，一地裏走，一地裏說：

「不早了，宛妹和他們九點多鐘就散了，我們差不多睡了半個鐘頭。幸虧今夜爹爹和公明伯伯都在漢江叔那裏喫晚飯，一談總要談到深更半夜，可是我該早些回去，省得父親叨登。」

雲鳳摳出身子半坐半靠的嬌嗔地拍著床沿道：

「少爺，請這裏坐，不到得褻瀆了你！——不曉得怎麼生的，老是這種樹葉子怕打了頭的脾氣！」

小雄涎皮賴臉的挨緊雲鳳，倒在一個枕上笑道：

「少說嘴吧！——現在你身體不覺得怎麼樣嗎？」

雲鳳瞪了他一眼道：

「不要你問我的事！我問你，到底我們快樂？還是宛妹和魯大哥快樂？」

「我不懂你的話。」小雄搖著頭說。

「我羨慕他們的意味，多麼有趣！」

「一天到夜盡吵嘴，這倒算有趣！你不看見嗎？剛才一個像一爐火，一個像一缸冰，一個越湊得近，一個越離得遠。一頓飯工夫，大哥沒說滿十句話，宛妹甘心情願的滿張羅，恨不得飯都給餵了。其實，大哥撒爛污，祇有他對不起宛妹，倒打一耙，好利害！宛妹脾氣比你好得多，真是大哥的福氣。你倒羨慕！」

「就是這一點，你不懂得。自然要弄得人家發心情願，才肯挨冰缸。宛妹是好脾氣嗎？魯大哥為什麼會弄得死去活來，瘦得怕人？你要有他一分半分，我的脾氣也會好。這些都是閒話，不必說。雄哥，老實說，我在這裏想，從前我們的日子，過得比現在有趣。你曉得從前是什麼日子？」

「從前是極不自由的日子，會一次面，說一句話，難上加難……」

「可是，」雲鳳接著說，「形容不出的快樂……見一面，恨不得把兩個肉體全融成餳和蜜，說句話，好像四萬八千毛孔裏個個在那裏歌和舞，多麼熱烈！多麼粘膩！就是彼此隔離著，相思到極苦的時候，想像上還留著痴迷的妙影。現在過的是什麼日子呢？」

「自從你打定了不受世俗拘束的主意，堅決地把儀鳳夫婦逼走了，踢開一切障礙，你得了自由……」

「你對著我，」雲鳳又搶著似的接上去道，「也得到了為所欲為，什麼都做到，什麼都滿足了。我可後悔了。」

小雄倒大嚶了一嚇，緊緊地勾住了她頸脖問道：

「啊！你後悔嗎？後悔愛了我嗎？還是發生了我們常擔心的危險，你害怕，才後悔的嗎？好妹妹，這話不是玩的，你快說，我要急死了。」

雲鳳鑽在小雄懷裏，愛嬌地半仰面微笑道：

「哥哥說的都不對；你明明是裝糊塗，瞎纏繞。一定你一樣的感覺著。我是直性子，心裏有，嘴裏就說。我倆的愛不必提，當然是愛。但，快樂又是一件事。我想，我倆在開始滿足心願的一兩個月裏，真是快樂得上天入地，祗恨世界小容不了我倆歡心的騰躍，吻的津吐是甜的，擁抱的熱是陶醉的，肌肉磨熨是酥麻的，汗液的膠粘是芳香的。可是，今天吻著，擁抱著，磨熨著，膠粘著，明天還是這一套，後天一般，永遠似工廠裏的機器，一舉，一動，似有引擎牽動著，一絲沒有變動的意義，漸漸覺得甜的津發淡了，抱的熱焦躁了，肉的磨熨木鈍了，汗的芳香酵酸了。那麼現在覺到什麼呢？祗有厭倦！我才悟到快樂的顛頂❶，高高供著的，沒有寶貝，祗有一個厭倦！哥哥，你若是沒有感覺厭倦，為什麼不和我親親熱熱的多睡一會兒，要一個人去橫躺楊妃榻上呢？」

「就算你說的話對，那也沒有什麼後悔？」

「我後悔不該早趁你的心願，把那無上的快樂輕易糟塌了。我倆該聽魯大哥的話，永保著精神的

---

❶ 顛頂：應為「巔頂」。下同。

戀愛，要曉得愛戀是要細細把玩的。」

「現在已經這樣，」小雄笑著說，「有什麼辦法呢？」

雲鳳興奮地拉緊了小雄的左手，翻過她嬌小的身軀和小雄面對面湊著說道：

「我叫你過來，就為我想著了解除厭倦的方法，要變換我倆戀愛的生活。我要出遊，我要和你一塊兒到上海或西湖去玩一趟，你敢答應我嗎？」

小雄臉上呆了一呆，裝出笑容道：

「你真想到上海去嗎？」

「要你一淘去。斜陽影裏，一鞭絲影，並坐馳驅，我希望！電光燈下，百戲雜陳，聯坐呢喃，我希望！公園茗罷，攜手向草地散步，我希望！餐樓飯後，憑闌作臨街閒眺，我希望！甚至逛洋行，看賽馬，我都希望！」

小雄微微地搖了一搖頭，道：

「祇怕我做不到。」

「那麼我們到西湖去，我和你三竺❷進香，六橋踏月；我和你雲棲刻竹❸，靈隱聽泉❹；我和你雷

❷ 三竺：三天竺。在浙江杭州靈隱寺南面山中。原為佛教寺院，有上、中、下三天竺之分。

❸ 雲棲刻竹：雲棲，在杭州五雲山西面的山塢中。被品為湖山第一奧區。「雲棲竹徑」為西湖勝景。

❹ 靈隱聽泉：靈隱寺，又名「雲林禪寺」。在杭州西湖西北靈隱山麓。我國佛教禪宗十剎之一。寺前臨冷泉，面對飛來峰。

峰塔❺下，弔白蛇遺跡❻，西冷橋❼畔，訪小青古墳❽；岳王墳看鐵像❾，城隍山望錢塘❿；我和你蕩槳採肥蒓⓫；我和你持杯嘗醋鯉。這多麼有趣的印象！哥哥，我知道你家裏為難。但你是個男人，總好想法子。可憐見許了我吧！換一個沒達到的境界，大家快樂一下，愛情上自然地現了光明！哥哥，你肯為我犧牲嗎？」

「和上海一般的去不成，爹爹把我囚犯似的關在書房裏。妹妹，你想，我有什麼方法出那牢門？」

「不會約好了逃嗎？頂多回來打一頓。可是我倆已享到了快樂了。哥哥，你難道不肯為我挨打嗎？你口口聲聲說愛我，算了吧！將來有比挨打的事更大些的，你一定束手無策的把我丟了。」

---

❺ 雷峰塔：在杭州西湖南岸夕照山雷峰上。吳越王錢俶為王妃黃氏而建。「雷峰夕照」為西湖十景之一。

❻ 白蛇遺跡：民間傳說《白蛇傳》，寫白蛇思凡下山，化名白素貞（白娘娘），與侍女青蛇（化名小青）同至杭州，與許仙結為夫婦。法海和尚從中破壞，藉佛法將白娘娘鎮壓在雷峰塔下。

❼ 西冷橋：又名西林橋。為杭州孤山到北山的必經之路。

❽ 小青古墳：明末杭州人馮生姬小青，能詩，善音律。因大婦性妒難容，置之孤山別業，悒鬱而死，年僅十八。小青墓在西湖孤山。

❾ 岳王墳看鐵像：岳飛墓在西湖邊棲霞嶺下岳王廟中側。墓闕下有四個鐵鑄人像，反剪雙手，面墓而跪，即陷害岳飛的秦檜、秦妻王氏、張俊、万俟卨四人。跪像背後墓闕上有楹聯云：「青山有幸埋忠骨，白鐵無辜鑄奸臣。」

❿ 城隍山望錢塘：杭州西湖東南吳山，山上有城隍廟，又稱城隍山。登山攬勝，左看西湖，右望錢塘江，杭州全城，盡收眼底。

⓫ 蒓：通作「蓴」。一名水葵。多生湖泊河流中，可作羹。

說著這話，就使氣一翻身朝了裏床，雙手捧著臉嗚嗚咽咽地哭個不了。小雄看著她這種任性的樣子，心裏好像油煎一般的沸騰，依她呢，萬萬不可能，不依，又是不忍。他倒不是怕自己的挨打，真的依她說的私自偷跑，也不是不可能的事。倒是近來他們倆的關係，彳城地方小，這種新聞，最易傳播，差不多茶坊酒肆，都做成談柄了，尤其湯氏是最講究禮法的鉅族，又有儀鳳的宣傳，聽說已經開過幾次無形的家族會議，想對付他們倆的事。已經有秋祭開祠堂的日子，要淩辱雲鳳的風聲刮到他耳朵裏，如果再有兩人同跑的事發生，豈不是罪上加罪？越弄越大，結果不僅是厭倦，必然變成悲慘。他既真愛雲鳳，自己已害了她，如何肯推她到至危極險的地位？這是他萬萬不能依的理由。但再回來一想，她的忽發痴狂的任性，真的貪遊樂嗎？決不是。實在覺得自己對她的愛情，不如在先的熱烈，要固結彼此的愛戀，就不顧一切的想出變換環境的方法來，正是愛他到了顛頂的表示。人不是木石，怎麼有能力可以抵抗這種貼心穿髓的感情？他七上八落盤算了半天，臉色變得鐵青，還是一點沒有辦法。祇好軟款地把一手抱住她的腰，昂起頭來，把臉貼緊了她的臉，抖聲地道：

「妹妹，好妹妹，你不要這樣哭，把我心都哭碎了。我為你死都肯，何況挨打？祇要稱你的心我全依。你回過臉來，我們好好商量一下子。」

雲鳳帶著淚眼側過頭來，向小雄嫣然一笑道：

「那麼出門玩一趟，總不至於死！你要知道，我不全是為的我愛玩，祇為我看你近來厭煩得要死，厭煩就是愛戀冷淡的開端，我心裏害怕……」

「不要說了。」小雄不等她說完，說道，「你一片愛我的用心，我全知道，不過你祇管放心。我要給你商量……」

「你給我商量到上海還是到西湖呢？」雲鳳搶說，「我們怎麼約法呢？是不是？」

「都不是，請妹妹自己細細想一想，自己近來在家族裏所處的危險。若說我，什麼都可以幹！」

小雄這一句話，頓時把雲鳳的昏迷提醒了，全身打了個寒噤。她深知道自從把儀鳳逼走以後，自己的行為，雖全聽著良心的使命，不過和社會上的舊習慣太違反了，惹起了群眾的非難，激動了族黨的憤怒，知道是總有一天爆裂的。剛才熱情向上，祇顧著小雄一面，什麼都忘了。現在聽小雄這麼一說，倒愣住了，眼釘住小雄，可是滿含著說不出的知己之感。突然把兩臂抱緊了小雄，含淚道：

「哥哥，這個世界上，祇有你一個人真愛我的，我知道了。我是年輕，你恕我的任性吧！我不出門了。」

「不，我還是要叫妹妹快樂！我想，你的意思，不過要叫我倆愛戀的環境常常變換，這不必出遠門。好在我們亻城裏的亻山，本是個名山，山上有飛泉巖，虎門，雙林寺，金蟆澗種種勝景，山下又有亻湖，也不讓什麼西湖。況後天又是重九佳節，我又照例放學。我和你預先約好了，在北山麓的壽長寺會齊，我們藉著登高的由頭，暢暢快快地去遊一天山，不到上燈就回來，一般的得到滿足快樂，你說這個辦法好不好？」

雲鳳連連地點著頭。那時鐘上鐺的打了一下，小雄噢驚似的坐了起來，在衣架上取了馬褂穿著。雲鳳一壁還叫著她最體己的丫頭翠兒進來，叫她提著一盞紗燈，照著小雄向外而走。雲鳳兩眼痴迷迷的直送到看不見了小雄的影子，才放下帳子安心地沉睡了。

十五重九

彳山西一半下瞰彳湖的一面，有個奇拔而雄秀的去處，就是飛泉巖和虎門。

那飛泉巖是個從山麓陡起壁立千仞的危崖，卻被洪荒❶以來奔泉沖激，使崖中心成了一個深凹，像張開的人股一般植立了雙膝，換一句說，就是當中變成一條草木蔥蘢不可測的深澗，兩旁夾峙著姊妹似的雙巖。人家為了交通雙巖，跨澗造了一條半面有欄干的石橋，叫做長壽橋。靠在橋欄下望時，整一片織錦的層層田隴，臥鏡的渺渺湖波。如遇著新雨後，東南風起，澗裏會激起飛泉，滿散空中，太陽光下，好比晶瑩的萬顆明珠，在你頭頂上結成一頂珠傘，不斷的籠罩在四垂的珠穗下。過了橋，到那北巖，塞滿了荊莽的一塊平坦荒基，隱約還留著些斷井頹垣的遺跡，傳說是個古詩人伴著他愛人雙棲的山莊。這便叫做飛泉岩。

從那飛泉巖的南岩，向南迆東，開著一道陡峻而廣闊碎石砌的下山大道，大道兩邊，時時在平地上突起東一簇西一塊不等形的光潤巨石，是天然的石磴和石案。離著飛泉巖二三百步，在大道東邊陡起一座矗天的絕壁，似天斧劈的一般從壁頂直劈到地，分做兩半，前寬後狹，彷彿兩扇巨大石門，向

❶ 洪荒：混沌蒙昧的狀態。

湖半開。壁頂前半露著天，後半還是屋頂般的掩蓋，人們可以在絕壁後爬上石門的頂蓋上去瞭望。這便叫做虎門。

那一天，重陽佳節，午日初斜的時候。雲鳳身穿著一件一枝梅織就粉白花瓣的藏青夾衫褲，項後垂一根似夏雲裏掛下夭矯烏龍般的大辮，辮根上覆著一朵秋海棠式五顆精圓珠子捧定一顆龍眼珠的珠花。她那時真像一隻自由的小羔羊，快活得又是跳又是笑，飛也似的先奔上長壽橋。祇見雜著紅的樹叢，已發黃的田野，這搭❷那搭的村舍，忽隱忽現的遠帆，都踹在她纖足之下。一抬頭，無邊的空明，全展開在晴朗的秋陽下面，鋪上一層灰色的薄雲，恰映出無量數飛舞的泉珠，一閃一閃好像天河裏的繁星，顆顆現出驕傲地態度，和她頭上的五顆明珠，在那裏爭奇鬥勝。

她看得出了神，彷彿全身浸在這清曠的大浴池裏洗了一回澡，把幾天來心裏的煩悶和熱惱，洗刷得乾乾淨淨，不覺喊出聲來，道：

「雄哥，你瞧！多麼好看！我們有福，恰遇著飛泉。你來！不要這樣死樣活氣的。」

那時，小雄正坐在離橋幾步的道旁一塊圓石上，滿面現出有心事的樣子，兩眼並不在那裏瀏覽山景，祇呆呆地痴想。忽聽雲鳳叫他，喫驚似的立地裝出不自然的笑容，不自然的高興，也學著她嬉笑的神情，跑到橋欄邊和她並肩倚靠著，苦笑道：

「我們有福嗎？……不，是，我是真有福，和妹妹一塊兒賞到這飛泉的奇景！」

❷搭：塊，處。

「我們到那詩人和他愛人雙棲的荒基上去憑弔。」雲鳳拉著小雄的手興奮地說。

「他們是有福的一對兒！」

雲鳳見他懶懶的不動，回過頭來，半含羞斜瞅他一眼，微笑地說：

「我們去沾沾他們的福氣，不好嗎？」

「妹妹，你太樂觀了。」小雄面上浮現憂鬱的色彩說，「世界上美麗的影子，祇是個美麗的影子，印感在夢想裏。我就保不定這詩人和愛人的故基裏，四圍不布滿了惡草和鉤棘，弄得你沒著腳處，一不小心，還要遇著毒蟲，張著含滿毒線的嘴等待你。我勸妹妹，還是不去的好。」

「你不敢。」雲鳳發了嬌嗔道，「我偏要去。」

說著話，撒開了小雄的手，自顧自三腳兩步奔下橋階，投入沒膝的亂草堆裏。小雄沒法，祇好緊緊地跟著她走。

到底，這荒草和碎石交錯著久沒人走動的崎嶇殘址，雲鳳雖鼓足勇氣，終有些站腳不穩。小雄忙趕上一步，獻他的肩和臂，叫她一手搭在肩頭一手挽牢了臂慢慢地前進。

正走間，雲鳳忽然歡喜得喊起來：

「咦！九月裏還有鮮栗！哪！你瞧！那邊山崖邊上，有一顆全身倒垂到陡壁下，樹頭卻昂起來向著天，那上面不是累累掛著不少毛刺刺的鮮栗？這是它隱藏得深，被採栗人遺忘了不曉得多少年，今天，被我們兩個痴子發見它們的秘密。哥哥，你快給我去採幾顆來，帶回去享用些它們最後的甜味。」

她把衣衩上掛著的一方蜜合色絹帕遞給小雄。這一個不忍打斷她的高興，接了絹帕向栗樹處前進。

雲鳳兩眼祇隨著小雄身影，向荒茸亂石裏有緊沒力的走。她站住了呆呆地想：「他為什麼今天老是這樣垂頭喪氣？我們自從壽長寺會面，換坐了山轎一直到雙林寺喫素齋，他總是強笑著附和我的興致。一到這裏，我看見這樣高而險的陡壁，喜歡得發狂，拾起一塊我拿得動的石塊，往崖下拋，看它一跳一縱的直滾下去，一路滾到山前平地。他祇笑了一笑，也丟了一塊小石，看也不看就坐下那塊石上發呆了。這是什麼緣故呢？而且遊山是前夜他提議的。難道他真厭棄我嗎？不，不，決不會，他對我什麼都順從，什麼都肯幹！這個憂愁，一定關著我或是關著我倆的。他隱藏在心底不肯告訴我吧咧。我有危險嗎？他有不幸嗎？」

她正在亂想，忽聽空氣中傳來一聲悽厲呼痛聲。她大喫一驚，向前望去，不見了小雄的身影。她渾身發出恐怖的痙攣，眼前幻現了才拋下的石塊，遇著障礙便激起數丈，一路激起，一路滾下，現在小雄或者也變了那石子一樣了。拚命拔起一雙已癱軟的雙足，不管七高八底，真像勇士赴戰場似的直跑向崖邊栗樹處去。

「小雄！雄哥！雄哥！……」

她一路直喊到危崖邊，祇有四面帶著譏笑口吻學舌似的和她的叫喊，沒有小雄的答音。她嚇得狂了，東張西望的找。

忽然，耳旁聽到呻吟聲夾雜微細得聽不真的廝喚著兩聲妹妹。她疾忙手扶著那大栗樹，傴身下望，才看見一個很險惡的斜坡，生長著一棵同根雙幹的野石楠，小雄正滾到在那石楠雙幹的交叉點裏低低叫喚。

那時，雲鳳急得什麼都不顧，隨手攀了一根垂在崖邊半枯的野藤，兩條鰻魚般的腿半懸空著，直向那陡臨離地二三千尺高的斜坡直瀉。等她落到坡上，一腳恰踹在根和坡的空洞裏，全體傾斜著向那筆直而有刀劍般鋒芒的陡阪上滾。

「啊喲！」小雄死命忍著不可忍的疼痛，搶起來順手把她攔腰一抱道：「妹妹，你……」沒說完一句話，小雄仍舊倒下連連喊著：

「喔唷！喔唷！喔唷唷！」

雲鳳那時已撲在小雄身上，喘吁吁地低問道：

「哥哥，你跌傷了嗎？怎這麼樣痛？——小雄，我害了你了。——傷在那裏？快給我看！」

「不，不是跌傷，我被赤練蛇咬了一口。當我爬上栗樹的當兒，全沒留意那畜生，祇怕踹上樹椏杈上，恰好踹在牠身上，被牠狠狠地咬了一口。我痛得忍不住，就在樹上跌下來，幸虧有這樹根擋住身體，否則今天我和你就永別了。——喔唷！我的傷，在大腿上，妹妹，你去叫轎夫們來抬我上轎吧。你在這裏太危險。——喔唷！喔唷唷！」

「哥哥，你疼得利害嗎？」雲鳳滿臉堆著又著急又憐惜的神情，好像小雄的呼疼，一聞聲就是她心底的疼，偎倚著說，「我要看一看你到底咬傷的那裏？你快說！」

「妹妹，你不看也吧。」小雄緊蹙著眉頭祇向雲鳳微笑地道，「我今天在痛苦裏擠出了從來嘗不到的甜蜜。我才了解愛戀裏沒代價沒刺激的快樂，不是真快樂。你瞧，我從認得妹妹以來，從沒見過像這一剎那這樣劇烈地憐愛我！」

「小雄，你又說痴話了！快指給我看是正經。」

小雄被逼不過，祇好把手指指了一下左腿的陰面。雲鳳忙坐了起來，替他把袍子墊好了臀部，在腰帶裏鬆下小衣，直褪到腿彎。她才發見了肥滿而膩白的腿腋旁，墳起一大塊薔薇色的紅斑，映著秋陽，在女性目中，分外顯出誘惑的色彩。她心裏一迷，又是一驚，機械地伸手撫摩著傷斑，痴望著小雄道：

「哎！真咬得不輕！祇怕蛇牙還在裏面，怎麼好呢？——嗄！我記起來了。從前媽媽在我小時候和我說過，祇要親人的口一吮，蛇牙自會出來，毒氣就不會作祟了。那麼我給你吮一下子吧。」

「使不得！使不得！你中了毒，叫我怎樣？」小雄疾忙攔住她已俯下的櫻唇說，「其實，有妹妹陪著我死在這奇峭的石壁下，使我靈魂上永久刻著個快樂的印象，在我是再好也沒有。如你一定要醫好我，那麼你還是想法找兩條帶子，把咬傷地方的兩頭緊緊縛住，叫毒氣不再散布，也許減輕一點疼痛，這是個老法子，你快給我縛吧。——喔唷！妹妹，我疼得快活！就此疼死了，我更快活！」

雲鳳一聲不響的想了一想，翻起衣服，把自己襯裏的粉紅綢衫，撕下一塊二尺多長的綢子，再分為兩，細意熨貼的先把傷處上端緊緊縛好，再縛下端。縛好後，仍把褲子給他掖上，結好。忍不住喘吁吁地，淚汪汪地伏在小雄身上，一句也說不出來。

兩人正在痛苦和快樂攪亂在混水裏自己也分不清的時候，忽聽崖上有一群人聲，有兩個清脆些的聲音，在那裏喊著：

「小姐！小姐！」

她認得是翠兒和阿林的口音，連忙和小雄分拆開來，端坐在斜坡上應著道：

「我在這裏。朱少爺被蛇咬了，你們快來！快來！」

崖端先現出了翠兒和阿林，看見這個形影，都嚇了一跳。後面還跟著個轎夫，是領她們來追尋的。

「啊！好險！」翠兒和阿林同聲的喊，「怎麼小姐和朱少爺跑到了這裏。」

於是，翠兒和阿林手忙腳亂的都伏倒在地上，各把一手攀住了兩邊的松樹，一手垂下崖去，叫雲鳳挽住半拖半爬的提了上來。雲鳳又立時叫兩個轎夫縋下斜坡扶起小雄，上面兩個轎夫同樣的拉了下面轎夫的手懸空把小雄扶到崖邊，大家一窩風擁過長壽橋，仍舊按放小雄在原來坐的石磴上，他還是不住口的哼疼。

一個轎夫從虎門危壁後飛也似的奔來，告訴大家他在壁後一個小尼庵裏得到一些蛇毒止痛藥。翠兒接過手來，交給雲鳳。她這時心理上，急盼減少她愛人的疼痛，但痛傷恰在隱處，又不好意思當著千人百眼袒露了替他塗擦，也不願把這種親暱的差使，交給別人，倒呆呆的看定了纖掌裏托著一瓣緋紅的楓葉上堆著一團漆黑油潤的膏藥，默默的盤算。乖巧的阿林，早從旁覷破她新主人的心事，趁勢插嘴道：

「虎門洞口，有塊彷彿靠背椅似的一塊大盤石，比這裏安適得多，風景又好，朱少爺如果能忍疼一下，我和翠兒來扶你過去，好嗎？」

這句話，正打中了雲鳳的心窩，衹把黑而大的兩眼睃著小雄啞聲的懇請。

「……？」

「好，」小雄鼓勇地說，「我們上那裏去。」

阿林就扶了他右臂，翠兒扶左臂，雲鳳在後面幫著翠兒，一步一顛的迤邐向下，直到虎門的谷口。果然，有一座很光潤橢圓形的大石磴，正倚靠虎門左壁根部斗出的一片帶傾斜勢布滿綠絨似的苔蘚茸茸的一方石屏，恰像天然的沙發一般——繞磴四圍都簇生著晚秋的野蘭和野菊，滲透出幽默的香味，熏染了滿谷的空氣。在面前，樹頂上透露出一片澄潔的湖光，頭頂上，半掩著巉岩的峭壁，填補上一角蔚藍的天。

這是何等幽寂和清空的妙境！她們把小雄半眠半靠的安頓在那裏，又有如仙女般旖旎的雲鳳窩伴在身旁，輕憐疼惜，身上的劇痛，早淡忘了一半。

翠兒看見谷口地上，一叢叢細綠葉上凸起一點點黑星的草，有六星點似天牌形的，有四點人牌，兩點地牌，宛然像著骨牌，她認得是骨牌草，東跳西摸去採集，想採成全副三十二張，倒把雲鳳為難住了，衹好痴痴地望她。

「翠妹妹，」阿林遠遠招著手道，「你要採骨牌草，我們爬上虎門頂上，那裏容易湊齊全副，快來吧。」

翠兒憨憨地奔出來和阿林手挽手嘻笑著沿上來的路走去，這裏衹賸了雲鳳和小雄面對面。她才安心樂意照著第一次的方式，替小雄慢慢把膏藥塗上，仍撕一塊綢裏襟包裹熨貼。不到二分鐘，藥力的神效，竟把小雄的創痛治好。

於是，一個含著感謝，一個覺得歡慶，自然地各人的手搭著各人的頸和腰，各人的頭貼著各人的臉和嘴，使一對無邪的小情人，在大自然魔魅的形和色化境下，靈和肉都痲痹在相視的微笑裏，覺得山鳥的啾啾，草蟲的唧唧，都替他們奏著交響樂，頓時把一切全忘記了。

溫軟的一小時，電閃的過去。忽然著地起了排山倒海的狂風，四山裏的松，楸，檜，柏，梢雲般的樹頭，都被暴力壓迫得向一面直倒，激起了怒浪，在地平線上，推起一座裝滿恐怖的大黑山，張開它迅奮的羽翼，一眨眼把天蓋和日輪遮得一絲不露。向壁下望去，祇見一片迷離惝怳的慘白，斧削而直上的雙壁，返映著沉鬱的天光，蒼翠都變成黝黑，連壁面參差突出的石塊，也化成山魈怪獸，獰惡地撲人，就是谷口那塊當做繡床的巨石，一般看似罩滿了千年屍氣的墳臺。

這環境的猝變，第一使小雄暫時迷醉在大自然美的幻影驚破了，反衝動了他內心久壓的煩悶，再沒力量控制，立時倒在雲鳳胸口，嗚咽著一壁哭，一壁說：

「妹妹，我們完了！我今天沒出門就受了大大的打擊，祇為著見妹妹非常高興，不忍打破你快樂的印象，整一天逼悶在心裏，沒敢告訴你。現在再也忍不住了……妹妹，我定了婚了。」

這一句天外飛來的話，在情好正濃的雲鳳，當然似青天一個霹靂，震得頭目涔涔❸，莫知所以，兩隻正抱緊小雄的手，抖動得自然鬆懈了，目光直視著驚問道：

「啊？你定了婚了？你從沒給我提過一個字，你就自己定了婚嗎？真的還是和我玩？——定了

❸涔涔：頭腦脹痛。

誰？」

「妹妹，」小雄著急地說，「你別再冤枉我，怎麼會是我自己，我事前是在夢裏一般，一點蹤影都不知道。直到今早，無意中在爹爹書桌上，發見了一封汪鷺汀的信，才知道他早在做媒，說合了鄰縣一家姓金的宦家女，雙方都已應允，祇等擇日放定了。妹妹，這是爹爹糊塗主意做的事，實在太不顧兒子的死活了。我是抵死不能承認這婚事。妹妹，你難道還不知道我的心嗎？我愛你，我永久的愛你，直愛到我最後喘著的一口氣，決不變更，天地鬼神，都鑑臨我這個誓！」

「宦家女子，比我這孤女總強，何必戀著我！」

小雄一聽尖刺的話，倏時變了臉色，眉毛和眼睛都豎了起來。

「妹妹，你不信我麼？好！好！」

他直豎起來發狂似的把整顆頭顱用力向石壁上亂撞，等到雲鳳拚命掰著他的項脖，哭著喊：

「我信你！我信你！」

他的頭額上，已撞破了兩處，血液直往面上流。雲鳳抱緊他在懷裏，一壁承認自己說玩話，一壁替他拭淨了血液，把那蜜合色手帕包紮起來。此時小雄的神經略安靜了些，不過面上還浮著憤激的色彩。雲鳳低頭沉思了一回，忽地喜笑顏開的向著小雄道：

「哥哥，你不要發瘋了。你不過為了我倆愛戀的事，陷了絕境，你口說抵抗，我猜透你心裏打定了壞主意了。在先，我也這樣想，跟你走一條路。終究，我澈底的研究，我們思想完全錯誤。為什麼把我們真誠寶貴的戀愛，這樣輕率的犧牲呢？依我的見解，世俗夫妻，僅僅是字典部位裏兩個字，古時有權威的人限制人類性交的一副制動機，社會上吉，凶，賓，嘉儀文裏的擺設品，根本就沒有重大意義，絕對不能和戀愛混為一談，雖然夫妻未嘗沒有真戀愛者。你試到一切家庭裏去剖析內容，有幾對真相愛的夫妻？祇為夫妻是名義的結合，人為的，假定的，倘或未來的世界，廢除這個名義，馬上就落了虛空。戀愛是生命的安慰，同情的結晶，能抵抗一切危害，能摧滅一切束縛，超越在道德、法律和名義之上。小雄，你既然真戀愛我，不變的戀愛，我勸你不要做弱者的反抗，該在戀愛的戰場上，做一名強勇的戰士，蔑視一切，站上愛的火線前去衝鋒。打總一句話，我既知道你真愛我，斬釘截鐵的我便一輩子不嫁，守著你的愛，任憑你去定婚也吧，娶親也吧，我不管。就是你和你的妻，發生肉體關係，我祇當你替祖和父去當著傳代的機械動作，決不來喫一點醋。我們準定照這樣做，把我倆一切困難和悲苦都解放了。我們還是享樂我們的愛戀。哥哥，你說好不好？」

小雄聽著祇管搖著頭堅決地道：

「妹妹說得太玄妙了，我做不到。我們戀愛的成敗，便是我們……」

一句話未了，祇見阿林和翠兒踉蹌地跑上來，喊道：

「大雨來了，已經放了點了，小姐快上轎繞近路由西山回去吧！——唉！朱少爺怎麼碰破了頭！」

「不小心在石壁上磕了一下，」雲鳳挽了小雄，站起來說，「我們走吧。」

不一時，在迷濛的雨點和風聲裏，有一隊山轎沿了虎門下很巉峻的坂路，倉皇地向下面而去。

十六　我全給了你吧

打到玻璃窗上的雨點，急得像村童亂打春社的鼓，一些秩序都沒有。虎虎的風聲，四處響應著砰硼的開闔音，窗縫裏透進尖厲的餘威，把燭光吹得和人的心苗一樣，搖晃不定。

在這不定的黯淡燭光下，照見一間扁方形北向的後房，房門早自上了閂。宛中懶洋洋地坐在靠窗梳妝臺旁一張小矮櫈上，左右各放著一張方杌，左面的燃著半支洋蠟，右面的堆著許多溼淋漓的男人的衫和褂，中間擱著一個白銅的大腳爐，正燒著一爐烘烘的紅炭基。她手裏拿著一身白色的短衫和褲子，正在翻來覆去地烘。

她一邊烘著，一邊移著半含笑的眼光，射到掛起紗帳魯男子全身都睡在被窩洞裏的床上。

「你儘管在我被窩裏多暖和一會兒，」她說，「喝一點我遞給你的那杯新釀桂花酒，不要為我著了涼，——你放心吧，娘和慧姊到外婆家去喫螃蟹，爹爹和公寧叔、汪鷺汀去喫花酒❶了，沒有人來攪我們。」

「噢！……」

❶ 花酒：謂挾妓飲酒。

魯男子喉中似乎有些微響，可是沒人聽得出來。

「我昨天託嬰姊姊約你到望海亭去登高，原想引起你些興趣。早知道你還是冷冰冰對著我，那又何苦來！倒在大風雨裏回來，使你把滿身衣服遮蓋了我，害得你淋成這樣。」

「可惜大雨洗不了我已沾染的污濁。」魯男子冷冷地說，「換一個純潔的生命，再領受妹妹的摯愛。」

「你不要說這種違心話來搪塞我，從前一切的事，我不是在雲鳳那裏給你說開了嗎？——啊呀！我真昏死了。我們剛才在朝山街遇見雲鳳和小雄遊山回來的山轎，被大雨沖急了，倒把儀鳳和族人已經寫信請湯紀群回來處置她和小雄的事，忘記告訴她了。」

「我聽見小雄已定了親了，他們的事總歸弄不好。」

「儘管弄不好，他倆總是一條心。……我們呢？」

說著話時，垂著頭的臉上，罩著一層淡薄的憂鬱色彩，隨手把正烘著的衣和褲都架在腳爐的環檔上，慢慢地走到魯男子睡著的床沿上坐下。一手祇管把帕子擦著湧出來的淚，一手斜靠了床柱，不斷地說：

「我總算低心下氣地湊著你，你嘴裏說和我好，你真當我十五歲的小孩子好騙？我早覺得你心裏和我隔著一層薄膜，你心窩裏總有一件不滿意於我的事情。其實，我們從小窩伴到如今的好兄妹，有話儘管直說，何必擱在心裏。」

「我再不是從前的我。我種種都對不住妹妹，一親近你，我的心就緊蹙了。我並沒存別的心。」

「我也很知道你為我病，」她索性把蓬鬆的頭靠緊床柱，嗚咽著說，「為我幾乎死，為我毀壞你的身體，雖然有人說你荒唐，我卻感激你的深情。可是，我也哭過，我也發過狂，我不睡了多少夜，我在鄉下也病過，你祇認我是妒，我自己也承認是妒。那麼拿什麼來挽回你的心呢？我們女孩兒家沒有別的，有的祇有靈魂和身體，祇要你要，你愛，我全給了你吧！……」

宛中又悲又羞說到這裏，再也說不下去，四肢無力地臉朝外倒在魯男子枕著的枕頭上的一邊，祇是淌淚。

這正是飛衛❷的一枝利箭，直射中魯男子內在的紅心。魯男子一向的不自在，就感覺到宛中祇知妒忌，祇知道占有他，祇知道自私，絲毫不曾對他有犧牲的精神，好像比不上他。實際也是自私的偏見，但這種偏見，最難化除。直到聽見這幾句赤裸裸貢獻的話，心境立刻轉變了。

他自恨完全沒了解她的真情感，壓根兒冤曲了她，她現在把整個的生命給予你，寬恕了你一切的過犯，反承認做自己的錯處，這是戀愛史上何等的奇蹟！

他機械地揭起薄薄的縐紗棉被，左手鉤住了宛中的粉頸，右手挽了她柔軟的纖腰，輕輕地祇往裏拖，伸手把被窩嚴密的裹，迷迷糊糊把內外鈕扣，一層層的解開，趁勢先褪出她的左臂，把衣服直往裏拉，右臂自然地卸出了大襖和襯衣的袖口，順著向裏床一拖，他的手再縮進被裏，委婉地把她向外的嬌軀，用力扳轉，緊緊抱住，臉貼著她炙紅的臉，胸靠著她祇隔一層薔薇色毛薄的兜肚。她祇把臉藏躲在魯男子左肩胛下，要抵擋也沒了些子氣力。此時兩人的心，飄飄然不知所之，全忘了自我的存

❷ 飛衛：古代著名射者，見《列子．湯問》。

在，也都不曉得該說那一句話，祇聽見兩個心房，砰砰地跳蕩，正像鐘樓上合鳴鐘在空氣中不斷的交響。他暫時放鬆了宛中緊貼的身體，把手插進了她滑膩而圓緊的前胸，還不敢恣意的享受，細膩熨貼地慢慢向下撫摩，一觸到媕娛絲❸迷帶的結頭，頓使他的魂靈融化成了亞那脫美納❹Anadyo méne 如煙的白沫；正要仿安狄伯❺Oedipe 冒險來解司飛痕❻Sphinx 最神秘的啞謎，直登女王莊嚴的寶座。突然他喫驚似的彷彿觸著瑪爾斯❼Mars 熾盛的煆爐，和燙了手一般的縮回，已交粘的兩股，疾忙抽出，避到被角裏，擴大了被窩洞緊緊裹住了全身，他和她連駢著的雙體，頓隔開了一條很深的鴻溝。

宛中本也落在迷幻的夢境，倏的被他驚醒，禁不住喊出聲來：

「唉！哥哥，怎麼？你討厭我嗎？」

---

❸ 媕娛絲：今譯「維納斯」(Venus)，羅馬神話中愛和美的女神。即希臘神話中的阿佛洛狄忒 (Aphrodite)。

❹ 亞那脫美納：不詳。

❺ 安狄伯：今譯「俄狄浦斯」。希臘神話中底比斯國王拉伊俄斯之子。因神預言他將殺父娶母，出生後就被棄在山崖，為牧人所救。由哥林斯國王收養。長大後，從太陽神殿聽到自己會殺父娶母的消息，為逃避這種命運，離開哥林斯國，卻在無意中殺死親父。因除去怪物斯芬克斯，被底比斯人擁為新王，並娶前王之妻即其生母伊俄卡斯達為妻，生子女四人。後得知真相，在悲憤中刺瞎雙目，流浪而死。

❻ 司飛痕：今譯「斯芬克斯」。希臘神話中帶翼的獅身女怪。繆斯（希臘神話中九位文藝和科學女神的通稱）傳授給她各種隱謎，她便在底比斯城外叫過往行人猜謎，猜不出即殺害。後因謎底被俄狄浦斯道破，便從懸崖上跳下自殺。

❼ 瑪爾斯：今譯「瑪斯」。羅馬神話中的戰神。即希臘神話中的阿瑞斯 (Ares)。

「不，不，」魯男子手足和聲音都帶些顫動地道，「我們剛才昏迷了，你從來沒有這個樣子，這是我這兩天的冷言冷語逼得你急了，你是個聰明人，早猜透我的心思，覺得非貢獻你最寶貴的童貞，不能回復我的愛。今天你決心忘了一切，來報答我的犧牲。就這一點意思，我已消受得彀了，我何忍趁你衝動時候，盜取你的肉體！我已滿足了，而且後悔了。請你恕我的不情。」

宛中呆了半晌，心波也徐徐地平靜起來，斜睇著魯男子道：

「你這話是真的嗎？從此和往常一樣的愛我嗎？——我記得我倆十歲的時候，常常這樣的睡，為什麼今天偏要大驚小怪！」

「我愛得你要發狂了，」魯男子遍吻著她的頰和項道，「妹妹，從前我倆都是小孩子，現在都長成了。祇怪你為什麼生成了一副迷人的皮和肉，我沒有力量抵抗你。何況，你有胎裏帶來的暗病，至今還沒好，我如何肯害你？」

「那麼為什麼我倆常常歪在一個枕頭說話不要緊呢？」

「那是在枕頭上，」魯男子微笑地講，「不是在一個被窩裏。凡男和女赤裸裸地在一個被窩裏，無論聖人或聖女，都要糊塗的。這是亞當和夏娃無心造下的神秘，算不了罪惡。」

「這麼著，還不如讓我起來和你烘衣服吧。烘好了你好走。」

說著話，就坐了起來，掠了一掠散亂的髮，魯男子早把衣服替她披上，她自己一一的扣好，下得床來，走到腳爐邊，看看短衫褲都乾了，揉得軟熟，送到床邊。魯男子要起來接著，她扯住他道：

「不要著了涼，你祇睡著，短衫我給你慢慢的同❽好，褲子你自己拿了去。」

她把衫褲都替穿好了，再回到爐邊來烘那夾衫和馬褂。她手裏在那裏烘，回著半個臉總是笑迷迷的。

「妹妹，你今天心裏快活了！你快活，自然我也快活。但是，我心裏有兩件不干你事的不快活事，得給你說明了省得你多心。一件是你知道的雲鳳和小雄的事。我們這位拿家法來當國法一樣嚴厲辦理的湯紀群一回來，祇怕這一對可憐蟲，喫不了他的壓力。還有就是叔叔公寧討的錦娘，時時和孀孀吵口舌，公寧叔決計帶了錦娘，到北省去做官了。可是在出門之先，要把嬰姊姊從小定的華姊夫招贅進來。大家都當是件喜事，我可一點不覺得，倒添了憂愁。」

「你這話倒奇了。姊姊出嫁，自然是一件喜事，怎麼你倒不喜？」

「我和嬰姊姊從小就很相愛，」魯男子微微的嘆了一口氣說，「她有了姊夫，一定心上沒有了弟弟。」

「唉！嬰姊姊又不是你的……」

她撲嗤一笑，倒說不下去了。

「噢！我明白了，那麼妹妹……」魯男子說到這裏，頓覺得話說得太接筍了，忙變換著說道，「那麼妹妹能保得定常放在我的荷包裏嗎？」

「這是全在乎你！」

「這不是一方面的努力。」

❽ 同：吳語。即外衣套著內衣。

「祇要你不丟掉這個荷包，荷包裏的東西，總是在荷包裏。」宛中堅決地說。

不一時，夾衫和馬褂也都烘乾了。她去拿了個小熨斗，放了些燒紅的小炭球，細細地在桌上燙平。

「但願我倆的心，」她嘴裏咕嚕道，「永遠和這夾衫馬褂一般，不起一些縐紋。」

正想把夾衫和馬褂拿給魯男子時，忽聽門上敲了幾聲，外面有人問：

「我們少爺在這裏嗎？」

宛中一時聽不清那個的口音，問道：

「你是誰？」

「是我，玉蘭！」

宛中倒有些遲疑起來了，低頭想了一想。

「如果少爺在這裏，」她問，「你有什麼事找他？」

「嬰小姐家裏有要緊事，要和他商量，特地叫我到這裏來。」

「那麼你等一等。」

她三腳兩步走到魯男子身邊，見他已坐起來，正待跨下床，忙把烘好的衣服遞給他，和身向床上一滾，就睡到魯男子才睡的被裏去了。

「你怎麼不去開門讓玉蘭進來，倒睡了？」魯男子微詫地說。

「怪難為情的，你自去開了門和她走，我不願意見她。」

魯男子一壁穿衣，一壁笑著。

「我告訴你一個好消息，」宛中又向他招手，附耳說道，「紋姑和綺姑後天都要上城裏來了，你記著這句話。你去罷。」

魯男子點了一點頭，走到門口，找門，開門，自和玉蘭一同回去。

十七　秋祭

自從雲鳳遊山回家之後，在風風雨雨裏，又過了一個多月，已到了冬初，天氣益發蕭颯了。她和小雄雖然依舊天天見面，但是，看著小雄對她的愛情，倒一天熱似一天，面貌可一天瘦似一天了。她明知道他瘦的原因，也不願提，也沒法勸，衹當著他面，越比往常痴痴迷迷，像小孩子一般的尋樂，等到他一走，便漸漸地沉默了。

宛中知道她的煩悶，來看過她一次，帶給她娭光那裏得到的消息，她的紀群伯伯年前定要回南。又順便請她放阿林回去，誰知阿林新得了咳嗽吐血的病，醫生說她是癆瘵。但阿林雖病著，非常同情於雲鳳，伺候得雲鳳比翠兒忠心得多，雲鳳倒有些離不開她。宛中看這情形，好在自己有從小領她的徐媽服事，也衹索罷了。

有一天，正是十月初旬的侵曉，一輪旭日，還貪戀著海浴，沒有起來；禿樹下的宿鳥，雖顫動著寒風，羽冠還躲在翅腋裏；房裏一盞燈，發出綠油油的火苗，似壓萎在霜下的豆芽。雲鳳正睡在正中朝外的大床上，翻了幾個身，又微微的嘆了幾口氣。阿林在大玻璃衣櫃對面的一張楊妃榻上陪伴著，也沒睡著，聽見她新主人睡不安穩，低低地道：

「小姐，又在那裏胡思亂想了。我勸你少痴一點兒罷。」

雲鳳在被窩裏伸出一隻粉臂來，鈎起了半邊綢帳，望著阿林道：

「天快亮了。怎麼你也沒有睡著？」

「我近來夜夜是這樣的。」阿林連連咳著說，「害了這不死不活的病，真是難受。所以我勸小姐少痴心，保重身體要緊。」

「我原打定主意，不問他們的事。祇要朱少爺心不變，我情願守著他過一生，一般的快活。可是，我看朱少爺倒沒有我豁得開，祇顧瘦得不成樣子了。我怕有些快活不成，怎麼叫我不憂愁呢？」

「唉！小姐，你太相信男子了。我覺得世上的男子，沒有個不是海中沒舵的船，祇乘著風顛狂。在顛狂時，也會不顧命向浪花裏鑽，等到遇到別的風，頭也不回的變了方向了。你現在祇發愁朱少爺的瘦，我倒怕他得到好窩兒，把你往後一丟，再不來管你的死活，何況胖和瘦？」

雲鳳臉上，微微地變了蒼白，頓了一頓道：

「我何嘗不知道我走的是危險的獨木橋，一失腳，就滾下無底潭。但是，我怎捨得割斷這自纏繞的情絲呢？除非是死。然而，明擺著愛戀，快樂，飄蕩在你的眼前，我又不願意死。那麼祇有一個辦法，快活一天算一天，任什麼都不管！——你為什麼說這些話，難道你也有過愛情，傷過心嗎？」

「我們這種人，」阿林苦笑著說，「也輪得到講愛情，說傷心嗎？可是一個人貪著愛情的熱，是胎裏帶來的。不要遠比，祇看小孩子，誰不貼著娘的乳不肯放呢？這就是貪戀著乳肉的熱氣，不僅為了喫；等到戒乳時，一舐到了塗著的苦膽，心裏雖戀著，嚇得再也不敢碰了。——我們祇背著悲痛和病苦馬馬虎虎地活在世上。」

「我呢？也不過背著恥笑和危險過這一輩子！」

兩人靜默了半晌。

忽然阿林想著了什麼事似的，在榻上爬了起來，在床面前桌上拿起一個紅柬帖兒。

「危險……啊喲！我忘死了。今天不是我們祠堂裏補行秋季的公祭嗎？你瞧，天大亮了，小姐到底去不去？」

雲鳳聽了，露出沉吟的態度，似答不答地道：

「這個……」

「不是我們宛小姐勸你不要去？」阿林緊接著道，「怕有人暗算你，朱少爺也囑咐過你……」

正說著，蓀哥帶了翠兒推開房門，連嚷帶跳到了雲鳳床前。

「姊姊還不起來，祠堂裏本家到得不少了。族長紀常伯伯差人來催過，說今年我們值年，該早一點去。姊姊打算去不去呢？」

她有點兒焦躁了。

「我知道了，」她蹙著眉道，「你不要吵！」

蓀哥現了刁嚚的笑容。

「人家說姊姊今年不敢去！」

「誰說我不敢去？」雲鳳漲紅了臉，怒吽吽說。

「儀姊姊就這樣說你！」

她一聽這句話，立刻披衣坐了起來，變了臉色。

「我為什麼不敢去？我偏要去，看他們喫了我！」

她原是個任性倔強的脾氣，在先，她聽了宛中的婉勸和小雄的囑咐，也躊躇著想不去，省得喫眼前虧。後來，仔細一想，想到今天是她家的值年，照例要擔負公祭的一切開銷，蓀哥年紀還小，她既管理家務，自然該她去安排。她該去而突然的不去，顯然為了膽怯。她覺得膽怯就是認差，認差便是自己承認本身染了污點。她和小雄的愛戀，雖受了社會上百般指摘，在她良心上自覺非常純潔，她如何肯把不去來承認自己的污點呢？況她很尊重小雄。她和小雄的相愛，很願意大膽的在人面前公開。如果為了小雄的事，自己倒躲躲閃閃的怕人，這不是把小雄當了她的私鹽包隱藏起來的嗎？那不但輕蔑了自己，並且輕蔑了小雄，她又如何能甘心呢？所以當阿林問她去不去的時候，早盤算著要冒險的前去。等到蓀哥說出儀鳳的話，益發起了她鬱積著的憤火，不顧一切的下了去的決心。

她一翻身跨下床來，一壁叫阿林趕快給她梳洗，——也不顧阿林滿面憂愁地怔視著她，一壁向蓀哥道：

「去！一定和你一塊兒去。你去叫他們預備轎子。」

不識不知的蓀哥聽了姊姊的命令，歡天喜地地出去預備一切了。不到一個鐘頭，他們姊弟倆都在大廳上了轎，同向湯氏祠堂而去。

彳城北門沿山的一條大街上，一座文昌帝君❶廟的對面，有個巍煥的大祠堂，八字式的大墻門，居中開著黑漆銅環的兩扇大門，門外對踞著一對突睛張嘴青石雕成的獅子，門額上裝飾著四個琴軫❷

般五彩的閥閱❸，閥閱中間，斜豎起一塊硃地金字長方的匾額，寫著「湯氏宗祠」四個擘窠❹大字。簷頭建立著一排黑色圓柱的大柵欄，今天卻完全洞開，懸著紅綢的門綵。在街上望進去，但見金繡輝煌，香煙繚繞，許多頂冠束帶的人，往來忙碌。也有珠圍翠繞的女眷們，在茶廳下了轎，都紛紛向神堂後的三開間女廳裏走去。

雲鳳當然也是女眷裏的一個。當她一到祠堂，跟去的翠兒扶她出了轎。她手挽了蓀哥，正向神堂走時，抬頭一望，不覺十分驚異。祇見進進出出執役的家人們，一見她來，彷彿看見了稀奇人物似的，個個停了腳，定了睛，滿面帶出形容不像的奸笑，笑的光線裏都射來一根根蜂蠆的毒刺，直刺進她的心窩。

她想，這還是自己的怯懦，心靈上起了疑惑，也不去理會，鼓勇地踏上神堂七級的階砌。可是，神堂的前廊，已經擠滿了一群她的青年的弟兄輩，子侄們，有的像鷂鷹般側著小頭，有的像鷺鷥般伸了長頸，沒一個不和她扮些神秘的鬼臉，倒像浪子歡迎妓女的態度。他們也不讓她路，使她忍不住，憤憤地向人堆裏硬挨過去。恰跨進神堂，聽見背後拍手哈哈地狂笑，面前卻矗立著一位年高德劭的族

---

❶文昌帝君：本星名，又稱文曲星。又，古代巴蜀神話中有梓潼神。宋以後，文昌星和梓潼神被道教合而為一，成為主宰天下文教功名祿位的神，各地立祠祭祀，長久不衰。

❷軫：琴瑟等腹下轉動弦的木柱。

❸閥閱：本作「伐閱」。仕宦門前旌表功績的柱子。

❹擘窠：指大字。古來寫碑版或題額者，多分格書寫，使點劃均勻，稱辟窠書。後通稱大字為辟窠字。

長，大眾喚他做紀常伯伯，倒也按品大裝，一部刺蝟般毛茸茸的連鬢鬍子，在毛叢裏放出兩道瘟神的火焰，張開鱷魚的烏皮大嘴，伸出雷公的鉤刺鐵爪，好像要把火焰來燒你，鐵爪來抓你，大嘴來噢你，嚇得雲鳳倒退了兩步，低著頭叫了一聲伯伯。

他磔格❺地冷笑著道：

「你也同蓀哥一塊兒來了嗎？好！好！」

「我每年總是來的，伯伯，你忘了吧？」雲鳳毅然反抗說著。

「每年總是來的，今年自然更該來。」滿堂裏年長的許多道貌嚴嚴的長輩們鬨堂的附和著說。

雲鳳一眼望去，東一簇，西一簇，有坐的，有站的，有的在那裏咭咭咭，咭咭裏隱著雷聲，有的在那裏指指擂擂，指擂中吐出蛇信，把一場盛大的祭儀，空氣中布滿了肅殺之氣。

她捺住了氣，納倒頭祇往後面女廳上來。

她到了女廳，見西首房間裏花團錦簇擠了一屋子的女客，使她第一個注意的，就是朱家姑媽。她同著蓀哥上去叫了安。朱家姑媽一見她，似乎有些噢驚似的。後來，又很溫和地問她道：

「我倒想不到你會來！其實，蓀哥來了，你不來也罷。」

「為了今年是我們家的值年，」雲鳳委婉地答，「所以我來替蓀哥安排安排。」

「本來若不是你親來安排，祖宗臉上豈不缺了多少光彩！」

---

❺ 磔格：風吹竹聲。

她聽見這句尖酸的話，一回頭，才知道她姊姊儀鳳坐在背後，連連地冷笑。她再看看滿房的女本家，個個都是冰冷的臉色，輕視的眼光，和外邊男的一般。

這時候，她雖然意志堅強，被兇頑的環境壓得幾乎窒息，不免後悔自己來得孟浪了。但是，還不肯示弱，忍著滿肚子的痛淚，揀了一個座位坐下，把帶來的一大包銀錢，叫蓀哥拿出來交給族長。誰知道她正坐著交派時，她對坐的一位本家——有德行的太太，一見她和她並肩坐下，先撇了撇嘴，便轉過背去，倏的又站起身，避得遠遠的，彷彿有什麼要濺污到身上。這一來，雲鳳眼眶裏的淚泉，可衝出來了。

到底在那些女本家裏，娭光是和她還親近，那時，正陪著她母親魯氏，在一個角落裏，看不過大家欺負得雲鳳太過分了，忙走過來，坐在那太太讓出的空位上道：

「雲妹妹，我們好多時不見了，好像你瘦了些！我很記罣你。」

「娭妹，」雲鳳偷拭了淚痕說，「我也想你！——紀群伯伯幾時回家？——怎麼你今天來得這麼早！」

娭光正要想出話來安慰她，忽然蓀哥慌慌張張地跑到雲鳳面前，道：

「紀常伯伯和許多長輩請姊姊到神堂裏去。」

蓀哥不由分說把雲鳳拖著就走。雲鳳也身不由主地被蓀哥一拉，後面許多女本家往前一擁，把她就機械地擁到神堂前來了。

那時，神堂裏突然變成非常嚴重的氣象，真出乎雲鳳意料之外。神龕前的祭臺上，一對硃紅漆圓盤的大蠟臺，點起如臂通芯的大紅燭，居中擺著一個方鼎式仿古的香爐；祭臺上卻空蕩蕩地，籩豆簠簋❻等祭器，都放在旁邊一張半桌上，還沒設供。一班輩分長些或名位高些的闔本家，都是衣冠齊楚，八字分班的站在祭臺前面，其餘，男的在左，女的在右。尤其是族長紀常伯伯，面朝裏，站在當中，肅肅焉，穆穆焉，兩手捧了一股清香戰兢兢地插在香爐裏，搭足了祭神如神在❼的功架，就手在一個族人手裏接過一卷紙，在神龕前焚化了，又退到大紅緞子的官拜墊上，叩了四個頭。

於是，那族長起來回轉身，把鋼刀般兇而亮的眼光射到雲鳳身上，四圍千萬條眼線也如驟雨一樣跟著射來。雲鳳雖說志高氣硬，一見這險惡的形勢，知道關著切身的命運，猜不出大家要把她怎麼，倒好像俘虜到了敵營，罪犯上了法庭，一股冷氣直透心窩，直覺地渾身起了痙攣。

她忽聽那族長先乾咳了一聲，然後吐出恐怖而枯澀的音調：

「今天是我們闔族秋季的公祭，等一忽兒，苟縣官就要來主祭。祇為我們族裏本年出了一件可恥的事，大家商定，在未開祭之前，家裏先行告廟❽的大典。我方才已經代表闔族，把違犯家法不肖子孫的事由，在列祖列宗前告發了。我為了存心忠厚，沒有把告廟全文當眾宣布，自作主張焚化了，請大家原諒……」

❻ 籩豆簠簋：都是祭祀的禮器。簠簋，音ㄈㄨˇ ㄍㄨㄟˇ。

❼ 祭神如神在：語出《論語・八佾》。表示祭祀時心虔誠。

❽ 告廟：有事告於祖先之廟。

他說到這裏，停住了，忽回頭對雲鳳嚴厲地喊道：

「你過來！你！你是聰明人，自己做事自己知，不用我來多說。我們已經寫信請紀群回來澈底解決你們的問題，我們也不管了。今天，我們公議，也並不十分難為你，祇為你辱沒了祖先，趁著公祭的時候，當著祖宗面前，當著闔族人面前，把你逐出祠堂之外，永不許你再預祭典，這是我們做子孫的替祖宗盡一點維護家聲的責任。那麼我的話說完了。有體面的小姐！這裏不是你留的地方。請便！請便！」

「什麼請不請？滾她的蛋！」大家這樣鬨堂的譁噪著。

雲鳳突然受了這重大的打擊，好像一柄炙紅的猛斧，劈進了她的頭腦，眼中火出，耳內雷鳴，羞，怒，悔，恨，一剎那渦旋在胸腔裏，結成了狂亂，瞪大眼向四面繞了一周，瞥見西邊方桌上，放著她拿來的銀包，飛也似的奔去，搶在手裏，往外就跑。

合堂人又大聲譁喝：

「快搶它回來！……那銀封！」

「你瘋了！」儀鳳搶前一步，早把她一臂拉住喊道，「拿這個去做甚？」

「咦！我拿我的東西，」雲鳳怒目向她姊姊說，「難道留在這裏餵你們這一群喫人的畜生嗎？瘋什麼？」

「你罵人也不中！你不配拿！這東西是你的嗎？蓀哥現在這裏，再不然，還有我呢，也輪不到你！」

儀鳳一壁說，一壁死命的奪。雲鳳儘管拚命的揹住，到底嬌柔無力，怎麼喫得住她姊姊的蠻力。

終究被她姊姊奪下來，她臂上可抓得流血了。

她被儀鳳蹂躪得筋疲力盡，正靠在神堂廊下的柱上呀呀地發喘。她的背後，似乎又起了如雷的喊聲：

「打這不要臉的罵人東西！」

她覺到喊聲裏還夾雜著蜂擁似的腳步響。她到底是個女孩兒，如何經得起接二連三的風浪，早嚇得她衹想望外逃避了。

她性急慌忙地跨下臺階，不防一陣眩暈，身體往後直仰，在七層階級上一直淌到底，接著飛起一片鴟梟在深夜裏顫動的怪笑，緊迫迫在她腦後。她此時看看萬物都含著和她尋仇之毒心：團團的青天，變了黑石的穹蓋，壓破她的頂門，鏡一般平的敷地，迸出尖利的蒺藜，透入她的嫩腿，衹覺得皮破血淋，痛疼難忍。她忍了痛，勉強爬了起來，拚了命也跑不快。一路上，但見卓立的墻壁，要活躍地圍攏來阻礙她的去路，空明的窗戶，將封閉著成就她的枷鎖。她再也不敢抬眼，好容易一步挨一步的挨出了祠堂的柵門，呆呆地立在臨街。

彳山上吹下一陣帶著松柏香味的涼風，拂到她緋紅的兩頰，使她頭目一清，倒喚醒了又憤恨又恐怖的迷夢。她看見皎皎的秋陽，依舊放著黃金絢爛的光輝，鬱鬱的山林，依舊留著斑駁陸離的采色，啁啾的好鳥，依舊飛躍和鳴，潺湲的流泉，依舊弦歌赴節。大自然永遠是公平的，自由的，仁慈的，方悟到剛才遇見的種種自私，種種壓迫，種種殘酷，全不關自然的事，那是人類從原始祖先遺傳下來的獸性，常常要發作的，不幸的弱者們就不幸的碰上了。

她這時的意識上，祇想速離這糟塌同類萬惡的巢窟。但獨自一個人，怎麼走呢？正四面去找尋她自己的轎子和轎夫，翠兒忽然映在她的眼瞼下了。她在這孤苦伶丁的時候，一見了翠兒，像他鄉遇故知似的格外親暱，緊緊靠在她肩上，禁不住眼淚索索地落，嗚咽著道：

「你幾時來的，我怎麼不看見你？」

「在小姐跌交時，我在人堆裏就擠了出來，一直跟著走。——我們現在怎麼回去？沒良心的轎夫，一個都找不到。」

「我寧可你扶著走回去，再不願在這惡地方留一忽兒。」

「祇怕小姐走不動罷。但也沒有法兒。」

雲鳳不顧死活的就在那像錐子一般刺著腳心的碎石街上向前邁去，居然邁過了十多家門面，路上行人個個對著她露出驚異的顏色。

她正滿面羞慚的低著頭走時，忽然前面鬧鑼喝道的來了一隊鹵簿❾，街上人都嚷著荀縣官到湯家祠堂來主祭了。馬上有幾個如狼如虎的衙役和地保，手執藤條，一路驅逐行人。雲鳳躲避不迭，已被他們喝罵了幾聲，幸虧翠兒扶掖得快，避到一家門口，總算免了無情的藤條。然這一來，雲鳳已喫驚不小，祇有伏在翠兒肩上不住的哭泣了。

等到那官兒的四人大轎過了之後，恰好對面也來一乘藍呢兩人轎。忽聽轎中一個人高聲喊道：

❾ 鹵簿：帝王車乘出行時扈從的儀仗隊。後世官員也按品級給予鹵簿。

「咦！雲妹，你怎麼在當街上？……為什麼你……」

一句話沒說了，早叫停轎奔了過來。

「好巧！」翠兒歡喜得也喊著，「魯少爺，你怎麼會趕來的？我們小姐正不得了呢。」

雲鳳看見是魯男子，真是遇見了救主一般的安慰，但是，喉間哽噎得益發利害，一句話也說不出來。

「我不是為你們小姐趕來的，」魯男子答著翠兒的話，「我是為了今年要應縣考，奉了祖老太太的命到文昌殿來燒香求籤的。我再想不到會在街上遇見你們，到底怎麼一回事，弄得這樣狼狽？」

於是，翠兒把祠堂裏的事，一五一十向魯男子訴說了，並且告訴他找不到轎夫的事。

「啊喲！」魯男子說，「有這樣沒人道的事！——雲妹，我這幾天忙著嬰姊姊的喜事，自己又要預備應縣考，所以沒工夫去看妹妹。難道宛妹和小雄沒知照你秋祭不要去嗎？」

「都是我自己倔強的脾氣不好，」雲鳳拭著淚道，「現在悔也遲了。」

「那麼，請雲妹妹就坐了我的轎子，我一路護送你回去罷。」

「今天，我祇有心感大哥的厚意。」

雲鳳說著，就跨進了轎子，轎夫立刻抬了前行，魯男子和翠兒在後跟著慢慢地走。

十八　姊姊嫁了

那天，正當臘月初六日，是齊氏老太太的散生日，親友都聚集在魯家替老太太祝壽，當做每年的節日，尤其是今年，嬰茀招贅了華姊夫，喜氣盈門，益興高采烈。衹有魯男子等到下半天，男客一散，獨自躲避到人跡不到的竹圃，在已卸衣的紫薇樹下，常坐的石磴上，手托著腮，呆呆地望著陰沉沉寒雲密布的釀雪天空，四圍脫葉的樹木，像他心靈一樣的虛空，一陣作冷的尖風，和他感覺一般的刺激，含著滿眶欲墜不墜的淚滴，機械地獨語道：

「姊姊呢？姊姊嫁了！」

忽有清脆而輕軟的聲音在他背後道：

「還有妹妹在這裏！」

魯男子出其不意，倒嚇一跳。一回頭，見是宛中嬉皮賴臉的一手搭在他肩上，很親暱的說出這話。魯男子倒弄得漲紅了臉，難以為情，衹好搭訕著問道：

「你幾時來的？把人嚇了一跳。」

魯男子此時的悲傷，就是人生一種神秘的悲傷，連自己也莫名其妙，尤其是在青年春情衝動的初期，無論什麼事一觸動就借來爆發了。這個悲感，說他不是為了嬰茀的嫁，不是，說他完全為了嬰茀的嫁，也不是。

他自從兩月前，和翠兒護送雲鳳回家後，恰遇小雄很不放心的候著。雲鳳一見小雄，禁不住撲在他懷裏號啕痛哭，把一天受轂的羞辱，都發洩在這一哭裏，哭得小雄沒法擺布，連旁觀多病的阿林都暈倒在魯男子的眼下，使他深受了說不出的感觸。等到回來後，覺得兔死狐悲，他和宛中的事，差不多陷落在同一旋渦裏。每天去私會宛中進出時，頓然留意到四圍環視的眼光，和平常有些異樣，生怕宛中也和雲鳳一樣，倒嚇得走動得也生疏了。然形跡雖然生疏，情感越加熱烈，熱情的田裏，不免滋生出鬱悶的新苗。接著又是愛他的叔父公寧帶著錦娘北行，使他生了離索之感。聽到湯紀群的回南，使他替小雄和雲鳳起了憂懼的心。況且見嬰茀招贅了姊夫，正在新婚燕爾，影形不離，感到自己的婚姻，還是和海上神山一般，可望而不可即，一壁起了艷羨心，一壁見姊姊顧了夫妻恩愛，淡了姊弟親情，又生了妒忌心。

那一天，他見男客都走了，獨自個踅到嬰茀新房，想和她訴些苦悶。他走到嬰茀做洞房的樓上，她在樓中堂料理賞人的紅包封，搭成四角十字形的方架像山中樵夫架起的柴架一般。她一見魯男子，放下正包的紅封，要想說話，祇聽裏房華姊夫低低喊了一聲，嬰茀站起身來就往裏跑，兩個人嘁嘁喳喳說個不了，竟把魯男子遺忘在外房了。

魯男子受了這番姊姊的冷淡，真是破天荒第一回，覺得心裏一陣難過，忍不住奔了出來。經過內堂，也不管女賓滿座，也不管宛中是不是在那裏，也不管新從鄉下上來的綺姑和紋姑圍繞了他的祖母，一口氣直跑到他家裏最寂靜的竹圃，坐在從前和嬰茀對坐的那張石磴上。

他在那裏想著嬰茀和他講宛中血書的事，連帶想著雲鳳替他向宛中解釋阿林的嫌疑，一時心事潮湧，百端交集，下意識地在鬱淚裏湧出迷糊的喊聲來，再料不到宛中會溜來偷聽。

於是他仰面凝視著她，衹見她穿著一身粉荷色水鑽邊的襖褲，兩鬢下覆著漆黑的雙髻，好像薔薇園裏開放一對墨牡丹，一雙迷縫著魔魅的眼光，越顯得神光離合，媚態飛揚，從沒見過這樣嬌憨活潑的樣子。他忍不住拉了她的手，拉到石臺邊。她趁勢緊對他面側坐在石臺角上。

「怎麼你有了妹妹就把姊姊忘了？」她笑著說。

「姊姊是人家的。」他也笑著答。

「妹妹是你的嗎？幾時賣給你的？虧你羞也不羞。」她說著噗嗤的笑了一聲，伏在魯男子的肩上。

「妹妹親口許我，」魯男子涎著臉說，「叫我放在荷包裏。——你為什麼今天這樣的快活？」

「你為什麼今天這樣憂愁？」

「我沒有憂愁。」

「那麼你是妒忌。」

「我也不是妒忌，我是羨慕，羨慕嬰姊他倆公然的你憐我愛，想到自己的幸福，縱然萬分甜蜜，總是弔膽提心；我還恐怖，恐怖我們做榮譽的獵餌，一時踏著他們的機關，便是至親骨肉，也會磨牙吮血……」

宛中不等他說完，抬起頭來，手理著髮，揚了一揚眉道：

「怪道你這幾天來也不來，雲鳳的事，倒嚇小了你的膽，我可一點兒不怕。」

忽然湊近魯男子，放低聲浪：

「我有許多話要和你商量……」

她說到這裏，頓住了。怔著想了一想，道：

「你見著紋姑姑沒有？」

「在祖婆婆那裏和綺姑姑一塊兒見的，因為客多，沒說一句話。」

「噢！我想……」

「你想什麼？」魯男子見她不說下去，催著問。

她臉上忽然起一陣羞紅，假意把絹子擦著眼。

「我心裏想的事，你不知道嗎？」

「哦！」魯男子很調皮地說，「我知道了。你想我吻你，抱你，再不然，就坐在我膝蓋上。」

「呸！」她瞪了他一眼道，「誰稀罕你……」

「那麼你一定想和我做……」

她發了嬌嗔，一手忙握住了魯男子的嘴，板了面孔道：

「誰和你說玩話？不許胡說！——你沒有猜著。」

魯男子真發了急了，一面陪不是，一面懇求：

「我是笨人，好妹妹，可憐見告訴我罷。」

她在石臺上跳了下來，挨緊了魯男子，差不多靠在他肩上，低下頭輕輕地說：

「我想紋姑姑頂知道我們，常常的誇讚你。這回來了，你該和她多親熱一點兒，討她喜歡。正月裏她的生日，你該預備一些她愛的東西送她。你懂得嗎？」

「我懂得，妹妹，你打算送她什麼東西？」

「你不要管我的事。我的話你記著，不要又馬馬虎虎地忘了。」

「啊呀！怎麼臉上冷冰冰的。你看，飄下雪花來了。怪不得你的手冰得人生疼。你再不要一個人在這風地裏發騃了，我們一塊兒到裏邊看紋姑姑。」

她說著話，就回身向石徑上走，彷彿牽了絲似的魯男子緊隨了她的腳步。

她忽地回過頭，笑向魯男子問道：

「你後天夜裏不是要進場去縣考嗎？」

「是的。怎麼樣？」

「我剛才倒忘記告訴你。我們阿娘打算到那一天，叫我來幫伯娘的忙，料理你進場的事。這也是紋姑姑和我說的。」

魯男子一聽這話，直跳的向前，抱住了宛中驚喊道：

「這話是真嗎？」

她半回頭微微地向著他點頭道：

「誰騙你？」

兩人偎偎倚倚地走出園來，滿臉都湧現了無窮希望之光，掩映在雪初銀灰色的寒空下。

十九　自殺是怯懦者

魯男子跟著宛中，在淡墨的天光、輕紗的雪影中，從花園裏穿徑繞廊，且說且走，迤邐行到了內室前進的中堂。祇見後一進內堂裏，紅紗燈，繡堂綵，紅緞金繡古篆百壽圖，輝煌的兩支紅燭，雪白的一排糖茶；五彩平金的椅墊上，坐著珠翠滿頭的女客們，好像一個窈窕華美的仙洞。魯男子忽側著耳，聽什麼似的停了步。宛中回轉身來睇著他道：

「喂！怎麼？呆了？紋姑姑在後邊呢。」

「你不聽見紀群姑夫和祖婆婆在那裏講話嗎？」魯男子向後邊房裏努了努嘴，「什麼雲鳳？……我們得去聽聽，妹妹，來。」

「你進去聽了來告訴我罷。」宛中躊躇了一下道，「你們姑夫像孔夫子一般的臉，我見了害怕。再者，我倆一起進去也不好。我還是到紋姑姑那裏等你。」

魯男子一面和宛中分手踏上左邊房裏的門檻，一面回頭望著頻頻回顧的宛中笑著說：

「你才說一點兒不怕，這忽兒也怕起來了。」

宛中也笑了一笑，回身向裏邊院子裏走了。

這裏魯男子跨進西邊房裏，一張偏東壁的方桌上，圍坐著四個人，第一映到他眼珠上的，就是他姑夫湯紀群：一個南瓜形的臉，突出兩座高峰的顴骨；一雙剪刀似的眉毛，眉尖微微向上；香蕉般的鼻子，鼻孔格外的大；射出雖笑而含有酸辣性的眼光，烏黑的上鬚，血紅的嘴唇，倒襯出格外漂亮、威武。這些個極平常的外形，卻使魯男子渾身起了膚粟。朝西的大圈椅，向來叫做寶座的，還是齊氏老太太坐著。對面便是湯姑太太，他父親公明朝裏陪坐。東壁一排椅上，坐的是卜姑太，嬸母易氏，嬰茀，婘光，其餘大約都在後堂。滿房裏雖表面很熱鬧，空氣似乎特別嚴肅。

他按著老規矩向紀群恭恭敬敬叩了一個頭。紀群板著臉擺出老長輩嚴厲的功架，略略彎了一彎腰，向他看了一眼，並不和他說話。魯男子祇好站在一旁，聽候發落。

祇聽他祖母連續著未完的話道：

「怎麼一個小小女孩子會這樣倔強？」

「還要荒唐哩！」紀群滔滔的講，「我倒好意和她說，『祠堂的驅逐，那是祖宗家法，不算羞辱了你。論理，照你的行為，繩，刀，毒藥，都是你該受的罰。我可憐你年紀輕，不懂事，不忍下這毒手。所以主張給你趕緊攀親，原希望你悔過自新，還可以成一個賢良的妻和母。你快醒悟些罷。』你們曉得她怎麼回答我？」

「怎麼回答呢？」湯姑太太急忙地問。

「她倒紅了臉，別轉頭，氣憤憤地對我說：『伯伯也抬出祖宗來嚇唬我嗎？祖宗不是已死去的人嗎？是失去了意志，消滅了思想，腐爛了血肉，人們永看不見的一具骨架，怎麼會來管我們活人的閒帳？拆穿西洋鏡，不過古來幾個聰明人，暗弄玄虛，和如來、天主一樣，造成一種無形的偶像，來做馴服子孫的一架永不開柵的鳥籠。尤其對於女性，偶然撞上柵門，個個弄得你風毛雨血。我便是這籠子裏的受害人。我從此不敢託賴祖宗，我祇認我是世界上一個人，決不願學人們，沒落了我自己，好像生下來祇是個祖宗的子孫，受一般祖廟裏的巫師，假傳聖旨的糟塌了。』」

劉氏也開口了：

「她不過戀著小雄，怎麼連祖宗都不承認了？那麼她姓什麼呢？」

「說的是呀！」紀群仰著頭說，「我就問她說：『你不姓湯嗎？你要不是姓湯的小姐，我也不來管你；你該曉得一個女子身體的貞淫，不僅關著一家的清濁，直連到一姓的榮辱，就不管祖宗，我們清白的姓，也不能被你濺污，你話說得太離經了。』」

卜姑太太也說了話：

「姊夫說的全是一片大道理，她該沒得話回答了。」

「哼！」紀群把鼻子掀動了一下道，「她說得更兇了。她向我說：『我不懂什麼叫做姓，一個姓不過人群裏一種分別的符號，和一，二，三的數目字一樣的用法，沒有重大意義。譬如開一爿店，掛一塊招牌，便由主顧的辨認，至於店的本身，有招牌也是店，沒有招牌還是店，換一句話說，有姓是這個人，沒有姓還是這個人，絲毫沒有變動。後來姓的尊重，就像開店一樣，有了資本和聲名，一有這些，便成了物質的傳授，所以姓也有了遺產和族望的遺傳。像我呢，根本就不需要遺產和族望，祇知道保有我的意志，做強盜也是我，做聖賢也是我，若講到女性，我要做娼妓也可以，我要做做修女或童貞也可以，都不干人家一點兒事；人們偏要把豎、畫、點、撇，構成沒靈魂的姓字，來拘束我的自由，我實在死也不懂。紀群伯伯，我祇求你拋開了我，不要來問我的事。』」

易氏也驚奇起來道：

「這些話，真說得我不懂了。姑夫怎麼說服她呢？」

「我怎麼說服她？」紀群很自傲的說，「我告訴她：『你這些話全不中用。你不承認祖宗，不承認姓，你曉得世界上還有最利害的一件東西，就是道理。道是大家走的道路，理是大家守的秩序。我們按著道理做事，說話，所以大家都承認，同情。你說得儘管高妙，也許真實，可是沒有一個人來理睬你。我祇要把道理的鐐銬套在你身上，你就得和穿鼻孔的牛一般跟著我的手走。雲鳳，你放明白一點罷。我就依著道理來代你對親，並且很好意的替你找到了浙江一個官宦人家的公子，也不虧負了你。你若依了我時，你倒因禍得福；你若再有半個不字，哼哼！我看你……也不容你不依我！』」

「她聽了這番話，怎麼樣呢？」公明注意地問。

「她先還面紅頸赤的現出鬱怒，慢慢低下頭去嗚咽地哭了。哭了半天，忽然變了柔媚的態度，走到我面前跪下，哀哀的求我，說：『我從此什麼都聽伯伯的教訓，守著女兒家規矩不再胡鬧，和小雄也斷絕往來。祇求伯伯憐憫我沒爹娘的孤女，不要和我對親，我一輩子不願嫁人。』我問她：『不嫁是什麼理由？』她回答：『沒有什麼理由，壓根兒覺世上沒有可嫁的人。』」

齊氏忽然若有感觸，聽到這裏，嘆一口氣道：

「她肯嫁的原祇有一個小雄，怪不得她這樣說！其實，讓她不嫁也吧。」

「娘，你也這樣說了！儘著女孩子們自己揀老公，這還成個世界。雄伯到底是個有見識的人，迅雷不及掩耳的替小雄定了親。所以我直接的告訴雲鳳：『求也不中，親是對定了。小雄當然不許他再進姓湯的門，用不著你費心，我已囑咐了儀鳳夫妻搬回家，做你的監護人。』她連哭帶說，說我這樣是有心要逼死她。我氣起來，罵著她：『高興死，儘管死，祇當死了一隻狗。』這麼著我就走了。剛才我到這裏之前，還到過朱家，把小雄叫出來，教訓了一頓，不准他再見雲鳳的面，還說了許多恐嚇小孩的話，他嚇得面如紙白，牙都打戰了。你們看我這事辦得痛快嗎？」

齊氏一言不發。

「你是湯氏門中有聲望的長輩，」公明正色道，「族中出了這種敗壞家風的事，論理當然要出來振刷一番，況和她對親，也還用的和平手段。這些辦法，是無可非難的。但我怕的是小孩子們經不起威嚇。我勸你再留意一點，那就更好了。」

那時，魯男子站在他父親身旁，呆得和石像一般。他的腦裏，彷彿在寂寞的深山中，突然聽見天崩地塌的巨響，不曉得傾頹了多少岩谷，好像瞥見一向嬌貴似女王的雲鳳，被壓在亂七八糟的亂石下，在鋸齒般的狹縫中，拚命的掙扎，到底乳膜樣的嫩皮膚，擠得血淚迸流；有時仰面哀呼，有時低頭暗泣，把她唯一的愛人小雄，架起一座銅墻隔絕了。想著她蘆管一樣柔弱的生命，如何支撐得住！

他正昏迷在急痛的幻象裏，忽然眼角裏瞟到房門口，見玉蘭向他連連招手。他機械地偷溜出來，被門外的冷風一吹，清醒了許多。

「什麼事？」他忙問道。

「朱少爺找你呢。他像才下鍋的螃蟹一般，團團地亂轉，不知……」

魯男子等不到她說了，飛也似的奔出去。他才跨出大廳門限，小雄早跳到他面前，拉住了他兩手。

「大哥，怎麼？……」

「雄弟，你不要著急。你們的事，我全知道了。世界原是無邊的苦海，我們是這海裏的游魚，若遇波浪洶湧時，祇有耐心地吞下去。」

「你不能給我想法子嗎？」小雄著急地說。

「法子總有，再商量罷。」

「這裏人多，商量不便，我們還是到魯園去。」

雪越下得大了，魯男子眼望著白茫茫的窗外說：

「好走嗎？」

「大哥，」小雄拉了魯男子往外走，哀懇著說，「苦你不著，冒雪走一趟罷。」

兩人就在滿鋪著一層薄絮似沒一個行人的一條深巷裏，各低著頭，默默地向前走去。

他們進了園，小雄直向從前和魯男子爭論靈肉戀愛的那個柳堤上橋亭裏，也不管四面風雪的包圍，在傾頹似的憑闌坐下，魯男子不忍拗他的意思，也祇好挨坐在他身旁。各人裝著滿肚子的話，都擠塞在喉嚨口，半句也掙不出來。

魯男子呆呆的望著亭外：

彳山橫臥的一角山影，籠罩在白濛濛的霧幕裏；到處挺起赤裸裸的榆，柳，桃，杏，穿過一陣陣尖厲的微風，不自持地發出可憐的痙攣；便是耐寒的常綠喬木，也披上一層慄肌的冰紈，垂臂懶舞；

活動的池波，變成不透明的結晶玻面，堆積起碎瓊亂玉；滿園裏沉寂到沒些聲息，冷酷到沒些溫氣；好像連自己肺的呼吸，心的跳躍，都被寒威逼勒得凝住了。

在這死一般靜的雰❶圍裏，還是小雄忽的驚醒似的先開口：

「喲！我真急昏了。我記得一見大哥的面，祇說了『怎麼了』三個字，好像我已經曉得你知道我們的事；其實，我全不曉得。大哥，你怎麼全知道我們的事呢？」

「你祇知道你一方面的事，雲妹一面的事，祇怕我比你要知道的多些。你來的時候，紀群姑夫正在我們家裏，講你倆的事。」

「雲鳳有什麼意外的舉動嗎？」小雄喫驚地問。

「倒沒有什麼意外，」魯男子悽然的講：「但覺得雲妹太可憐了。像雲妹那樣意志強，膽量大，思想富，上天下地，也跳不出數千年男子們造成的勢力圈。終究，她屈伏，她哀求，還是一點沒用處。」

魯男子把剛才聽到湯紀群轉述的話，盡量告訴了小雄。

小雄垂著頭，眼眶裏含了晶瑩的淚滴。

「她怎麼喫得住？這準是我害了她了。大哥，難不成任憑人家把我們的愛情踐踏得粉碎，一點沒方法抵抗或解決嗎？」

「按著普通的道理想，」魯男子微側著頭，似乎沉思地說，「自然沒有方法。你既不能違父母之命，

---

❶ 雰：同「氛」。

退去金姓的婚姻，雲妹也不能衝破族望的網羅，來做你的兩頭大或二房，親族並且不容許她守著反習慣的貞操，那還用什麼抵抗和解決呢？」

小雄突然把手在欄檻上猛擊了一下，兩頰在雪光裏映得通紅，興奮地說道：

「天下沒有沒方法的事，我有我的方法。」

「你有什麼方法？」魯男子驚問。

「自殺是我的方法！也就是抵抗，就是解決！」

「什麼？你要自殺嗎？雄弟，你糊塗了，簡直的糊塗到頂了！自殺不是抵抗，是退讓；自殺不是解決，是拋棄。自殺是方法嗎？就是無法，就是怯懦者！我根本反對你這沒出息的念頭，快別再提。」

「依你說，那麼古來為情死的尾生❷，韓重❸，梁山伯❹，焦仲卿❺等……都是怯懦者了，是不是？」

---

❷ 尾生：《莊子・盜跖》載：魯人尾生與某女子相約會於橋下，女子未至，河水上漲，尾生監守信約不去，抱橋柱淹死。

❸ 韓重：《搜神記》載：吳王夫差小女紫玉，與韓重相愛。因吳王反對，紫玉氣絕身亡。韓重至紫玉墓憑弔。紫玉魂從墓中出，哭訴感傷之情。韓重隨紫玉進入墓中，留三日三夜，盡夫婦之禮。臨別，紫玉以徑寸明珠相贈。

❹ 梁山伯：民間傳說「梁山伯與祝英台」，寫梁山伯與女扮男裝的祝英台同窗共讀三年，感情深厚。後二人先後殉情而死，死後化為一對形影不離的蝴蝶。

❺ 焦仲卿：古樂府詩〈孔雀東南飛〉序云：「漢末建安中，廬江府小吏焦仲卿妻劉氏（蘭芝），為仲卿母所遣，自誓不嫁。其家逼之，乃沒水而死。仲卿聞之，亦自縊於庭樹，時人傷之，為詩云爾。」

「這些人祇有憐憫他們的痴，本沒人讚頌他們的勇！他們也不過在剎那間被熱血燒糊了腦子，來不及思索罷了。雄弟，你要明白人生就是個大戰場，自我就是這戰場上的一員戰士，四圍誘惑的、束縛的、障礙的、壓迫的種種憂患，都是敵人；我們就該聽『生之靈』的指揮，心靈，體捷，腳踢，肩撐，不退轉的向前衝決，尋覓光明的大道。這才算盡了人生的責任。便是遇到不幸，祇要有一口氣，一絲力，我們還要奮鬥，我們寧願做被殺者，決不願做自殺者。祇為自殺就是棄甲曳兵的逃卒，卑劣無能的自了漢，決不如被殺者倒還不失為轟轟烈烈的英雄。就拿你的事來講，你果真肯自殺，不過搪塞你自己的良心罷咧。試問於你看得神聖般的戀愛，盡過力嗎？於雲妹對你真切的熱望，有益處嗎？簡直兒是毫無意義的白死。」

「大哥，可又來！祇要還有盡力或有益的方法，誰願意白死？」

魯男子躕躇了半晌，彷彿怕人聽見似的，在新鋪了白絨毯的長堤上東西張望一回，才放膽的向小雄道：

「我澈底給你想過了。一般的背一個惡名，與其自殺，不如同逃。」

「逃嗎？怎麼逃法？逃到那裏？」

「你別忙，自然還你一個逃法。我今早在嬰姊姊房裏，聽見他們夫妻倆喊呢私話，知道華姊夫在三兩天裏要回家去。他家裏從么埠放船來接。這不是一個逃的好機會嗎？第一，我去和嬰姊姊商量一下。嬰姊姊和雲妹感情本好，一定肯幫忙。我再在外替你們預備妥當。到時，你們祇要想法溜得到華姊夫船上，一到么埠，就脫出了重壓的榨床，以後的事，再來想法。」

「我一個人總好想法溜，」小雄面上浮現活色中帶著願意的說，「但雲鳳正在她姊姊嚴重監守之下，怎麼辦呢？」

「這一層我也慮到。我想，祇要叫宛妹妹和阿林裏應外合的去掉儀鳳的槍花，賺出門來就成了。」

小雄站起來，撲到魯男子身邊，緊緊拉住他的兩手，形容不出的感激，好容易掙出一句話來：

「那麼全仗大哥的大力。」

「我們決定這樣的幹去。」魯男子一壁起身，一壁說，「那麼我們散罷。宛妹妹一定還在我們家裏候著我，也很惦記你們的事，早就約好我去報給她呢。我也可以順便約同嬰姊姊和她，趕今夜把事情商量定妥。」

那當兒，天色已黑，雪越下得大了。兩人在冪天席地的雪光中，出了園門，不斷的前行，不斷地說笑。小雄忽拍著魯男子肩，微笑道：

「大哥，古人說：『得一知己，死而無恨。』萬一我不幸死時，你肯好好替我做一篇祭文，我也瞑目了。」

「我一定給你做，」魯男子也玩笑似的說，「你如不放心，我明天給你預做一篇祝頌祝頌你，好不好？」

小雄哈哈地笑了。

正笑著，已到了一條橋邊，是兩人應當分路的地方。小雄看魯男子過了橋到對岸時，站住仍帶笑說道：

「那麼我們過一世再會吧！」

「再會！再會！」

魯男子一點頭，也含笑地把足跡印上板橋的雪泥中去了。

二十 扑作教刑

「怎麼魯大哥今天一點消息都不給我？咳！世界上沒有靠得住的事，朋友也靠不住了。倒是雲妹忽然叫蓀哥送我一個字條，約我去說幾句訣別的話。——哎！哎！訣別的話！可憐！可憐！她不是和囚犯一般給儀鳳看守著？怎麼膽敢？……哦！或者又低頭哀求了有德行的姊姊，大發慈悲的許可了。——不會！不會！不會！——管他呢？姑且冒險去撞一撞再講！」

小雄帶了微錆❶色的白面，掩映在小巷裏雪霽後的斜照下，顯出一夜未眠的餘倦。他徐步向百一街來，嘴裏斷續地呢喃著這些獨語。

他和雲鳳不見面，已三天了。他忽然想到前三天相見時的情景，使他心中突突地跳個不住。

他看到雲鳳從祠堂受辱之後，活潑的性情，變成沉鬱，有時憤怒。他深知她的痛苦，祇有隱藏起自己不可藥救的創傷，天天裝滿溫軟的歡笑去撫慰她。

他記得那一天，是個晴朗的下午，雖然乾冷的空氣，沖淡了日光。他照常的直穿到雲鳳臥室，卻

---

❶ 錆：音ㄑㄧㄤ。精。

見滿房靜悄悄的，祇有居中放著一座仿古銅熏籠裏，圍著滿爐泥炭的火塔，火苗熊熊作響，不見一個人影。

「又躲到哪裏去哭了？」他暗忖。

正待去尋覓，忽聽隔壁內書房裏，砰硼的幾聲敲物聲，接著嚶嚀的哭泣聲，又好像兩人爭吵聲。

「這做什麼？」他詫異地驚呼。

說著，就奔到那通著兩書房的鏡門，隨手拉開了門，一腳跨進去，不覺愣住在門限上。祇見雲鳳蓬了頭，臉上不脂也不粉，倒縱橫界著淚痕，坐在十景架下的楊妃榻上，正面紅筋赤的和阿林爭奪著一個建漆珊瑚色的手提箱，認得是雲鳳的百寶箱。翠兒在一個白銅火盆旁邊把銅箸在那裏撥找著什麼東西似的。

「那是萬萬使不得的！」阿林一邊搶一邊急聲喊。

「死丫頭，」雲鳳發了嬌嗔，咽著嗓音說，「你管我使得使不得！快放手！」

阿林聽見門響，一回頭，望見了他，忙喊道：

「朱少爺，快來！小姐要把珠子……搥碎……燒掉……」

他三步作兩步的搶到榻前，緊緊拉住雲鳳雙手。阿林趁她手一鬆，奪出了小提箱往臥室裏跑。

「妹妹，」他抱住她搖搖欲倒的身體，湊近了問，「什麼？誰得罪了你，這樣的發火！」

「啊！我完了，我們是一敗塗地！我還要那些東西做什麼用？戴給誰看！」

她說著倒在他臂上，哭得更利害了。他摸不著頭腦，連聲地問道：

「你說的是什麼？我一點也不懂。」

恰巧阿林從鏡門裏走回來，接著說：

「朱少爺，你瞧，那書桌上不是一副摜碎的珠耳環嗎？那是兩顆比黃豆還大的水銀青精圓珠子，小姐把鐵鎚子拚命在端硯❷背上摜，四五下就摜得粉碎撒了一地的珠屑，她還嫌摜著費事，打開百寶箱，亂抓了一把大大小小的珠子想往火盆裏撩，不是我搶得快，滿箱向來性命般寶貝的首飾，都變了白灰了。饒❸是這樣，還給小姐丟了幾顆下去，翠兒正在那裏找呢。」

他見雲鳳哭得答不出話來，就向阿林問道：

「到底為了什麼事呢？」

「咳！我們小姐真可憐！」阿林望著雲鳳，眼圈兒先紅了說，「若說今天的事，卻要怪翠兒挑逗出來的。剛才因為天冷，小姐嫌房間裏熏籠不暖和，叫在書房裏另生了一盆火，我們圍爐閒話，候著少爺。後來，小姐候得不耐煩了，叫我把百寶箱拿出來，小姐一樣樣檢點著解悶兒。忽然檢到一枚古錢，小姐拿著它呆想了一回。微笑地道：『天這麼冷，祇怕朱少爺不來了。我來卜一個金錢卦❹吧。要來，是字。不來，背。』說著就帶著百寶箱上了書桌把古錢旋轉起來。等到停了轉，一看，是字。我說：『可不是，朱少爺那裏會不來！』誰知嘴快的翠兒就插說道：『猜字背是小孩子玩的事，是不靈的，

---

❷ 端硯：以產於端州（今廣東肇慶）而得名。始於唐代。石質堅實細潤，發墨不損毫。

❸ 饒：任憑。

❹ 金錢卦：古時以錢記爻，至唐人始擲金錢以卜吉凶。

小姐書桌上，有的是牙牌和牙牌神數，何妨試一下。』小姐竟聽了她話，把牙牌倒出來捋和了，默禱了幾句話，照著牙牌數的方式，擺了三次，得到了上上，上上，下下這一課。小姐一翻出課句來，突然變了色。就手在抽屜裏拿出一柄釘鎚，卸下耳上戴的珠環，發瘋似的搥起來了。這就是剛才的事。我不懂得課句怎麼會惹得小姐這樣。課句還攤開在那裏，請少爺瞧一瞧。」

她說時，把一本揭開的牙牌神數，湊到他面前。他看見上面寫的是：

「七十二戰，戰無不利，忽聞楚歌，一敗塗地。」

他俯著頭，疑疑地向雲鳳道：

「課句雖然不大好，也關係不到你。況且這不過是個玩意兒，犯不著這樣認真地著急。」

「沒關係嗎？」雲鳳開了口了，「牙牌數是當你不在時，我起熟的。我又不是單單卜你來不來。我怕的是這一課，恰恰來了這一課，怎麼不叫我絕望呢。既然絕望，難道留著這些給平常眼紅慣的人來搶奪嗎？」

「我勸你不要相信這些渺茫的占卜，倒虛度了還可以快活的時光。」他懇切地說。

雲鳳倏的翻身坐了起來，掠了一掠蓬鬆的亂髮，把帕子拭乾了淚，裝著笑臉興奮地說道：

「你說的對。我是傻了。我該快活。快活本沒時間的，一點鐘的快活，就是一輩子我祇要一點鐘！但是，我要盡量的快活，凡是我們女子應該享用的快活，我都要享用。你得樣樣依我，也不許笑我。這一點鐘裏的你，完全是歸給我的，你能答應我嗎？」

「那還用說？」他黯然地答。

「那麼你在這裏陪我喫夜飯吧。我有一小罈十多年的陳花雕❺，還是我養的那年父親留下來的，真正的女兒紅❻。今天開了和你對喝，拚著喝醉，好讓我痛痛快快地樂一樂。」

她說完，跳起來，兩臂擱在他肩頭，兩手捧著他面頰，也不管阿林和翠兒在旁，臉對臉的帶著還溼的眼笑道：

「雄哥，你的臉比我的還要白，我們今天比一比。」

她閃電般把粉臉向他的臉和唇上緊貼了幾下，逃也似的跨下榻來，奔到鏡門邊，站著，回過頭對他含羞的一笑。

「雄哥，你耐心的等一等。我自己去開罈。」

於是她吩咐阿林到廚房裏去預備下酒菜，一面手招翠兒，正想一同出那鏡門。忽然書房外面，老門公領著一個他的書童，慌慌張張進來，向他道：

「老爺找著你呢，快回去吧。」

他喫了一大驚。雲鳳一天的高興，也立刻消沉了。

「妹妹，」他急迫地向雲鳳說，「那……祇好讓我……回去一趟吧。能來，我總歸……」

「你去吧。」她不等他說完臉背著裏，嗓音低得聽不見的接說，「總歸什麼？總歸你不是我的……」

他憋著一肚子話，迸不出半句答話。祇好硬著心腸，不聽她說下去，跟了書童走回家裏來。

---

❺ 花雕：花雕酒。一種上等的紹興黃酒。紹興舊俗，用彩色酒罈貯美酒作陪嫁禮物，故名。

❻ 女兒紅：酒名。

等到他一到家裏，才知道並不是父親叫喚，倒是繼母湯氏，好意的假傳父命，催他回家。告訴他今天紀群已經回來，傳說就要到雲鳳家去勸誡一番。她怕不防頭的兩下碰見，大家不好，所以特地喚他回來，囑咐他這幾天千萬不要再到雲鳳家去。

這麼著，他明知雲鳳一定要抱怨，祇好咬緊了牙關，直忍耐到絕望的今天。等到一接到了雲鳳意外的來信，無論如何，他再也忍不住了。

小雄一路的走，一路在那裏回想這些難堪的經過。他不知道她現在痛苦到如何田地，叫他怎麼不心跳呢？他想：

「她在這半囚禁的境遇裏，突然的冒險來約會，必然是非常的舉動。她要自殺，向他告別？還是想逃，和魯大哥一樣的計劃呢？否則宛中已遞了消息，和他商量？再不，逼得沒法，祇好嫁，求他原諒嗎？」

他腦裏的血潮，正這樣不定地起伏，猛抬起頭來，已進了百一街，望見了雲鳳的住宅，使他突受了夢想不到的驚駭。

他看見門口有兩個雄糾糾，黑蒼蒼，素不識面的大漢，明明是北方貴家的豪奴，一個胖的嘴裏銜一根垂著荷包的京潮煙管靠在門柱上，一個瘦些的坐在門裏面的𡡅櫈上低著頭正在打盹兒。

他頓時打了個寒噤，猜著一定是紀群新派來的。派來做什麼？不是防雲鳳的出來，就是攔他的進去。他望見那惡狠狠的神情，機械地倒退了兩步。沉吟了一忽，倏的昂起頭來，挺直了腰，和兵士衝鋒似的大踏步闖進門去。恰好一腳跨過門檻，就被一隻蒲扇般的手當胸攔住，吆喝道：

「你是誰？敢直闖？」

「你管我是誰！」小雄也圓睜了眼，怒吽吽地答，「闖得的才闖！」

「那不成，得說明了才許走。」

小雄也舉起了手，使勁推開他的膀臂，喊道：

「你是那裏來的野種！不認得我姓朱的，這裏的親戚，天天進進出出的嗎？」

嬾櫈上睡著的瘦子驚醒了，揉了揉眼，忙走過來，帶著輕蔑的腔調，裝出另一種笑容道：

「噢！您就是朱少爺！我們原是奉了主人之命，專候您來，要擋您的駕。您若是一定要進來，我們也不敢作難。那麼祇好委屈少爺一點，在門房裏先坐一下，讓我去請一個示，再請您進去。——喂！老趙，你放朱少爺進來，伺候好了，讓我去走一趟。」

「老楊，別叨登⑦了。」那叫做老趙的放開手，拉了小雄進門說，「你幹你的去，朱少爺交給我。」

小雄眼看那叫做老楊的搖搖擺擺地走出門去。他明知道這一去的回來，決沒有好結果，雖經那老趙半讓半推逼到嬾櫈邊，請他坐，他那裏肯坐，祇呆呆地站著轆轤似轉念頭。他此時的情緒，不是恐怖，也不是憤怒，祇是著急。他第一著急的是怕又失了雲鳳的約。上次的失約，還可原諒，這一次，是生死關頭的約，料想她已在熱切地懸盼，若再叫她失望，良心上如何過得去呢？若因此錯了機會或

---

⑦叨登：也作「叨蹬」。囉嗦，找麻煩。

出了意外的亂子，那更糟了。照這麼一想，他祇有趁老楊請示未回的機會，放出兩副的膽力，出其不意逃脫拘攣他的鐵手，不管三七二十一的往裏直衝，但得會她一面，說幾句話，憑他們辱我殺我，也是甘心。他立刻決定了主意，正待動作，忽覺肩頭上重沉沉地壓下一塊千斤石一般，定眼一看，正是那老趙的手，不覺喫了一驚。他頓悟到自己的脆弱，渺小，已成了這隻手的俘虜，萬沒有倖脫的可能，硬要掙扎，必然喫虧，他是聰明人，意思便換了方向。他想到北方人氣力是大的，性子是直的，可是大半是貪小利的，我既不能力敵，或者可以利誘，我何妨先試一下。

他伸手到衣袋裏一摸，恰還賸著兩塊墨西哥❽，立地裝出笑容，向著那胖子懇求似的道：

「管家，我和你商量一句話。我實在有要緊事要到裏邊去，等不及你同事請示的回頭。請你通融一下，放我進去，明兒再一定重重謝你。這裏有兩塊錢，算不了什麼，先請你喝一杯淡茶。」

那胖子並不來接錢，拍著小雄的肩，哈哈地笑道：

「您太客氣了。烏眼珠看見白銀，誰不愛呢！可是白饒！我沒福分受少爺的賞。請您收回吧。」

小雄見他不肯放鬆，手倒握得更緊了，下意識地滿肚子的焦急，都燃起了憤火，高聲喊道：

「我好意給你錢，不要，罷了。盡拉我幹嗎？——你真不放我進去嗎？」

「不放便怎麼樣？」那老趙也豎起眼睛說。

小雄倏的把全身往下一挫，脫出了他臂圈之外，望通著內裏的側門直竄。老趙大踏步在後趕上，

❽墨西哥：指銀元。清末對外通商，此銀元由墨西哥輸入民間通用，故名。

緊緊抓住了小雄的背，小雞似的提了回來。小雄怒極，扭過身，伸手向著老趙臉上劈面一掌，正打個著。

「你打人！叫你知道利害。」老趙疊連還打了兩掌，吼著說。

頓時小雄粉白的嫩臉上，墳起五條紫色的斑紋。他再想不到那胖家人真會還手，而且還得這樣的猛烈。此時他的心裏，自己也不知道是氣，是怒，是恨，還是驚慌，機械地撈了一根豎在門邊的木閂，七横八豎地直撲上去。不想被那胖鬼就手衹一綽，不由自主地連身帶閂往前直晃，打了一個盤陀⑨。他還狠命想奪回那閂，不提防背後忽然添了一條馬鞭子，劈頭劈臉雨點般打來，疼痛難忍，要躲也沒處躲，但聽一人喊道：

「嗐！打得好！儘管放手打！老爺吩咐了，這決不是朱少爺。朱少爺已經親口向老爺起過誓，再不上姓湯的門了。這來的一定是冒名撞屍的賊骨頭。結實的打！剝光了打！」

一聲吆喝裏，他衹聽得唏唰嘩喇衣服的撕破聲，頭，面，頸，肩，閃電般的鞭抽聲，胸，腹，腿，踝，擂鼓般的棒擊聲，再不覺得疼痛，覺得是燒炙，再沒有憤恨，有的是昏迷，一陣天旋地轉的眩暈，眼前一黑，彷彿從高山上一跤跌進了無底的深谷，什麼都聽不見，看不見，感覺不到了。

冷澹的一彎新月，愁慘地偷覷著已脫葉的疏枝，半睜了不禁寒的倦眼；一群歸巢的晚鴉，亂踏著

---

⑨ 盤陀：山石不平。這裏指站立不穩。

枝頭的乾雪，悉索的下墜，撲上了鱗傷的血面，倏地把橫躺的小雄驚醒過來。

他一抬頭，但見對面矗立著黑魆魆凹凸有眼的城墻，照耀著亮晶晶浩渺如煙的河水。回顧自身，知道橫臥在荒僻的城濠邊一座半頹敗的駁岸上，略略轉動，渾身疼痛難禁，這才如夢醒般憶起剛才毒打的一幕悲劇，不覺呢喃地悲慘呼道：

「啊喲！我是受打了，受惡奴的毒打。這是何等的恥辱！——咦！我剛才明明在雲鳳家的門房，怎麼會到這裏？噯！是了，那是他們當我已死，移屍拋在河邊，叨光他們沒拋在河裏。——唉！我不是給已死了一樣嗎？除了死，我還有什麼路好走？希望是生命的源泉，榮譽是生命的火焰；我的希望在那裏？榮譽在那裏？在前途引導我的祇有死！他們倒先指示我了。」

他忍著痛，用力撐了起來，兩眼呆呆地注定了河流，咬緊了牙，祇待望下跳。一低頭，忽發見脫紐和撕條的袍褻上染滿斑駁的血痕，挑起了心底的仇恨，縮住了腳，忖道：

「我難道就這樣白死嗎？惡奴不是蹂躪我的仇敵，蹂躪我的死仇是湯紀群。他對我下這非人的辣手，我就這樣放過他對他不報復嗎？報復是愛的後盾，也便是死的先驅；我該在死前，去報我的仇，我立刻去找到湯紀群，和他拚一個你死我活。」

他發狂似往前奔，剛跨了三四步忽又站定了。

「湯紀群是我的死仇嗎？」他徬徨地想，「他不敢打別人，獨敢打我。我又不是無父無母沒保護的孤兒，他無視的放膽欺侮，他當然有他的護符，和惡奴拿他做護符一樣，他不過高一層的惡奴吧了。那麼他的護符才是我的真仇敵，到底是誰呢？就是現行的社會，就是公認我和雲鳳犯了罪的社會。我要向他報仇，第一先問我犯了罪沒有？犯了什麼罪？愛的罪。那麼愛是罪嗎？天地交泰，是愛的神秘；鳥獸歌舞，是愛的衝動；花木煊爛，是愛的光耀；世界的不傾頹，是愛力的吸引；生物的持續，是愛流的漣漪；愛若是個罪，那麼充滿了愛的世界，便成了個大罪窟。不，不，這是大自然的法律，在那個法律下，絕端不為罪。但是，我，我生在這個社會裏，社會的法律，是人為的法律，根本拿愛來做人類的裝飾品：父母之命，媒妁之言，是一套；巾櫛，箕帚❿，又一套；祀先，傳後，又一套；褒貞，旌節，又一套。換一句話說，就是拿男女來扮禮教舞臺上滑稽的角色。儘管你泥人對石人也好，口含酥蜜，腹藏刀劍也好，甚至手抱這個，心向那個也可以，祇要不觸破那道德色彩的糊紙，便是社會尊重的賢梁孟⓫。若然不玩這些套數，從兩性的心底自然發生的愛，縱使你聖潔如姜嫄⓬，忠誠如尾生，大家就一概不承認你是愛，叫做姦或是淫；姦和淫，便是社會法律裏不可補贖的罪名。我現在便是犯這罪名的一人，湯紀群就依據了這個定律，來實行大多數同情的懲罰。他何等的強，我何等的弱！我祇有受罰的義務，誰容你再有復仇的權利呢？」

小雄此時形體上和精神上的痛苦都達到極顛⓭，越想越覺得人生的狹迫，彷彿天蓋直壓在頭頂，

---

❿ 巾櫛箕帚：即妻妾應行之事。巾櫛，洗沐用具。舊時稱妻妾侍候丈夫為侍巾櫛。箕帚，家中灑掃用具。

⓫ 梁孟：東漢梁鴻娶同鄉孟光為妻，後避禍去吳，為人舂米。每當回家，孟光常荊釵（以荊枝當髻釵）布裙，舉案齊眉（把端飯的盤子高舉到眉前）。後常用以形容夫妻相敬相愛。

⓬ 姜嫄：上古傳說中帝嚳的元妃，棄（后稷）的母親。

⓭ 極顛：應為「極巔」。

連項脖都挺不起，包圍全身的空氣，愈捆愈緊，沒有絲毫的空隙容他盤旋，地上也沒有一寸平坦的面積插得下他的腳。他下意識地仍顛頓到原來臨河的駁岸，委靡地倒在岸邊。他什麼都看不見，什麼都聽不見，留在意識上的，衹有恨和愛的火苗，還起伏的奮鬥。恨呢？他已知道沒法擺布了。若論到愛，他總還迷戀著最後的一見。但，澈底的一想，有什麼用處呢？他枉算是個有力的男子，男子應該保女子；他連自己摯愛的女子，衹好任人糟塌，不能稍加救助，怎麼叫她不抱怨呢？縱使她原諒不怨，我有何面目見她呢？即使見了她，也不過加些慚愧痛苦罷了。再不然，我若能拉著她一同死，也還是一件快事，但又如何做得到呢？總而言之，我不但沒有報仇的權利，連愛戀的權利，都剝奪了，我唯一的權利，衹有死。死是我的避遁所，死就是我的安樂窩。一死之後，所有痛苦，恥辱，仇恨，熱惱，人生一切的糾纏完全解放了：人生再沒有比死再愉快，再幸福了。他就此下了大決心，看著水流雪浪，就是他的玉宇瓊樓，紫荇青蘋，就是他的銀床錦簟。他奮勇地搖搖晃晃站到岸的盡邊，臉上現出可怕的慘笑，哀呼道：

「魯大哥，你勸我不要自殺，我不能聽你的忠告了！啊呀！雲妹，我也顧不得你了！」

說完這話，縱身一躍，噗咚一聲，水花飛濺。就在這雪月交光裏，映出岸下新繫纜的一隻漁船，有人在那裏狂喊道：

「誰投水？救！快救！救人！」

二十一 錯吻了人

魯男子和小雄分手後，思著宛中囑咐他的話，很著慌的怕她埋怨不報告湯紀群講的事，一面又想趕緊找她和嬰第一同商量解救小雄和雲鳳的急難，所以一到家，低著頭，急忙忙祇向壽堂裏跑。

他望見壽堂裏，暗沉沉地已點蠟的一排紅紗掛燈下，祇賸著蕙姑，阿蘼，芷春幾個小妹妹，陪著親戚們的孩子玩，女客都散了。他暗忖宛中一定跟著綺姑和紋姑到了他母親房裏等他去了。

那後進中堂的東首裏，原有一扇矮小側門，通到他母親屋裏。他也不理會姊妹們，一直穿過側門，剛進夾道裏，聽見他母親房裏一片笑語聲，正是綺姑和紋姑的口音，講的好像是關著他的事。他縮住了脚，側著耳偷聽。

「他們夫妻都很喜歡大寶，」紋姑說，「也很知道他倆兄妹們從小和親手足一樣分拆不開，對親是極願意的。所以明天送場，特地打算叫宛寶來幫忙。」

「既然這樣，」他母親劉氏說，「為什麼又不肯爽爽快快地說定呢？」

「就為宛寶是他們的活寶，又怕她身體單薄，還帶些暗病，不願她早出嫁。他們深曉得你們是獨子，定要早娶，因此，倒委決不下了。」

「遲早在我們倒沒關係，」劉氏笑接著說，「祇怕小一輩的心裏，不像我們這樣坦然。」

忽然嬰茀在旁插嘴道：

「啊呀！他們哥哥妹妹，一天不見面，便要不快活。若一定了親，怎麼擱得住長久的迴避呢？」

綺姑發出不以為然的論調：

「我不信這話。大寶從小淘氣，或許早存了心。我們宛寶至今還是孩氣，痴憨憨地懂得什麼？」

「姊姊，」紋姑抿著嘴說，「你看得宛寶太傻了。你記得上回她一下鄉就病倒了，三四天發寒發熱，忽哭忽笑，在說胡話時，幾次罵著阿林勾引大寶。後來終究把她打發。這祇怕不盡是孩氣吧？」

「紋姑姑，」嬰茀忍不住幫著說，「不必遠講，祇看今天，宛妹不是很快活的？下半天，找不到大弟，頓時生了氣，夜飯都不肯喫就走了。」

「說得是，」紋姑又道，「難得他倆這樣要好，六七年沒變一點，對了親，倒是一對恩愛夫妻。所以我定要玉成這件好事。」

「那麼全仗你們兩位姑姑的大力，」劉氏很高興的忙接說，「說定了，也算完了一件心事。」

正講得熱鬧，忽然玉蘭從前房進來，傳著老太太的命令，請大家到外房去喫夜飯，不一會，房裏就寂靜了。

魯男子偷聽了半天的話，怕被人撞見了沒意思，急迫地仍在小門裏退出來，一壁慢慢走，一壁心裏七上八落的，又是喜，又是恨，喜的是親事快要成功，恨的是自己心粗，沒有理會剛才宛中半吞半吐的話，都含著深意，倒惹她生氣走了。他恨不得立刻飛到她身邊，求她寬恕。再告訴她聽到的話，也讓她歡喜歡喜。

那一晚，魯男子推託著明晚是進場日期，得預先休息休息，不等客散老早就睡了。他原想早睡早醒，早去找宛中，那裏知道一到床上，一顆心竟不聽眼睛的指揮：眼睛儘管閉著，心儘管開著。一忽兒替小雄和雲鳳著急，一忽兒又不放心宛中的生氣，一忽兒又預思和宛中成就好事的快樂，倒弄得翻來覆去，澈夜沒有睡穩。好容易挨到天明，一骨碌爬了起來，偷偷兒叫起玉蘭替他梳洗好了，祇說要到魯園去料理應考的書籍，早點也沒喫就一徑奔到朝山街宛中那裏去了。

他全神貫注的祇想立地見著宛中的面，心裏麻亂得自己也摸不清為的是什麼。一進齊家大門，便慌慌張張沒留意到他的四圍，依著走慣的中堂屏門，直進宛中的臥房。

但見滿房朧朦地，祇有未揭的窗幕縫裏，射進一線後庭殘雪的餘光，掩映著四垂的羅帳，一種說不出的靜悄，空氣裏倒澈越著墻上掛鐘滴嗒滴嗒地搖擺，和著帳中一遞一聲的微鼾。他有些詫異似的起了一個念頭：

「咦……怎麼今天她也打起鼾來？」

可是，他好像深喜她睡得酣甜，心房勃勃地跳蕩，祇為他在想趁她香夢迷離，給她一個意外的接吻，好享受她半眠狀態中不禁自洩的熱愛，一定比被抑制的清醒時格外真切。

於是放輕了腳步，閃到床前，放膽鑽進帳中，一眼望見她面朝裏睡著。他在這熹微的晨光裏，眼前祇搖晃著他愛神的妙影，糊裏糊塗傾斜了全體，兩臂機械地緊抱了隔被的嬌軀，待扳過來想貢獻他火熱的唇，忽然被裏的人直坐了起來，極聲驚喊道：

「啊！誰？做什麼？」

在這喊聲裏，他才認清了他想吻的並不是宛中，吻錯了人了。這萬料不到的突變，使他又嚇又羞，再不敢抬眼看清床上喊的是誰，疾忙縮退，拔起腳來彷彿遇魅般的往外飛逃。

他無視的亂竄到中堂，恰和伺候宛中的徐媽撞個滿懷。

「喔唷！」徐媽喊道，「好少爺，不用這樣著慌！怎麼老早就來亂闖？也不來問問我。倒把你妹妹也嚇了起來，叫我來看看怎麼一會事。」

魯男子滿面通紅，俯著頭呆呆地站住，羞得話也說不出。徐媽向他笑了笑，自顧自望宛中原來的臥房走去，嘴裏咕咕道：

「阿彌陀佛，但願不鬧成話靶❶！」

此時魯男子祇怕再碰見人，忙出了中堂，繞著廊走。正走到漢江夫婦正房外間的轉角處，忽然從旁邊伸出條粉白的臂，擱在他的胸前。他猛喫一驚，抬頭看時，正是他急欲見面的宛中。看她滿頭還披著蓬鬆的烏髮，身穿一件玄色縐紗的皮襖，越襯出像月暈般的嬌面，放出一隻含悲的眼光傾注了他，低低兒帶些埋怨的語調說：

「再想不到你來得這麼早，要知照都來不及。——你到底鬧了什麼笑話？人家這樣的大驚小怪！」

「我該死。」魯男子囁嚅地說，「我是和你鬧著玩，想扳轉了身體，偷接一個吻，再沒想到不是……」

宛中不待他說了，含怒頓了頓腳，把手指直搖到他臉上，瞪著說：

---

❶ 話靶：話柄。

「不是什麼？……你這個人，真是……」

她說到這裏，再也說不下去。忽然無力地半坐上欄干，半倚著廊柱，慢慢垂下頭，滿眶噙著淚滴。

魯男子緊挨在她膝邊，懇求似的說道：

「妹妹你不要生氣，總怪我莽撞的不好。請你寬恕我吧。」

「我肯寬恕你，人家可肯寬恕我們呢？」

「那一個，到底是誰？」

「嘿！你吻都吻過了，還沒認清，倒問我！」

「啊喲！屈天冤枉！我幾曾吻過。我祇為你昨夜不別而行，怕你生氣，心裏憂急。我祇為偷聽紋姑和我母親說了許多關係我倆的事，心裏又歡喜，我整夜沒合眼的祇想念你，所以神智昏迷的一來就弄出這傻事。妹妹，你再冤枉我，我真和小雄一樣的要自殺了。」

「小雄怎麼要自殺呢？」她微微抬起頭驚詫地問。

「就為小雄的事纏住了我，來不及告訴妹妹，我們一塊兒冒雪到了魯園。我勸了他一番，又給他出了一個主意。正想趕回和你商量解救他倆的方法，不想你已經生氣走了。」

「你不要多嚕囌了，」宛中彷彿有些不安神地說，「今天我們顧不了他倆的事。等到晚上，如果我能彀到你家送考時你再和我細說吧。現在還是早離開我的好。」

魯男子當然不能違拗她的話，剛要走時，宛中四面張了一張，忽地拉住他的手靠緊她的臉，卻別轉頭說：

「你放心走吧，我永不會生你的氣。但是，我心裏覺得害怕……」
「現在我倆的事很順當，你怕些什麼？」
宛中握緊了魯男子沾滿了淚漬的手不放，好像喉間塞著許多要說的話。
忽聽房裏顧氏的口音喊道：
「宛寶，你這麼早，在外邊做什麼？」
宛中慌忙撩開了魯男子的手，低聲道：
「你快走吧。」
一面高聲答應她母親道：
「吆！來了。我在這裏賞隔夜的雪景哩。」
她口裏說著話，手在衣襟上掏出一塊帕子來胡亂擦了一擦淚，一轉身走向中堂門檻邊，站著，忽又回過頭，望著已走到對面廊裏的魯男子，強忍了哭，對他笑了一笑，逃也似的進去。魯男子莫名其妙地回答了她一笑，也匆匆地走了。
魯男子迷迷糊糊地跑進魯園，那時，園裏還滿鋪著高高低低曉寒凝凍的雪，未被晨曦融化，分外顯得晶瑩。幾叢常綠樹，迎風招展，好像才伸起了久壓的頭，在那裏自鳴得意。已露面的荒草地上，群集的餓雀，啾啾爭食。樹杪橫著的一角遠山，還戴著滿頭的白髮，傲然睥睨晴空的銀雲。
這些雪後幽曠的妙景，全沒有映進魯男子眼瞼❷。他垂頭喪氣邁進他和父親共同的書齋，見冷清清沒個人，他也沒心情去料理夜間進場的事，一歪身倒在書桌邊一張躺椅上，兩目注定承塵❸，呆呆地回想剛才演的那一齣喜劇。

他想著自己今天這場禍，真闖得不小，不知道此時怎麼樣了。徐媽趕進房裏，明明是宛中叫她去撕羅❹這事。後來卻沒聽見再有聲息，或者不至鬧大。但是，想到宛中的神態，昨天何等的活潑，今早忽變了這樣沉鬱，說的話，又都含著不安神的意味，這是什麼緣故呢？難道就為剛才的事，叫她急成這樣兒嗎？再者紋姑替他倆出力，她爹娘已經一半贊成，大有如願的希望，她是早知道，而且很開心。為什麼才剛提起偷聽的話，不但不驚喜地追問，倒惹起她的傷心落淚呢？莫非那一個的叫喚被她爹娘聽見，洩露了向來的秘密，她擔心好事的決撒❺嗎？既然這樣小心，為什麼無端肯把自己的床讓給別人睡？難不成被人逼得不能不讓？那個人到底是誰呢？看她嬌懶晚起的習慣，偏衝寒起一個黑早；嘴裏叫快走，手卻拉住了不放；自家明擺著不安心，卻叫人放心；臨走幾乎要哭，偏要對他個笑臉；這些個，到底算什麼？真是猜不破的啞謎了。

這樣翻來覆去地想，越想越糊塗，越想越苦悶。他突然在躺椅上跳了起來，自己罵自己在發瘋。他耳中恍惚聽見說：「宛寶是漢江夫妻的活寶，他也是他們歡喜的」，還繚繞著紋姑的口音。他回想著他和她戀愛，差不多她爹娘有意放任的。縱然曉得了今早的錯誤，也不過一笑吧了。宛中是個會多心

❷瞼：音ㄐㄧㄢˇ。眼外皮。
❸承塵：天花板。
❹撕羅：排解糾紛。
❺決撒：決裂。

人，自尋煩惱，是她的老脾氣，何必跟著她疑神疑鬼？祇盼到臨晚她歡歡喜喜來到我家，什麼事都沒有了。我倒要好好地告訴她憂能傷人，以後不要這樣才好。

他這樣一想，心上倒安靜了許多。他這回的應考，雖是初出茅廬第一次，然她的祖母和雙親都盼望得很切。無如他自從和宛中離而復合以後，熱情因反激而熾盛，全神貫注在她身上，晝夜十二個時辰，愛浪的潮汐，至少有二十四回的起伏，再沒閒工夫顧到這些在他認為毫不相干的事。此時洶湧的心潮，暫時退減，這才記起應該料理的考具。

立刻，坐上書案，把紙筆和慣用的書，一件件的檢齊，裝在父親給他的一只長方形篾編三槅的家傳考籃裏。他見墨盒裏墨汁已乾成一片焦餅，自己也覺得荒功得可笑。他剛選了一錠胡開文❻的松煙墨❼，在水盂裏注了滿墨船的清水，慢慢地磨起來，恰好他父親也踱進書齋來了。

「你在這裏收拾考具嗎？」他父親公明笑眯眯地問，「好，照這樣才像我們家的孩子。」

於是父子兩人，談論了些考場裏的規矩和文字上應留心的避忌。午飯後，陸陸續續來了不少送考的本家親戚。最後，卻是小雄的父親雄伯同著汪鷺汀一塊兒進來。

「你們遇見漢江沒有？」公明猝然地問，「怎麼不一塊兒來？」

「他今天沒出門，」汪鷺汀搶著說，「我在他家裏見過。他家裏有些事，大約不來了。」

---

❻ 胡開文：百年老店名，專售文具。

❼ 松煙墨：以松木燃燒後形成的煙炱為主要原料製成的墨，墨色烏黑，缺乏光澤。

他說著話，回頭望望魯男子，齜了牙的奸笑道：

「祇怕有些難為情來見候補嬌客❽吧？世兄，該明白！」

他接著又哈哈大笑。

魯男子聽了這些刁鑽話，下意識地滿身起了膚粟，已靜止的腦海，又像捲起狂颺，覺得漢江的不來，確然有些蹊蹺。他臉上漲得通紅，心已飛騰到自己家去了。

「露汀，你又來開孩子們的玩笑了。」公明微笑地說。

「今天不但漢江沒來，」雄伯忽然想起似的說，「紀群也沒看見。他來過嗎？」

「還沒有，」公明說，「天已不早，不等他了。我們一同去喝晚茶吧。——大寶，你收拾好，就回家去，早些睡覺，別貪玩。」

魯男子此時心底，像降了天火一股烘烘地燃燒，巴不得他父親前腳走，他後腳跨到家裏，看一看宛中究竟來了不曾？這是一件天大地大的事。忽聽父親這般叮囑，如奉了赦書。一面答應，一面自提了考籃，跟著他父親後，三步做一步，繞著小路飛奔回家。

他才跨進大門，聽見大丫頭玉蘭倚在門柱邊和一個僕人在那裏爭論。

「朱少爺定是失腳落水的，」玉蘭堅決地說，「他何至要投河自盡？」

「我在街上，」那僕人說，「親眼見他滿身都是泥水，衣服全撕破，一個鄉下人差不多抱著他走。

---

❽ 嬌客：對女婿的愛稱。

我所以疑心是投河。」

魯男子這一刻的全心，祇煎迫在一個焦點，連小雄這種可驚詫的消息，彷彿沒擊動他的耳膜。一見玉蘭，直衝地丟下考籃，一把抓住她問道：

「宛小姐已經來了吧？你說！」

「呀！少爺，嚇我一跳！宛小姐並沒來，來的是慧小姐。聽說宛小姐病了，紋小姐已經回去看她。」

玉蘭這幾句極簡單的話，傳進了魯男子的聽官，好像一柄白熱而鋒利的雷斧，從頂門直劈到心底，立時像硬化了石像，卓立在門閾前。

二十二 死別與生離

一座威靈顯赫的縣城隍廟。

有一天，寒冬的夜半，雖然寒威處處可以侵襲，但從大殿起，經過穿堂直到後宮，蠕動著無算的人頭，有伏著書寫的，有仰著沉思的，有搖擺著吟哦的，都坐在一排排狹長的木桌上，面前搖晃著鯨油燭不定的火苗，倒像繁密的紅星瞬目在黯沉沉的天頂裏；這便是彳縣官請城隍老做監臨的考場。

在殿東首，燭光下，背著沿墻塑立七八個紅、黑、白面，闊帶，黑衣，高帽，古制服的皂隸泥像前，坐著一排伏案的考生。內中有一個最年輕的，體格雖似成年，神氣還帶童穉，正伏在一本紅格子的卷子上慌急地抄寫，忽然昂起疲倦而憂鬱的臉，喫驚似的環視他的周圍，這便是第一步踏上人生戰場的魯男子。

但是，他並沒想到戰爭。他那時的意象上祇感到恐怖和憂慮。他恍惚地忘卻自己封鎖在關防嚴密的考場裏，驀地映在眼瞼上繁星似的蠟焰，都罩上一層黃霧，漸漸化成綠色的燐；一個個人面，不是擴大到沒有輪廓，就是縮小得不可把捉，好像在凹凸鏡裏照見的鬼相；神坐上赤面長鬚的城隍神和夾侍的鬼判都在隱約地活躍起來，竟像是另一個世界。他雖不信民間傳說的靈應❶，他卻聯想到了死的問題。突然觸到在魯園橋亭上小雄的喊自殺，分手時說的過世會，在自己門房裏聽到玉蘭和家人們爭論他落水和投河的消息，一時全攢聚到腦膜上來，心衹管霍霍地亂竄。頓時想起這兩天心神不定忘卻了解救小雄他們的約，疑惑因此害了他，好像在這黯淡的黑影裏立刻會出現他血肉模糊的慘影，以至於不敢向前凝視。

忽地在他面前，起了一陣喧豗，有四五個人站了起來，一手綽著卷子，一手歸理考具，得意洋洋在那裏呼朋喚友，表示他們交卷占先的驕傲。這一來，倒把魯男子的迷夢驚醒了。這才覺到自己在考場裏，這才回想到自己進場時一夜又不曾闔眼，進場後整天沒喫過東西，剛才的疑神疑鬼，完全是精神錯亂。

他的不睡，當然為了說定了宛中的送場突換了慧中，他便感到非常的失望和不安。他的整天不喫，人家看他似乎有些愚傻，在他卻覺得是天經地義。他不是不覺得飢餓，當他一望見那預備好的喫食籃就要皺眉。他想，那喫食如果是宛中親手調製的，他早狼吞虎嚥地喫一個盡量；可惜他親眼看見都是慧中替他細意熨貼地張羅的，在慧中不過是隨分的幫忙，他嫌她霸占了宛中的地位；她僅僅表示女性細緻的習慣，他以為有意和她妹子爭勝；她無心的和他說笑，他又認做得意的揶揄；他覺得一樣樣食物裏都含著惡意的成分，他的口若沾染了一點，他的心就對不起宛中。偶然機械地伸手想去拿，立刻燙手似的縮回。他整一天寧可忍著空肚子，直到這忽兒，餓得頭暈眼花，衹覷著那原封不動的食籃兒連連嚥著饞唾。

❶ 靈應：靈魂報應。科舉時代，考場大門外樹有招魂旗纛，召喚死者有冤報冤，有恩報恩。

他這時的思潮又落到宛中身上了。他相信她的病必然是個推託。但為什麼推託呢？是她自己的意思還是她爹娘？這倒成個問題。若是關著她爹娘，那定是自己昨早的事鬧破，惹動了他們的怒，表面推病，底子裏禁止她來，那麼形勢便嚴重了。到底他自慰著還不到這地步。倘使他們真的發怒，對他當然發生惡感，不但宛中不許來，連慧中又何肯派來替代？況且，他上晚初見慧中時，雖曾取笑過，也還和平常一般，並沒有發現新的蹊蹺話，神氣也不像曉得早上的笑話。照這麼說，那麼或者是她自己的意思。但，明明早間臨別的當兒，她還約著晚上細談，是她準備要來，何以倏地轉變？他又猜想她叫徐媽去撕羅那人沒撕羅妥當，仍在他爹娘前暗地告發了。她爹娘雖則愛護她沒有說話，或者說了些輕緩的勸告。她是向來怕羞面重的人，又正碰在紋姑說親熱鬧的當兒，她心裏雖想來，面子倒難以為情，祇好撒嬌似的把裝病來掩飾了。他把這兩個問題顛來倒去地想，越想越著急地想當面去看她，問個明白。

那當兒，大殿外的甬道上，又起了一陣吆喝聲，就見許多考生呼嘯著跟了幾個衙役向廟門外奔。他猛喫了一驚，知道先交卷的放頭排出去了。他頓時想著自己卷子祇寫了一半，被胡思亂想耽擱住。連忙提起筆來橫七豎八不管好歹的亂寫，等到他巴巴地寫完，把東西一把抓的亂塞到籃裏，急急去交了卷，恰好趕上放二排。他橫衝直撞地擠過人群，廟門一開，在未除去的高門檻上就縱身跳了出來。門外原候著接場的家人，他把考具祇向他們一丟，自己像被獵犬追急的小鹿一樣往黑街上亂竄到家裏去了。

魯男子一步跨進他伴祖母同睡的臥房裏，雖然時間已到了晨間的兩點多鐘，闔家都沒睡的守候著：他祖母齊氏面窗坐在一張三抽屜桌前，玉蘭在旁正裝著旱煙；劉氏在桌橫頭靠近外房門，手拿一柄小刀，替老太太削梨兒；綺姑在對面近著通他爹娘臥房的小夾弄門邊，方和齊氏閒講；嬰茀和慧中並肩坐在他祖母的床沿上，低低的好像悽慘地在那裏說一件什麼事。嬰茀一附倚了床前繡櫃。

她們見他掀簾進來，房內一個波動，眼睛都注射了他。第一個就是他母親怔視了他的面，喊道：

「哼！你也出場了。怎麼臉這樣死白，凍壞了吧？」

「你出來的這麼晚，」齊氏忙握了他這手，拉到身邊說，「你大概餓了。叫玉蘭把預備的稀飯搬來喫，好嗎？」

魯男子微微點了一點頭，卻瞟了慧中一眼，無意中在燈光下倒看見嬰茀臉上掛著兩滴亮晶晶的淚痕，心裏大大的驚詫起來。

「姑媽不要嫌他晚，」綺姑微笑地插著說，「他祖舅常說：『出場越晚的考得越高』，我們保準要喝他雙重的喜酒了。」

那時，魯男子全沒聽見綺姑的話，已掙脫了他祖母懷抱，奔向姊妹倆面前。

「姊姊，」他低聲委婉地問，「你為什麼落淚？」

「沒有什麼。」嬰茀別轉了頭，偷拭了淚說，「誰落淚？」

「大哥還沒曉得今天出了一件怪事呢。」慧中搶一般的說，「小雄在今早吞生鴉片自殺了。死得好慘！姊姊正在這裏替雲鳳傷心呢。」

這話才出口，魯男子猝然全體抖動地喊道：

「啊?!啊?!真的……」

他搖搖晃晃的要向前邁，不由自主的倒向後退，話沒說完，砰的一聲，跌倒在地。

大家嚇得慌做一團，連公明也在對面房裏跑了過來，尤其是劉氏直撲在魯男子身上叫喚。其實，他並不是昏厥，用不著抓頭髮，掐人中，僅僅為了兩夜沒睡，一天沒喫，精神太疲倦了，經不起悲痛的激刺，一陣頭暈，掌不住身體直挫下去，坐在地上。他並沒跌倒，祇拉緊了嬰茀的手，嗚咽著道：

「真的自殺了嗎？姊姊，我害了他了。我……」

「鬧得弟弟什麼事？」嬰茀詫異地說，「他是受了湯家家人的毒打，羞憤不過，先去投河，被人救起送回。後來，到了夜裏，趁沒人時，終於偷了他父親放在書桌裏預備送人的一大缸鴉片膏，一口氣喝了大半缸。等到半夜發作，自己後悔想活，嘶喚起來。他的爹娘忙替他請醫生灌救，已來不及了。他在床上亂抓亂滾了一夜，喊著雲妹直到早晨才斷氣……」

「哎呀！」劉氏打斷嬰茀的話喊道，「姑奶奶，饒著他渾身還在這裏發抖，再不要說這些話惹他了。」

「儘在地上鬧什麼？」公明站在書櫥邊看著說，「你們為什麼不扶他到床上去休息？」

那時，恰巧玉蘭手裏托著四個小菜碟一碗稀飯的小盤，從外房進來，嘴裏咕嚕道：

「一個人整天沒喫喝，怎麼支得住？我看見場裏帶出來的食籃，一動也沒動。」

「怪道這樣！」齊氏接著說，「本來藥補不如食補，你快拿去給少爺喝些燙粥吧。」

大家七張八主的嚷成一片。魯男子的腰在他母親的臂彎裏，兩手搭在他姊姊肩上，正掙扎著起來時，忍住滿肚子的眼淚，眼注定嬰茀，顫聲問道：
「雲妹妹曉得不曉得？」
嬰茀低搖著頭，不答一句話。
「喔！我明白了。雲妹還是給囚犯一般鐵鏈拉在人家手裏。誰給她報信呢？祇怕她還在那裏痴望呢。啊呀！天！這多麼慘酷！」
當他喊出這一聲時，半癱的身體，忽然迸出不可抵抗的蠻力，灑脫了他母親和姊姊的肩和臂，直立起來，往外就奔。
「不好！大寶瘋了。」大家都驚喊。
還是嬰茀腳快，先追上，拚命拉住。
「弟弟，你到那裏去？」
「拉我做……做什麼！」魯男子回過血一般紅的臉來急白地說，「讓我去找……雲妹……我去……哭雄弟！」
齊氏眼見魯男子鬧到這樣，又著急，也動了傷感，抖索索想站起來拉他，被綺姑和慧中兩邊扶住，再三的阻擋。
「大寶，你這算什麼？」公明蹙了眉喊著，「這時候，人都睡靜，你還能到那一家去？你再不安靜些回到床上去，把祖婆婆都要急壞了。」
公明向魯男子說這話時，嬰茀和他母親，還加上玉蘭，已把他半拖半抱的到了他臥床前。

「不讓我去，」他全身傾頹到枕上嘶喘著說，「你們該讓我哭！」

說著，就放開喉嚨，頓腳搥床的大哭起來。滿房倒靜肅地祇膨脹了哭聲。彷彿他要把整個生活的抑鬱和悲哀，在暴風雨般的一哭裏洗蕩。但是他太委頓了，先是號啕，漸變做嗚咽，後來力竭聲嘶連抽噎都不可能了。

他惝怳了，他朦朧了，他眼前籠罩了一層如霧的薄幕，霧裏的人和物，都起了浮動的凹凸，越看越遙遠，好像隔海的雲山！腦上和心口，也壓下了一塊黑鉛，把思潮都堵塞得流不動！似乎覺得有人給脫衣蓋被，倒騰了一番，以後便木然無知無覺了。

第二天，他直睡到午飯後二小時，被外房慧中嚷著回家的聲音，才把他驚醒。他突然記罣起宛中，把悲痛小雄的感情，又移到宛中方面。雖然他還是疲軟得像無脊椎動物，昂不起頭來，到底被內心熱情的彈力，擠迫他披衣下地。

他想起昨天的哭鬧騷動了全家，熱狂一退，心上倒有些愧怯。他走到外房，祇好捺住了心，靠近他祖母，坐談幾句，使她老人家安慰。又順便在那裏喫了些母親給他留下的午飯。等到喫完了飯，他立即提出要去弔奠小雄的請求。齊氏和劉氏不忍違拗他，也就答應了。他並且拒絕了跟人，獨自走出家門。

一到門外他倒徬徨了。祇為如要看宛中該向西，弔小雄該望東，這矛盾的方向，在他心靈上失了羅盤。他鶻突❷了半天，不由自主的好像有不可知的潛力，推動他兩腳移向了西。

「我先去看宛妹，」他喂喂地自恕道，「一則要探明她託病的原因，二則和她商量報信給雲鳳的方法，還是為的小雄。」

他沿著一條巧色絞料般浮滿綠藻和紅蟲已塞了下游的廢河，一步步踏著懶洋洋地消失了金塵的日光。他眼前雖映入自然界景色的慘淡，他心裏可像大坩❸鍋裏鋼液一般的沸騰。在他前路的微光中，惟一幻現的祇有宛中廊前忍淚的笑面，使他銜恨到地母❹故意伸展了他的短程，不能立刻跳到她肩頭上，傾吐彼此這兩天的鬱悶。

他正俯著頭走過徑對朝山街口彎角上的一座石橋，機械地促進了他的快步，嘶喘了他的呼吸。

忽然迎面飛來幾句意外的問話：

「喂！大寶，你到那裏去？」

那口音是漢江的，魯男子怎會不熟識？倒抬起頭來愣住了。停了一停，才很謙恭而堅強的答道：

「我是去望宛妹妹的病，並且去給叔叔和嬸嬸請安。」

「哼！多謝你的美意，」漢江面含怒容，帶著輕蔑的態度說，「阿宛與你何干？用不著你這樣的關切——大寶，來，我告訴你一句話，請你以後不必常常光降——最好是永不上門……你上門也是白饒，我已吩咐過看門的，你一千回來，一千回的擋駕，一萬回來，一萬回擋駕。別了。」

---

❷ 鶻突：糊塗。

❸ 坩：音ㄍㄢ。盛物的陶器。

❹ 地母：地神。即地媪，也稱后土夫人。

他連連冷笑了幾聲，掉轉頭祇顧向前走。

魯男子乍聽了這一番侮辱他的話，羞得滿臉泛了紫色，倏的變成鐵青，奮然地追上去，抄過漢江的面前，攔住了去路。

「永不，」他抖聲地問，「永不上門，這是叔叔和我說的話嗎？為了什麼？」

「為什麼，你不知道嗎？——你不必問吧。總而言之，我不要你上我的門就完了。」

他立刻感到漢江的口氣和臉色越憤激了，知道硬挺是更糟，雖然悔恨和痛苦已渦旋般攪成了錐形的顛頂，直刺他的胸腔。他把手自按住了前心，在瀕絕的一星希望裏，試裝出酸性的溫藹。

「叔叔，」他用了哀懇的音調說，「你不是一向很喜歡我的嗎？我從小在你家裏混慣，直到現在還是個天真爛漫的小孩子。叔叔，你別聽了人家的挑唆，下這樣的辣手。或者你會後悔！」

「嗀了。後悔？決不。」

漢江堅決地說完這話，灑脫了魯男子自顧自的走了。

這不可挽救的創傷，魯男子在出門時再沒料到，在青天白日裏也再不會相信，但是，的確成了現實了。他澈悟到前天宛中分手時的依戀，昨夜的託病和代替，都不是偶然的事情。他澈悟到竹圃裏和宛中心心相印的密談，母親房中聽到紋姑撮合的消息，都是些夢幻。現在會面都被隔絕，婚姻益發絕望。他詫異前幾天還是很圓滿的，怎麼會突然的決裂？是誰的罪呢？他自己的魯莽嗎？那也怪他不得，叫他無從防備，宛中早諒解了他。別人有心破壞嗎？那破壞的是誰？為什麼要破壞？歸到命運嗎？命運又太空漠，沒有解說的可能。他一再的追求，到底得了一個結論：他還是禮防❺下十字架上的受釘者！

他蹣跚地似走不走的回轉朝西的腳尖，一點一點的向東拖去，他再不是憤激，完全是傾頹。他祇覺得生命的枝葉萎黃了，愛力的宇宙破碎了，他的靈和肉沉入了無邊的空虛，再沒有光，再沒有熱了。他不像昨夜一樣的需要哭，連哭的來源都掘斷了。他祇曉得這是最殘酷的活拆，今天的宛中就是昨天的雲鳳，活著的自己就是死去的小雄，和他倆走上了一條的絕路了。他才了解了小雄自殺的意義，是看透了一切生活都是苦趣，有感覺的身分就是大苦趣的承受器，要脫離大苦，祇有毀滅這個根本的苦器。

他想到這裏，忽然想去弔奠小雄。但他並不要去號哭，卻要去祈禱。他一路望東向著朱宅走，一路呢喃地默禱：

「啊！雄弟，你是我的先覺者！我再不願意受生活的蹂躪了。我懇求你冥冥中給我一剎那的神勇！」

❺ 禮防：禮法。舊說禮法可以禁亂，如堤防可以止水，故謂之禮防。

二十三　血泊

自從魯男子去弔小雄後，過了一個多月，差不多在小雄死後的五七裏。

那時雲鳳正落在襁褓式的軟牢，鬱悶得像獵人臂彎上金色的餓鷹，盼不到餌肉，天天斜睨著怒目。怒誰？世界上再沒人值得她的一怒。祇為她愛小雄，不得不怒小雄。

她為什麼怒他呢？

她被她姊姊夫婦已軟監了一個多月了。他們仗了紀群的威力，一搬進來，咄咄逼人的就住在她臥房間壁的內書室裏，不但把她的自由完全剝奪，連阿林和翠兒都不准出中門一步，蓀哥也管束得緊緊的，把內外消息隔絕得水泄不通。

在這樣重重壓迫之下，該挑起她充分的怒了。但是，她一點不怒他們，看做當然的事。她雖然認他們是自己生命裏的仇敵，她可了解他們也認自己做家族中的敗類，在敵人俘虜收容所裏，本不希望恩待。她惟一希望的，就是靠著自己永不屈伏的精神，掙扎在鐐銬般的環境裏，竟被她找到一條她姊姊偶疏防堵的出路，仍私求蓀哥替她遞了和小雄約會的字條兒，這是她失意裏的得意。

她看著這個字條，有偉大的效力，是掘通愛河天塹的鍬鑱。她相信小雄的心，和她一樣的心。估定他看到了這張字條，一定無視世間的一切羈靮，一切陷阱，不顧性命的會跳到她面前來會見她。她也毫沒計算到會見後他們該怎麼辦，衹覺得見面是她生命裏無上的目的。

誰知道呢？她的字條，竟像一片羽毛，拋入無底深潭，一些回響都沒有。固然小雄不見影子，並且蓀哥也絕跡。她一天一天的希望，她的希望一般隨著時光一天一天的消逝。她始而納悶，繼而失望，最後不覺激起了怒火。

她那時，一切都忘了。整個心，衹有一個思想：要見小雄；衹有一個信仰：小雄必來。然而小雄偏不給她見，然而小雄永久不來，這全出她的意外！小雄是她的意中人，突然脫出她的意外，怎叫她不怒小雄呢？

一天，已是次年元旦的早晨。這樣嶄新的晨光，一大半人都為了上夜歡樂或煩擾的過年後，都虛度在疲倦的渴睡裏。

那時，雲鳳臥房裏，床前梳妝臺上，一般也高燒著一對猩紅鏤花守歲的宮燭，中間供起了裝滿細巧糖果的戧金❶宣瓷❷九子盤，燭盤上各插著一股安息名香❸，這大概都是儀鳳友愛的撫慰，特地替她安排的。

但是，她並不和大家一樣的酣睡，獨自仰躺在那張細工雕鏤著獼猴偷蟠桃故事的掛絡花梨床❹上，

❶ 戧金：也作「鎗金」。漆器上雕刻圖案，填嵌赤金。戧，同「鎗」。音ㄑㄧㄤ。填充。在器物上填嵌金銀飾物。
❷ 宣瓷：明宣德間以營造所丞在江西景德鎮專督工匠造瓷，稱宣德窯，簡稱宣窯，為著名官窯。
❸ 安息名香：產於印尼、越南等地的一種落葉喬木，其樹脂乾燥後呈紅棕色，半透明狀，稱安息香。
❹ 掛絡花梨床：掛，原本作「褂」，據七〈明珠〉改。

張著一頂貓兒戲蝶圖案楊妃色的縐紗帳❺，一邊垂垂地放著，卻把銀鉤鉤起了半邊。

她披著滿頭蓬鬆拋散了的鬌髮，她的兩顴，彷彿被爐火燒炙得通紅，她睜大的眼睛，再不是活動的含波，成了嵌定的帶雨玻璃，祇賸中央兩顆迷糊的小圓黑點裏，迸出兩道溼淥淥的慘光，注定帳頂，好像要把滿腔鬱怒的焦點，集中了透過帳外，毀滅所見的一切。

她凝視了半天，倏地使一個虎勢直坐起來，忘了春曉的沍寒，也不披衣，光穿了一件佛蘭絨小衫，就手在衣袋裏摸出一個鑰匙，轉身斜靠出帳外，伸出顫動的左臂，想去開妝臺靠床的一只抽屜。說也可憐！她拿著一個搖搖不定的鑰匙，再也對不準鎖孔。終於焦躁得氣急敗壞，歪倒下去頭倚在床欄上，喘吁吁的喊道：

「阿林！阿林！來！」

「噢！來了。」

應著這話時，一個浮現著悲鬱而露骨了從前圓臉的阿林，一壁連連咳著，一壁赤了腳，趿❻了鞋，在床後小鋪上，匆匆地邁到床前，露出微微驚慌的眼望著雲鳳。

「什麼事？臉變得這麼難看！沒睡嗎？啊喲！棉襖都不披一件，不怕凍壞。」

「你不要管我！你替我開靠床的抽屜，把裏面一只日本漆文具盒拿給我。」

她無力地扔給她一個鑰匙。阿林接了，不懂得，也不敢反抗，祇好依她的吩咐，捧出一個墨漆金

---

❺ 縐紗帳：七〈明珠〉作「輕紗帳」。

❻ 趿：音ㄊㄚ。腳後跟踩著布鞋後幫行走。

花一尺長七八寸闊的匣子，送到床邊上湊在雲鳳面前。

當阿林在裏床拖著一件紫丁香色的綢小襖硬給她披上時，她已用力撐了起來，盤腿坐著，把那匣兒擱在腿窩裏。她開了匣，劈手就拿出一把牙柄泥金面三十二方的小摺扇，是小雄送給她的紀念品。扇面是小雄恭楷寫滿的朱竹垞〈風懷詩〉❼二百韻，扇骨是他的朋友于筱仙一面鐫著比蠅腳還小的宋玉〈神女賦〉❽，一面是仿賦意的工筆人物畫。這原是很珍貴的贈物。她一展開來，眼裏便止不住索索地掉下淚滴，兩隻痙攣的手把住了扇柄，狠狠地原想撕。但是撕還不彀消她的怒，忽然一手在枕頭下摸著一支散髻上滑下的金簪，把來當做尖刀，咬緊銀牙衹望扇面上末行署名地方「小雄」兩個字上，好像抓了仇人的胸一樣，橫七豎八的亂刺，刺得糜爛，洞穿，不留一絲字腳，然後往外一撩，拍的一聲，落在床前地坪上，把阿林倒嚇怔了。

隨手又拉出一疊把紅綠絨線十字形縛著的信札，把纖指套在線裏衹一扯都綳斷了。抽出面上的第一封信，當然是他們初戀時最溫甜的前奏曲。她這回可不用金簪來刺，她倒像猛鷙的捕雞，一抓到就團在爪裏，送到口中，不顧命的咬嚼，嚼碎小雄的手跡，不啻嚼碎了他的全身。她正想再取第二封時，卻被呆看了半天的阿林，忽地驚醒似的撲上去揿住了她的手。

❼ 朱竹垞風懷詩：朱彝尊，字錫鬯，號竹垞。清初文學家。通經史，善詩詞古文。所作長篇敘事詩〈風懷二百韻〉，寫其與小姨馮氏有情無緣的情事。民國初南社作家姚鵷雛將此詩演繹成哀情小說《燕蹴箏弦記》。

❽ 宋玉神女賦：宋玉，戰國楚人。或說為屈原的弟子，長於辭賦。所作〈神女賦〉，寫楚襄王與宋玉遊雲夢澤，夜間夢見巫山神女事。

「小姐，」阿林喊著說，「你瘋了。這匣子裏都是朱少爺給你的東西。你愛著他，怎麼今天……」

「誰說我愛他？」雲鳳急迫地搶著說，「我恨他！我恨他直到死！」

「啊喲！小姐，你不該恨他！你為什麼恨他呢？你說明了才許你這樣做。」

「我恨小雄，我並且恨世間一切的男子。男子都是自私的，卑怯的，欺騙的，殘酷的，是吞噬我們女子的惡貓，我們女子都是牠們鉤爪下蹴踏的小鼠。什麼叫做愛？不過在被捕捉後，未咬死前，趁高興要享樂我們弱者婉轉的姿態，忽擒忽縱，打一下，揉一揉，饜足牠們一剎那獸性的戲耍。我從今天不願再做愚傻的小鼠了。」

「呀！這……」

「你不信嗎？看嚇，小雄總算愛我，我也一向相信他愛我。所以被社會輕蔑，我情願，被闔族驅逐，我忍受，被最嚴厲的伯父逼迫，我抵抗，被最賢惠的姊姊監守，我聽憑；祇要得到他的愛，我什麼都不顧。我是這樣地做了。他呢？一聽見紀群回南，連腳跡也不敢印上我的門限。從彼此隔絕後，我犯了天羅地網，寫信約他來。論理，刀擱在頸上他也該拚，況也沒那麼險，至多，受些看守人的氣吧了。他如蓄心的衝，誰能攔阻？他可怕碰傷他公子哥兒的尊榮，任憑我盼得要死，直到如今，一理也不理。我真想像不出男子的心是怎麼生的。我一向認戀愛是男女間交互自我的施捨，一經戀愛，自我便不該存在；戀愛的真諦，不是幸福，是犧牲。現在才澈悟肯犧牲的祇有女子；男子祇知道享樂，遇到緊急時，還是表現他的優越，保持他的利益，毫釐絲忽都不肯替所愛者犧牲，我透視了男子自私的骨髓了。」

「咳！」阿林不忍聽似的喊，「那個太……」

「你不要驚詫。」雲鳳激昂地接說，「我現在明白戀愛祗是男女交相欺騙的別名，毫沒別的意義。欺騙的藝術相等同，戀愛便能維持均衡，一有低昂，立見優勝劣敗，若不會欺騙，決定滅亡，我的自身，就是一個好例證。我不是為了已定婚的小雄，替他守片面不嫁的貞操，死力反抗紀群伯伯的主張直到現在嗎？在我以為這是超人的戀愛觀。呸！全錯誤了。我簡直油蒙了心，沒拆穿戀愛的戲法，被人騙上了死路了。若不是騙，小雄定婚的時候，他何嘗不可同我一般勇敢地向他父親死抗？既馴順地默受，偏要貓哭老鼠假慈悲，死啊活的在我面前作態，誘惑得我一顆軟弱易感的心，不自持的把我寶貴的一生，拋在不忠的情人手裏，握著我沒交換守貞的誓願，其實，在那時，小雄何嘗真戀愛我？何嘗真不願定婚？不過獲到了那個，又不肯放這個，玩著一般男子得隴望蜀❾的欺騙手段，現在曉得了蜀道難通，索性把我同瓦礫般拋棄了。哎！阿林，我和你都是不會欺騙，受了戀愛摧殘的苦女子！」

阿林聽到這裏，很發急的差不多忍不住她心中隱藏著的秘密，緊拉了她女主人的手，衝口而出地道：

「小姐，我不願你說得這樣狠毒，雖然我是個不信任男子愛情的人。你若再這麼的怪怨朱少爺，我要告訴你……」

「你要告訴我什麼？怎麼說著又不說了！」

---

❾ 得隴望蜀：漢光武帝劉秀與岑彭書：「人苦不知足，既平隴，復望蜀。」後以得隴望蜀泛指人貪心不足。這裏寫人的貪心，更痴更甚。

「我要告訴你……」阿林呆看著雲鳳頓了一頓，立刻轉變了話頭說，「我要告訴你我們宛小姐和魯少爺的事也鬧糟了。」

「怎麼鬧糟？難道魯少爺也和小雄一樣另定了親嗎？」

「不。聽說魯少爺不知受了誰的暗算，在齊老爺面前說了他壞話，不許上門已經一月多了。小姐是知道的，宛小姐的性情是多心思沒開豁的，斷了她從小親兄妹一般的好伴，心裏當然難過，但還沒有聽見甚響動。倒是魯少爺在家裏，飯也不喫，覺也不睡，鬧得家宅倒翻。在先，紋小姐本在替他們說媒，說來說去，齊家反抬出慧小姐來搪塞，把紋小姐氣得下鄉去了。弄得魯老爺走投無路，四處找人去說，毫無效果。新近又挽出汪露汀去懇求。我不相信這個壞蛋會做成好事，宛小姐和魯少爺的愛戀，祇怕一般的沒結局。但我料宛小姐決不會埋怨魯少爺……」

「呃吔！你怎把宛小姐來比我？她何曾受魯少爺的蹂躪！」

雲鳳說著這話，和朝霞一般的臉上，又罩上一層更深的羞紅。倏的伸手到文具匣裏，抽出一個上面打著同心結的紅綢長方包兒，擲到阿林靠近的褥子上。

「你解開來瞧一瞧。」她恨恨地說。

阿林慢慢先解了結，再打開包來。祇見裏邊包著一張小雄的半身相片，那相片底下，卻襯著一方白小紡的手帕，帕上灑落著一簇斑斑點點彷彿紫羅蘭不等形的花瓣。她看得呆了，不明白叫她瞧的是什麼。

「這是朱少爺的小照，」阿林望著雲鳳的臉色，疑惑地問，「那帕子是什麼東西？」

「痴丫頭，」雲鳳忸怩地現出苦笑說，「這便是天給我們女子身體上造成一個男子們沒有的弱點。男子們的戀愛是永找不到痕跡的。我們女子在處女時代就辦不到。就像這個帕子，表面上好像很可寶的證明愛戀破題兒的紀念品，其實，便是我們一生不可填補的缺陷。如果我們不情願被人輕蔑這缺陷，那我們自然地做了這缺陷的俘虜。男子們利用這個弱點，來屈伏和占領我們。愚傻如我，當我魅惑地收藏那個時，原認做小雄情焰幻化的火色，現在可明瞭是他任性斬割的傷痕。我因此恨小雄的誘惑，我也因此恨小雄的殘酷，但我決不甘受這殘酷的蹂躪。我想……」

她一壁火辣辣發狂似的講，一壁想在阿林手中搶回那帕兒來洩憤，瞥眼忽見匣子角裏，在抽出綢包時，找到了一個用綿紙密封著蓋縫、高不滿寸、圓筒形的小銀盒。她頓斷了話機，觸電似的注視了一忽，疾忙握在手裏，變白了臉色，顫聲喊道：

「咦！這個煙膏盒……唔！我悔不當初依了他話，大家一起喝了倒乾淨得多！」

「小姐，」阿林驚詫地問，「說的是什麼？」

「我說，」她眼光沒離開手裏的銀盒說，「這是一盒不曉得攙著什麼毒藥的鴉片膏，就是小雄定婚後我們一淘遊彳山回來的第二天，他下死勁地帶了這毒膏來。我雖到底斷不定他這些激昂的動作真和假，但在那當兒，我相信他正在恐慌著無名義的愛戀不長久，一鼓作氣地奔進來，要求我同喝這毒膏。他確認死能永留著愛。我疑心他的思想有些熱狂，還是守著我得樂且樂的主張，沒有立地回答他的話。他怒了，舉起銀盒來想獨自喝。正要去揭那蓋子的封紙時，被我劈手奪下，藏在這抽屜中匣子角裏直到如今。要不是今天翻騰，早把它忘了。——唉！終究為這件事感動了我，給他跪在當天起了永不嫁人的誓願！」

她說到這裏，忽地全身振動了一下，好像心上觸著一個非常的念頭，下意識地把握著銀盒的手徐徐放落，轉過臉向著帳外的窗，凝定的瞳孔裏，衝出兩股不可遏抑的火爆，向目的地注射。她嘴裏似悶雷般鳴動的自語：

「後悔什麼？還來得及。——現在，還有什麼顧忌？……他不來，我就找上門……同他逼我一樣的逼他一塊兒喝了……省得我獨自痛苦，省得他再欺騙別人！……好！就這麼去拚一拚。」

立刻，她的神情全變了。鬱悶炸開了霧圍幻成勇猛，也不知道從那裏迸出來的魔力，指揮她迅奮的兩手，收羅了放在被褥上的信札，相片，綢帕，落霤似的塞進方匣，關好，伸出半身，放進抽屜，自己鎖上，回身把被窩一掀，要跳下床來。

這樣意外的舉動，把一個又病又弱的阿林嚇得全沒主意，祇得張開兩臂，和身滾到床上，沒命的抱住。喊道：

「這是使不得的！」她喊，「這是使不得的！」

呀的一聲，那扇通內書房的鏡門開了。儀鳳打扮得煥然一新的靚妝艷服，端嚴地一個塗滿了粉的大圓臉出現在門邊。第一步邁進房來，老遠的喊著：

「你們大呼小叫的鬧什麼？——雲妹你也太懶了，這時還沒離床！」

「可不是！」雲鳳疾忙推開阿林，很神速地裝成滿臉笑容遮蓋了憤氣，嬌憨似的說，「我早就要起來，都是這痴丫頭發瘋般和我呵癢，給她拖住了。姊姊，你瞧她，多頑皮！」

阿林莫名其妙的衹好退立到床柱邊，心裏暗暗叫苦。

恰好儀鳳已到了她床面前，隨手替她掛起帳子，就斜坐在床沿上。

「想不到阿林倒是個有忠心的，」她笑著說，「她和你鬧是要逗你快活。你本來太不會尋快樂了。今天，快活開了頭，我祝頌你一輩子的快樂！」

「謝謝姊姊的祝頌，」雲鳳一邊穿著衣褲，一邊低了頭含羞的說，「我原想告訴你一句話。我現在什麼都想過來了。從前完全受了人家的騙，自討苦喫。從今我不再執迷來反抗姊姊和紀群伯的好意了。但是，姊姊也要替我設想，這是我一生的大事。我想，趁今天元旦，到城隍廟裏去燒一炷香，一則求菩薩消災，二則求一當籤，卜卜我的終身。這一點，姊姊總肯許我的吧？」

雲鳳說著這一套話時，在儀鳳也感受她變得太快，有些驚異。但女兒家心情，最易受環境的軟化，也許說的是真。她也明知如許她去燒香，定要經過小雄家門口，小雄的事就瞞不住了。她卻另有一個想頭，與其遮遮掩掩的終要洩漏，索性爽爽快快的讓它揭破，給她一個死心塌地。至多哭鬧一場，自然會碰壁轉彎，這倒是個斬截辦法。

「你既然想明白，」她毫不遲疑地答，「那再好沒有了。燒香，求籤，都是應該的事，我怎好不許？你快起來，叫阿林給你梳洗，我來叫翠兒到外邊去備轎。」

當她一疊連聲在下廂房裏叫出翠兒當面吩咐招呼男僕去叫轎夫時，雲鳳已跨下床來，走到她化妝室的後間。衹把阿林急得眼睛骨靈淥的亂轉，心突突地跳，想跟進去勸，又被儀鳳先占坐在鏡臺的橫頭，和她妹子七搭八搭的講。阿林衹好納著頭，照常的去舀水，梳頭，一直伺候到穿衣，易履，打扮得齊全，出去上轎。她要跟去，偏偏儀鳳作主派了翠兒，她眼睜睜看著她可憐的女主人脫了久錮的樊籠去踏上不測的危機，不能說一句話。

「啊呀！那門上掛的是什麼？」

「喪麻。」

「啊!?啊!?死的是誰？」

「朱少爺。」

「什麼？什麼？朱什麼？」

「朱雄伯的少爺朱小雄。」

「你說的……真？……幾時害病？……害的什麼病？」

「不，吞生煙，死了一個多月了。死的好慘！打滾了一夜，叫喚了千萬聲。死後，一張嘴張得像喇叭一樣開，喉嚨燒得像黑煙囪，一直看到肚裏，白嫩的臉怕得像鬼怪，入殮時，我們都親眼見的。」

「吭！吭！為了……吭！為了什麼死的？」

「唉！滿亻城人誰不曉得朱少爺為了……我們不敢說……小姐果真一點不知道嗎？小姐該可憐他為了臨死還叫喚的人在小姐家裏受了彎巴子二爺們的一頓毒打❿。他跳河死不了，到底喝了一大缸烏

❿ 小姐該可憐他句：此句文字疑有誤。

煙膏。」

這些帶著哭聲的問和含著憤氣的答，是在新春一片靜寂晨光裏，從百一街轉彎一條東上落西行人稀少的橫街上。兩個轎夫抬了一頂網頂排穗四角流蘇的翠藍呢轎，轎後跟著一個垂辮丫鬟，徐徐地走近朱宅門口；問話的不用說是轎裏坐著的雲鳳，答話的是在前肩的一個投靠湯家的老轎班。

雲鳳本是打定主意，要去找小雄逼他同死。在收拾文具匣時，趁慌亂間阿林不注意已將那毒膏盒偷藏在口袋裏。後來又在儀鳳前好容易壓住真情，假裝悔悟，推說燒香騙出了大門。她在轎子裏，眼巴巴祇盼到小雄家門口。她再想不到離著他家還有一箭之地，早望見緊關著六扇竹絲墻門的門額左簷下，在風中飄漾著一片小小的麻旛。她這一驚，把一顆心好像一塊火炭掉下冰缸，察的一響全體散化了冷沫。她勉強斷續地和轎夫問答了幾句，聽到最後的話，再也把持不住情感的爆發。

她不能哭，也不能喊。這冷不防的兜頭一鎚，打得她神昏腦悶，來不及攢聚思想。驚奇，悲痛，懊悔，憤恨，還夾雜些苦味的自傲，種種情緒全在混亂裏翻滾，連自己也摸不清。第一個衝動，她要跳下轎來，撲進小雄家裏，死在他靈前，但一片模糊中，她覺得轎子已走過了朱家大門了。她機械地在她裏衣袋底掏出那毒銀盒，揭開了封蓋，祇待往嘴就送，想死在轎裏。倏地眼前浮動著相片，綢包，一堆紀念品，祇膹得這點子生活的殘留，她捨不得死後離了她懷抱，她於是就想死在家裏。

「我要回去！我該回家！」她忽然在轎裏亂頓著腳不住的喊。

「小姐不去燒香嗎？」轎夫問。

「回去！快回去！」

兩個轎夫都停了腳，翠兒也驚慌似的攏到轎邊來。

「小姐病了嗎？」

「你們為什麼不抬我回去！」

她這樣亂跳亂鬧的祇喊著回去，大家覺得她神情有些異常，怕真發了怪病，祇得掉轉路頭，匆忙重向著百一街走。

阿林自從看雲鳳出了臥房，隨後儀鳳也出門拜年去了。她獨自在房裏，下意識地彷彿有天崩地塌的奇禍壓迫到她頭上，再也坐立不穩，倒成了做過虧心事的人們一般，被鳥爪的雷公一把抓的提到了大廳，祇在廳上來往的打磨盤。

大門豁然推開，一乘轎子如飛的進來。阿林認得是雲鳳的轎子，心裏喫了一嚇，三腳兩步的奔上去。

「小姐，」她喊，「怎麼？……」

轎一落地，她第一個撲到轎前，打起轎簾兒一望。祇見雲鳳半身斜靠著，眼睛直瞪瞪地發出異樣的虹彩，臉兒似醉了酒一般的赤，兩瓣嘴唇好像碾破了的葡萄，微微地顫動，四肢慵懶地祇當橫在床上一動也不動。她一個人扶不起來，恰好翠兒也趕到。

「怎麼小姐變成這樣兒？」阿林慌張地問，「燒過香沒有？」

「誰燒香？一到朱家門口就變了。口口聲聲吵著回來，祇怕這事有些蹊蹺。」

翠兒說著，眼睛祇瞟那老轎夫。那老轎夫也驚呆了，祇顧抽去轎槓的橫檔。阿林走進槓中間和翠兒把雲鳳抱了出來。兩個人把她半抱半拖的好容易挨到了臥房，急速卸去出門的衣飾，平放在床上。

她一睡到床上，臉色雖越變了紺⓫青，神氣倒清醒些，張開已枯竭了淚珠的眼，釘在阿林身上，悽迷地說：

「好，你們瞞得我好！害我昧了良心罵雄哥。現在我全明白了。你該替我喜歡！雄哥到底還是我的。——我這才覺悟死真能永留著愛！死就是愛，愛祇有死！」

「小姐，你做什麼？傷心呢？還是病？」

她搖著頭，一隻痙攣的手在衣袋裏掏出一個鑰匙遞給阿林。

「我要文具匣裏的東西。快拿給我。」

阿林正開了抽屜拿那匣子放到床上時，旁邊翠兒和跟進來看的老媽，都驚怕地叫喚起來：

「啊呀！不對！小姐的臉色一刻比一刻不像了！你們瞧，鼻子搧動，嘴角在那裏抽搐，祇怕喫了什麼東西吧！」

「哦！」阿林開著匣蓋變了色說，「可不是，一個銀煙膏盒呢？你們快些打發人去找大小姐回來，叫蓀哥去請醫生！」

翠兒和大家一鬨的走了。這裏雲鳳一個睡不穩的頭滾到枕下，皺了眉，咬著牙，一把抓到了匣裏小雄的相片，自語道：

⓫ 紺：天青色，深紅透青之色。

「雄哥！誰也奪不了你去。我願你安穩地躺在我心上。」

一陣毒箭的死風，直透入她玉雪般的酥胸，痛得她蜷曲起雙腿成了弓形。

「喔唷唷！痛！——阿林，給我那綢帕，那是我貞白的愛花，我不願留它在這盲目的人間。」

她抖聲地喊著，搶過阿林手裏的帕子和信札，伸不開手指的兩手，死命撕著胸前的衣扣。等到阿林帶哭帶叫地替她解開，她模糊地把相片和綢帕亂塞在貼胸的粉荷色兜肚裏，又把一疊信札插進裏衣的袋底。

「好了。」她差不多不成聲的嘶喚，「完了。我的……好阿林，你看守著……這些，直到……我棺材……」

話沒說了，忽地兩足亂蹬，半個身體橫滾到外床來，嚇得阿林喊不出聲，疾忙抱在膝上。

「喂！雄哥，」她慘笑地望著空說，「我來了。」

立刻，她舉起一條裸臂向外一抬，拍的一聲落下一個空銀盒在地板上。

「呀！」阿林凝視了驚喊，「毒煙膏！」

她回過臉來，突然見雲鳳袒露的上半身，從腋窩到胸口，沒一處肌肉不在那裏跳動，兩手祇在錦被上亂爬，可怕的翻滾再也按捺不住，啞聲的慘叫了幾下，就不動了。但是，口，鼻，耳，都湧出血浪來，一個豐艷鉛白的嬌面，沉浸在鮮紅的血泊裏，越顯得不可掩蓋的奇慘。

阿林驚怖得把雙手遮了眼，放聲的悲號道：

「阿喲喲！小姐！戀愛殺了你！可呪詛的戀愛！惡魔的戀愛！」

二十四　秘　密

又是一年春氣萌動的二月裏，流光冷酷的急浪，一年一年地侵蝕人生的崖岸，把凝固的現實，逐漸幻化了不可捕捉、不成片段的遠影。小雄和雲鳳雙雙慘死的一折悲劇，差不多已成了民眾傳說的故事，便是魯男子無益的奮鬥，也屈伏在環境和感情之下，沒法再守宛中，新近由父母之命，媒妁之言，另定了婚姻。一切一切的人事都變動了。祇有一輪欲沉未沉的落日，在一片萌芽初放黃裏帶嫩綠色的曠野上，返照出那座古堡式的獨宅基，依然傲視萬有，絲毫沒改變八年前❶頑強的態度。

那座獨宅基，就是齊市齊仞千的老宅，是魯男子和宛中初戀的發祥地。那一天，那高墻的宅基裏，從東西兩巷門起直到大墻門和街對面的客廳，都掛著燈，結著綵，蕭鼓喧闐，親朋絡繹，正在那裏舉行紋姑出閣的大典。

魯男子當然也是親朋中的一個。他因為近來家庭多故，奉了祖母和父親的命，代表全家，下鄉賀喜。由不得他百不高興，祇得硬著頭皮，重臨這觸景傷情的舊地。他那時年紀，雖然纔交十七歲，但心靈迭遭摧折，清瘦的臉龐上，常籠著一層憂鬱的陰翳。他明知這回紋姑的喜事，宛中一定先來，隔

❶　八年前：指一〈白鴿〉中所敘魯男子童年下鄉與齊宛中嬉戲之時。

絕了一年多的愛伴，有一見顏色的機會。可是這個機會，他再不敢希望，反有些害怕，害怕這突然接觸的劇痛，害怕這良心上的燒炙。他覺得一生溫柔的好夢，已被運神打得粉碎了，一年來顛狂的熱浪，也被慈愛之風鎮定了。現在殘留的，祇有失望，悔恨，愧赧，縱使這破壞好事的根原，全在宛中方面，然宛中自身畢竟是無罪的。他自己沒有反抗到底的勇氣，辜負了她「全在你」的一句約言，他才是真正宛中的罪人呢。

所以他那天中午一到齊市，心靈上就起了兩個矛盾的潮流，在直覺上不免時時蠢動著重遇宛中的欲求，在理智上卻絕對要逃避這無上的痛苦。終於理智戰勝了直覺，在兩三個鐘頭裏，他祇消磨在老宅對面他祖舅彻千春讀書冬收租的三間廳裏。那裏是彻千招待賀客的所在，漢江也在忙著張羅城裏下去的親友，如朱雄伯，汪鷺汀一班熟人，湊著一桌彳城特殊的牌戲，叫做花和，五子，不同，合巧，各種名色，很熱鬧的叫喚著此喫彼碰。他獨和祖舅在靠東窗一張大京磚面的方臺上，下著圍棋，大家都安靜地等候乾宅❷的迎親船到。他也不敢到老宅裏去亂闖，祇當初到時，在一片亂礫的殘基上，朝西的——從前和宛中姊妹戲擲「紅樓夢圖」的——那三間平屋裏，給綺姑和宛中的母親顧氏道了一個喜。他瞥眼望見廣場上的石條磴和屋裏的屏門，那八年前的一夜，話別鬧鬼的影像，像浮雕般凸現在腦膜上，已把他全體的神經彷彿上了絞盤一樣的緊張，弄得面紅心跳。幸虧宛中也有心避他，躲在後堂樓上，拉慧中一淘陪伴紋姑，總算在大團圓中沒有合演難堪的悲劇。

❷ 乾宅：《易・繫辭上》：「乾道成男，坤道成女。」舊時婚禮，男家稱乾宅，女家稱坤宅。

他正苦思焦慮，眼注定棋盤，要找尋一著劫子，想救活整片的死棋。

「大寶，」仞千微笑說，「你白費了。你全盤的勝勢，可惜在喫緊關頭，自不小心，祇錯了一著。現在是來不及了。」

這一句仞千無心的話，但在魯男子簡直是鑽心的一刺，刺得他神魂飄蕩。他的眼前，突現了宛中垂髫❸的妙影，一雙斜睨的媚眼，在那裏叫他，一隻粉嫩的小手，在那裏拉他，彷彿重踏上童年觀棋的樂土。徒然仞千不斷地指導他錯著的原因，一字也沒入耳，倒被中間賭牌桌上飄來幾句漢江和汪鷺汀的閒談，把他驚醒：

「鷺汀，」漢江笑著說，「你真不是個好人！你幹的事太巧了，一瞞就瞞了我八九年。」

「啊？」鷺汀怔了一怔問道：「我瞞了你什麼事？」

「你別裝傻了。秦婆子的阿林，不是還給你弄回家去？」

「你們說的是那一個阿林？」雄伯插嘴說，「是雲鳳的丫鬟嗎？我知道雲鳳死後，為了她有病，被儀鳳打發了。怎麼你弄了去？」

「可不是，」鷺汀又說，「總算我倒霉。誰知道呢？倒弄了一個癆病鬼，脾氣又壞。進門沒多時，死活鬧著回娘家。我祇好閉著眼憑她去幹。」

魯男子再想不到阿林會仍落到汪鷺汀的手裏。突然聽到這個消息，又給他劈頭打個焦雷。立時氣

---

❸ 垂髫：古時兒童不束髮，頭髮下垂。髫，兒童垂下的頭髮。

得他滿心混亂，不曉得對於這事是什麼感覺，也辨不清對於阿林是何種情感，也聽不明白以後他們說的是何等的話；但覺得這一堆給他不幸人的面前，他再也存身不住。他祇想往外跑。他祇想一步跨到阿林的家裏。他趁著仞千站起身去拿旱煙袋裝煙散步的時候，把棋枰一推，溜出廳來，經過鴿棚，跨出大門，飛也似的跑出西巷門去。

在一片薔薇色返照的霞光裏，他催著步向田岸上奔跑，地上顫動著一個瘦長的黑影也在後緊緊的追。他忽地回過頭來，原想尋覓樹蔭裏秦婆子的幾間田舍，卻被他望見了自己的影子，心裏勃的一跳，下意識地起了一種不可言喻的悽涼。他的面前，再沒有火睛雪羽的雙鴿，引誘他前進的目的物，他的背後，也沒有鶯歌滴溜，嘶喚著哥哥的親暱聲；祇賸了個孤孤單單迷失了靈魂的弱影，或許高墻裏的樓頭，還深藏著一個滿懷怨恨的傷心人。他想到這裏，全慵懶了他舉步的勇力，祇覺得一步步走在迷茫的雲端裏。

魯男子傾斜地拖著彷彿支不住全體的雙腿，祇顧往前邁。沒多時，已走到了那方形的晒麥場上。他來此的目的，原為了聽見汪鷺汀說阿林回到娘家的話，所以特地趕來探訪。滿指望失意相逢，彼此一傾心腹，一來安慰她病人多年無告的苦悶，二來細問雲鳳當年的死狀，還冀希探到些宛中最近的情態。誰知一抬頭，向南望去，那三間亂磚冷疊墻的草屋，蘆窗和板門都關得緊騰騰地，一個人影也沒有。他不禁大失所望，含胡地猜測，一定都到齊家幫忙去了。正怨恨運神相待太苛，連這一點小小的慰情，還要從中作梗，把一絲燼餘的心焰直冷到零度以下。恰待轉身回步，忽聽東首溪邊，楊柳蔭中，一陣軟軟的晚風裏吹來一些微細的唏噓聲。他不覺喫了一驚，回頭向東望去，祇見臨著溪流那棵倒偃楊柳蟠曲的老根上，露出一角紺碧色狹鑽邊的絲絨衫衩。他疾忙跨上幾步，伸首再張，雖然還祇看見低垂了頭鴉雲❹下襯出羊脂玉一般的後頸，早認清確是生分了一年零兩月現在欲見而又怕見的愛伴齊宛中。這突兀的奇遇，頓使他心上起了狂亂，好似聖堂的合鳴鐘，無秩序的在胸腔裏亂撞。機械地想直衝出去，跪倒在她腳邊，哭訴蘊積的悲痛，直認新近被屈伏的罪狀。忽然又轉一念，縮住了腳。

「這中什麼用呢？」他自忖道，「我要對得住她，除非學小雄的榜樣，去自殺在她腳邊，否則憑你怎樣真摯，怎樣熱烈，結果全是欺騙的作態。她決不會信你，就算她信你，難道在這種莫可補贖時，你還忍心欺騙她嗎？」

他心裏祇管這麼想，身子卻不肯離開，又怕被她看見，徐徐躲到那草屋東墻腳下，一叢常綠灌木後，在密葉罅中，蹲著身偷覷，這才湧現了宛中的全身。

她的面龐，比到在望海亭遇見時還要憔悴。她的雙眉，蹙得眉心裏深深印了三道褶痕。她還坐在從前並坐的那個原位。她的左膝上放著那火睛的白鴿，但祇賸了一隻。她的左手，輕輕撫住了鴿背。她右肩斜靠在樹身。右手握著一塊帕子，搵著不斷的珠淚，兩眼悽迷地凝視膝上的鴿子。喉中斷續的打著極微的噎聲。

魯男子悄悄地痴望了半晌，沒聽見她說一句話。但在這一種酸化的沉寂下，她的容止裏，哽咽裏，

❹ 鴉雲：指高聳的黑髮。婦女髮髻，舊稱鴉髻，也稱雲髻。

眼光和淚痕裏，漲溢著女性難吐的隱痛。她纖掌下馴伏著那鴿兒，側著頭斜睨河灘上還有幾對晚浴的同伴，嘴裏倒古古地好像對她發出同情的哀訴。

看到這裏，魯男子祇感覺到她這樣的痛苦，全是自己怯懦的贈予，再也沒有理智，強制得住感情的橫決，他忘了一切，在樹叢下鑽了出來，一壁全身似害瘧般打戰，一壁嘶喘著向宛中處奔去，嗚咽著喊道：

「宛妹，我……」

這一句不成意義的呼喚，頓使宛中意外喫驚，回過頭來看了他一眼，臉色變得似紙一般白，狠命把手裏的鴿子望灘邊一摔，疾忙轉身就跑。

魯男子在後不捨地追，帶著哀懇的聲調斷續地喊：

「宛妹，等一等，聽我一句話。」

祇見她已跨上了長田岸，忽遠遠地望見一個老婆子迎上來。

「嚇！」她歡呼著，「小姐倒在這裏。家裏祭祖，正到處找你呢。」

她睬也不睬，越過婆子，祇顧加緊腳步往前飛進。漸漸地越走越遠，祇賸一點縹緲的妙影，如幻夢般消失在暮雲重疊的高墻裏，把一個凝望的魯男子失了知覺似的釘住在廣場角上。

「咦！」那婆子拍著魯男子的肩喊著，「少爺也在這裏。哈哈！怪道小姐會來，阿彌陀佛！你們到底見著面了。」

魯男子驚醒過來，才認清來的就是秦婆子。

「見著面，」他不覺脫口的說，「講不上一句話，有什麼用處？」

他忽又驚異地問：

「我們見不見，關你什麼事，倒念起佛號來？」

「你倆的事，」她微笑地說，「阿林全告訴我了。咳！你倆既從小要好，怎麼你又別定了親？今天小姐不和你講話，祇怕在那裏恨你。」

「阿林真在這裏嗎？現在人呢？我是特地為了找她來的。」

「再不要提，她才是苦命人呢。她躲到城裏七八年❺，換了兩個主子，倒弄成了一身的病，結果還被人家霸占了去，小性命祇怕活不長了。承少爺的好意記掛著她，祇可惜來遲了一步，前兩天已被天殺的汪鷺汀逼回家去。」

「唉！我直這般的緣慳！媽媽，你知道她也恨我嗎？」

「她怎麼會恨你？她倒自恨命薄，連累了你和宛小姐。」

「怎麼？」魯男子詫異地問。「她怎會連累到我們？」

那時，秦婆子枯皺得成了縫的眼眶，忽泛微紅，也擠出一些淚滴，顫聲地說：

「這個秘密，大概少爺至今還蒙在鼓裏，便是阿林也是這趟回家才得知了轉告給我的。總而言之，都是那十惡不赦的汪鷺汀鬧的鬼把戲；不但阿林一輩子給他糟塌了，就是你和宛小姐的婚姻，也是他

❺ 七八年：指阿林入魯府為僕的時間。

從中破壞。」

魯男子被這一句意外的話，頓時提醒了那年雪後和宛中在廊闌上最後的私語，又想到次日途遇漢江突然的警告；這一段好事中變的過程，本是個猜不透的啞謎；他感動得心底裏發掘了奇蹟似的忙問道：

「啊！我們的婚姻，也是他破壞的嗎？真嗎？」

「千真萬真！少爺該記得有一個早晨，你闖到宛小姐的床面前，認錯了人，鬧了一場笑話嗎？那個人，你知道是誰？」

「誰？」

「就是汪鷺汀的姨娘，也就是他打斷你倆婚事的陰謀。不曉他從那裏探到你們兄妹向來的親密，他在漢爺面前挑撥你們的是非，漢爺先原不信，他把人言可畏，家聲要緊種種話來恐嚇。而且，他的姨娘，本來常去趨奉的。他就獻了這條李代桃僵❻的毒計，有意叫他姨娘留宿。漢爺聽了他的話，竟逼著宛小姐讓了床，你又無心踏上他的機括❼，便構成了那不可挽救的變局。」

「奇怪！他為什麼要破壞我們呢？」

「他全為了阿林。從那年解決了李根大強占溪河的事，把阿林寄頓在宛小姐身邊，大家差不多把

---

❻ 李代桃僵：古樂府〈雞鳴高樹顛〉：「桃生露井上，李樹生桃旁。蟲來齧桃根，李樹代桃僵。」以桃李比喻兄弟，言能共患難。後轉用為以此代彼或代人受過之意。

❼ 機括：弩上發箭的機件。

這件事忘了。誰想得到姓汪的始終沒有放下這條毒心。後來，宛小姐雖然錯疑了阿林，換到了湯家。又被這天殺的打聽明白了一切的來蹤去跡，曉得宛小姐還有收回她的意思。他第一妒忌的是她落在你手裏。如果你和宛小姐姻事成功，她一定陪嫁。所以下毒手先破壞你倆快成熟的婚姻。這都是他醉後親口吐露給阿林的。」

「那麼這回阿林見過宛小姐沒有？宛小姐曉得這段秘密嗎？」

「沒有見。怕的宛小姐祇怪你的莽撞，未必知道別人的毒害。」

當秦婆子說完時，魯男子陡起了一種不可思議的感觸，沉沒在默想的深淵。

他不是悲傷宛中沉默的奔避，也不是仇恨汪鷺汀陰謀的破壞，他倒好像聽到了自己胸腔裏天良的叱咤：「你的婚姻，怎麼干連著汪鷺汀？阿林的瓜葛，又怎會牽涉到你身上？假使你一向愛戀的行動，是完整，純潔，固定，除了宛中外，對於別人，從沒閃動你熱情的微光，那麼如何會挑起姓汪的疑妒呢？就算姓汪的是捕風捉影，最信任你的宛中，如何也生過誤會？你問一問自己，雖然受比較上的制裁，沒對阿林有過逾分的接觸，到底你內心的底層，曾否有一次，二次，一分，一秒搖晃過嗎？祇怕你斷不敢答復一個不字。再者，眼前就是一個現行犯的罪證。你和阿林真的一絲沒有牽掛，在這戀愛失敗的苦境遇下，怎麼得了風就是雨的眼巴巴跑來看她的病呢？總之，你和宛中的婚姻，誰都沒有破壞你，破壞的就是你自己。」

這一陣暴風急雨的心聲，他不啻受了炮烙的拷問。他恍然覺悟了自己戀愛的定力，微弱得似沒遮蔽的燭光，在燃燒最熱時，還常受微風的搖曳，一經時間性的消磨，難保不漸漸變滅。他倒有些疑惑起來，這到底是他單獨的弱點，還是愛戀普遍的定律，連他自己下不了結論。

但是，他反復的想，總覺得內在伏著莫補填的缺陷。好像他從小就是欺騙宛中的罪人，為了阿林破裂了他倆的婚姻，就是他罪案的成立。現在要減輕自己的罪惡，祇有忠忠實實寫一封信，向宛中宣布罪狀，稍淡她的熱痛，順便和她訣別。

「宛小姐既然不全知道這個秘密，」他黯然地說，「媽媽，可憐見，可許我借你家裏寫一封信告訴她，請你替我親手交付呢？」

「那麼請少爺到我家裏去寫，」她點著頭答，「我準替你遞到。」

於是，秦婆子領了魯男子，下了田岸，徐徐穿過晒麥場，在夜幕四垂時，兩人踏進了那三間草屋。

二十五　最後一信

以下，就是他寫給宛中的信：

永愛的宛：

隔絕了一年多的我，今天得到和你通信的機會了。唉！可憐！我提起筆來，開首——開首的稱呼，就使我愣住。我還能稱你是我的……嗎？不配，不配！原是我對你說慣的話，你終否認。現在呢？我不是你的，你不是我的，是莫可掩的事實。但，不要緊，誰是誰的，那是占有欲，本不是愛。愛能超越占有性，才能永久。你許我叫你永愛的宛嗎？

永愛的宛，我在這現實世界，早死心塌地和你長別了。我這回的來，老實說，我不希望見你，且怕見你，我更不想老著臉和你通信。但人類的意志，常落在命運反面。我終於在童年嬉戲的秦家溪上，意外的遇見了你。雖然你遇魅似的逃避我，我已從你的眼光，舉動裏，窺見你寸寸恨苗，還茁芽在深固的愛根。

我既親眼透視你內在沒斷根的愛，我又親耳聽到阿林娘轉告我倆婚姻破裂的秘密。啊呀！宛！你太可憐了！我勸你醒醒吧。戀愛流產，原是人生旅舍裏的家常便飯，再不要看做驚人的一幕，自尋苦惱，加重我害你的罪惡。宛，我真對不起你，我的確對你犯了不赦的罪案！然而我又有什麼辦法呢？我祇有向你忠忠實實的自白，自白原是廢話，廢話也得說。宛，你聽！你祇當它罪人的供狀，或臨死者最後的懺悔吧。

那年雪霽清曉，廊闌上一席情話，就是我倆十年愛史的末一頁。從此，我便捲進不幸的旋風裏，才慟哭了小雄的慘死，接著遇到漢叔嚴禁我的登門，見面既絕了望，當然急轉直下的求婚，又誰料紋姑姑一座最堅固的撮合山，也被橫風吹倒。我的爹娘，還被我逼鬧不過，一再挽人懇求，漢叔卻始終堅拒。我還記最後一次，是汪鷺汀的傳言。漢叔竟罵我是浪子，料我沒出息！他斷不肯把如花嬌女，丟下糞坑。哎！宛，你是鮮花，我是糞坑。這句刻毒的話，對我是侮辱，對你是尊重；在你或者要否認，在我總應該承認。咳！父母的慈恩，真是如天如海！我的父母，固然為了愛我，不惜低心下氣，替我請求；你的父母，也是為了愛你，不顧親情友誼，盡力保護。我倆還能怪怨誰呢？

永愛的宛，誰也不能怪怨的痛苦，是一種無可宣洩的痛苦。我灰冷。我委靡。我何嘗不想把自殺解除痛苦？但天天想自殺，天天老沒自殺。老實說，我沒有自殺的勇氣，我也沒遇到促進自殺的動機，假使小雄不受毒打，未必能下這大決心。我常希望遇到這種刺激，然而沒有。最知心的嬰姊姊，不久，跟了華姊夫回婆家去了。我當然感到傷離：傷離不能幫助自殺。愛熱鬧的娭光妹，也和湯姑母隨了紀群姑夫到北方去。我們家裏，陡現枯寂：枯寂不能鼓勵自殺。就是隨後聽到雲鳳慘殉的消息，我起了同情的悲哀：悲哀也煽動不了自殺。我恨我的生活，逃避不了生活。我厭我的感覺，除滅不了感覺。我好怯懦！我祇好拖曳在黯淡的人生裏，下意識地揀那可以戕賊身體的事都幹，幹，幹，幹，漸漸皮肉寬鬆了，腰肢疲軟了，精神麻痹了，差不多成了不自殺的自殺。

當我的生命似斜坡般向下傾頹時，恰好我家裏突然出了兩件不幸的事故。第一，我的公寧叔從北方回來，在中途忽得了不救的弱症，到家不到四五天就死了。其次，錦姑娘得信奔喪，不料在公寧叔五七裏，竟捨了遺孤，投繯❶殉節。這兩個迅雷不及掩耳的奇變，使我精神上受了重大打擊。一則失去了尊長中最愛我的一個，不免愁上加愁，二則我雖耳聽見過死人，卻沒眼見過死狀；這還是我出世以來，第一遭認識了死。我在這兩次的死裏，看見了哮喘的壓迫，筋肉的痙攣，面目的變異，種種動作的醜怪。啊呀！慘酷！恐怖！不仁的天，為什麼把人類構成這樣難堪的結局！

於是我厭惡了死，了澈死不是解決失戀的方法；我並覺得後死的比先死的更可哀憐，尤其是開首自殺的戀者，多半含有殺她的殘忍性。譬如我趁你情焰熾盛時，給你一個至慘的自殺印象，你怎能支撐你的小生命呢？那不啻我手刃了你。我是愛你的，如何要置你於死地？我再不願死了。不死，怎辦？同逃，無路，私通，不幹。實在，我徬徨了。我強找了一條自慰的路，決定了守；守著你，除你不愛，守著你，除你不娶。

❶ 投繯：結繩為圈，投圈自縊。

啊！宛，處在我這種孤宗重蔭❷的環境下，違反無後為大❸的聖訓，守，可能嗎？讓一步說，我能守，那麼你能不顧父母之愛，無視環伺的十手十目❹，突破處女慣蒙的羞網，公然守你心許的不字❺之貞嗎？你不能守，我能單獨的永守你嗎？這些都是事實必要展露的過程，便是問題飄搖的根本。果然，我也曾拒絕過幾次他姓的婚議，反抗過兩遭嚴親的訓責，祇被幾句飄來的閒話，無端搖撼了。——你真是呆子！祇聽見你死活鬧了大半年，人家倒一聲不響的逍遙如舊。若不是全忘了你，怎會一無反動，聽憑父母瞎做主張？——這寥寥幾句冷諷，真是打破我天良的致命傷！我絕不體會到你向來的性情，充滿的椒桂的芳冽，總鑽不透一件詩禮的錦帳；也不想像到你處在以摧殘為愛護的慈恩氛圍裏，你縱有暗示的表現，也沒人來理睬你，更沒人來傳佈到我耳中。我竟沒思索的怨恨了你，竟相信你真忘了我，我的愛飄蕩了，我守的定力也跟著飄蕩了。結果，這回父親主張的唐姓婚事，我迷迷糊糊的任憑人家去擺布了。宛，若不是我今天親眼見你，我怎知你的真相？你何嘗忘我，我才真忘了你！不然，我怎能隨便任人定了婚？定婚，就是我對你絕對的犯罪。自己做和任人做，一樣的犯罪，任人做的犯得更重，祇為含有卸責的惡意。

❷孤宗重蔭：獨生子又因伯叔無子，同時過房繼承。宗，宗子。蔭，覆蓋，庇護。

❸無後為大：《孟子・離婁上》：「不孝有三，無後為大。」

❹十手十目：《大學》：「十目所視，十手所指，其嚴乎！」形容一舉一動都離不開人的耳目。

❺不字：此謂不嫁。古代女子成年許嫁始命字。字，表字。

那麼，我對你僅犯了這一個罪嗎？不，還有。丟了你，別定婚，固然是個莫可辯護的昧良罪，破壞我倆婚姻的主犯，祇怕你再也想不到還是我自身。若不是今天秦婆子親口告訴我那番阿林的話，連我自己一輩子也不會明白。你聽了我這句話，有些詫異吧？或者你要誤會到那回莽闖的錯認，鑄成終生之恨。不是，那是無心的，大概你也不會認做我的罪。我告訴你吧，那回錯認人的事，的確和我倆婚事的猝變有關係，你總該知道，那個錯認了的人，你始終沒告訴我是誰，現在我曉得是汪鷺汀的姨娘了。但是你知道的是偶然不幸的碰上。其實完全不是偶然的事，是汪鷺汀慫恿你父親設計試驗我倆，用來證實他讒言的。他為什麼要進讒？當然為了破壞我倆婚姻。他為什麼要破壞我倆婚姻呢？那個理由，聽著非常突兀。然據阿林自己說：為的是她。為的怕她贈嫁，落在我手中，那是汪鷺汀親口講的。

嚇！宛，我聽到這個消息，真使我置身無地，真使我不能不向你宣布我良心上最秘密的罪狀了。從前你因為看龍舟的事，疑心我和阿林有苟且，那確實是冤枉。我的自白，並非欺騙你。你想，我倆是從搖籃裏種下的愛苗，何等根深蒂固！怎會為了枝葉的阿林，輕易暴棄呢？照這麼說，怎麼會惹起汪鷺汀的疑妒，因阿林而間接來破壞呢？難道全是無理取鬧，和我風馬不及嗎？不，世界斷沒有無因之果。那麼為了阿林生得靈俏動人，又是你的寵婢，我未免另眼相看。也許我的靈海裏，曾為她波動過些微漪，滲漏到四圍的冷眼裏，偶然被汪鷺汀刺探去嗎？不，靈魂本是個最流動的怪物，祇要是人類，任你意志堅強，誰都保不住剎那的搖動。意志未表現到行動，算不了罪。我現在要向你招供的，是一個事件，是一個——阿林也不肯說出，久埋在我心底的事件。

這事件的發生，還在看龍舟之前，是一個春社裏出會的節日。那一天，你父親請了許多男女客到你家去看會，一般依著彳城的習慣，門簷下掛起一排書畫的白絹綠穗燈，三間門房，洞啟了兩間，裝上一桁回文雕欄，女座一面，還垂了幾扇墨色湘簾。大家很熱鬧的都坐在門口，等巡行列隊的來。我為了你也淡妝淺抹的坐在簾下，格外的興高采烈。我正想借一句話，走過去和你親近。忽見阿林在簾內捱身出來，站在兩間中界的石階上，招著街上叫賣的買青梅喫。這邊男客座裏的汪鷺汀，倏的鬼頭鬼腦地溜出去，緊捱阿林站了。他兩隻賊眼，死盯在她面上，一張嘴幾乎湊著。阿林祇顧咬著青梅，毫沒覺得。我不自知的勃然大怒，奔上前去，硬擠進他們倆中間，把汪鷺汀分隔開來。阿林才回頭看了我一眼，又驚視著汪鷺汀，手裏還拈著半顆咬賸的青梅。我對她笑著說：「喫得好爽脆！也不分給我一點喫？」她正要把另一顆遞給我，我早就手拿了她手裏的半顆，往口邊送。她笑著說：「你不嫌髒嗎？」我咬了一塊，皺著眉遞還她說：「好酸！」她接著把餘賸的喫著說：「我愛的是酸。」我學著她口吻說：「你不嫌髒嗎？」她又對我笑了一笑。這種舉動，在我當時是莫名其妙地突發，彷彿要故意顯出親暱來驕傲汪鷺汀，果然他忍不住氣憤憤地走開，阿林也被你叫喚進去，就算這一場的小笑劇演完了。其實，何嘗是小笑劇，簡直是流淚劇，觸發汪鷺汀陰謀的動機，構成我倆生離的結局，不為這個，還有那個？那麼進一步說，破壞我倆的婚姻，除了我，還有誰？

咳！永愛的宛。罷了！罷了！這些認罪的話，說也何益！既不能消除我過去的罪惡，又無由輕減我良心的疚責，也不願學一般狡猾的輕薄兒，假裝誠摯的自責，討取些矜宥，再想騙誘你。可以不必說，不必寫，而我卻不能不嘮嘮叨叨和你說，又和你寫，這是什麼理由？我痛痛快快的對你講了吧，你再不要相信戀愛是滿足人生幸福的一個寶物了！我見你還在怨恨，怨恨便是珍惜；怨恨現在，便是珍惜過往；你在那裏恨我，我敢說你在恨我的成分裏，同時一定攙進一些矛盾的心理，會推己及人，暗暗地曲體我受了命運的摧殘。在你以為祇要運神不作難，斷然可以完成我倆甜蜜的夢想，直到生活的末日。啊喲！宛！你太痴迷了。世間戀愛，就是個沒有永久持續性的心靈現象，雖然偶有基於他種因緣而幸得維持的例外，如孽鏡臺前的鏡子，果能照澈人一切心境。我想，一般戀人的心裏，浮現出來的，決不止一個人影。我和你從小形影不離，總算得專一之愛了，但結果還是為了愛的不純全，對你犯了種種罪惡。世上像我這種男子，不知有多少，或者有比我更壞的男子；女子也是一樣。我料想你當夜深人悄，燈前帳底，一定時時流淚，暗嘆，甚且反復耽味；明明是苦況，倒彷彿非此得不到安慰。為的是什麼？就為有一個未飄散的美妙溫馨的遠影，縈洄在你的憶念、想像、夢魂裏。假使換一個境界，我倆的婚姻，毫無阻礙的如了願，一時的快樂，甜蜜，滿足，是當然。然我就不敢自信我倆的愛，不動搖，不隔閡，永遠和未婚前一樣，也許弄到破裂成了一雙可憎的虛殼子。這並不是我的故甚其辭，你要知道戀愛是誰都捉不住的飛鳥，飄忽固然是它的本能；而且名義未定的戀愛時，彼此口裏都喊著貢獻整個的靈和肉，實則彼此都藏起一部分的缺德，討對方的喜悅；互相容讓，就是互相欺騙；等到功成分定，逐漸放肆，不客氣的各露本來面目，祇要性質偶有參差，無不仳離分裂。所以我對於戀愛的觀念，現在全了解了。我認定死才是戀的永生，離或是戀的維繫，婚簡直是戀的沒落。宛，請你不要怏怏的以未達到我倆結婚的目的，當做此生的不幸。我倆都覆蓋在無量慈恩之下，既無自殺的勇氣，追隨小雄和雲鳳，成就歷劫不變的愛，還是安安靜靜地在失望裏捱過這一生吧。永愛的宛，失望是人生最美麗的情緒，也就是詩歌、戲劇、小說、雕繪的生命，我倆差不多就變成了這生命源泉裏兩個游離的生素，若不是分離，那得有這參加的幸運？永愛的宛，再不必傷心，也不須懷恨，過去未滅的愛的印象，我倆當它做賞玩不厭的一件藝術品吧。永永地綿延在不顯的心葉下，到離世的一瞥間，還許展現在迷濛的眼膜前，帶去深深的墓穴。永愛的宛，別了，我的話也說完了。我還有一句最後叮嚀的話，願你長毋相忘。

魯男子在草屋裏的粗木桌上，寫完了這一篇七八張的長信，心上好像去了一塊壓迫的重鉛。他就手交給秦婆子，吁了一口鬱悶的長氣，快步走出板門，也不管秦婆子送出門來，嘴裏連連說：

「這裏，我再不願留了，再不願留了。天不亮，趕回城去。」

說著話，沒精打采地向著那一片迎親鹵簿燈燭光紅了半天的古堡而去。

一九二九、八、三日完

附錄

《魯男子》後續殘稿

婚

一 腳划船

正月裏，狂風驟雨的一個早晨。蘇州閶門外，有一處各幫船隻會集的埠頭，叫做南濠。那是一條上東落西繁密大街的背後，沿河的長街，算起來足有二三里路長。那時在迷濛風雨中，死氣沉沉地像對著山腰露厝的棺木般許多繫纜的船朝岸排列著，最巍大的南划子，無錫快，常熟快，小的蘇州玻璃快，直到最小的艄艄船，再小的送信腳划船，無一不有。但船儘管多，船戶可一個多看不見，不是躲在後梢坪板下燒早粥，便是伸長腰躺在中艙裏主顧安睡的空鋪上打著牛鼾，早認定這一天是放工的日子了。

忽然，一個十八九歲的青年，穿著一身彷彿新製的皮袍褂，清朗的面容裏，含著一種易感性的不安，慌急地也不管淋頭的雨、撲面的風會立時弄糟他這身華服，隻手撐著一頂小油紙傘，從大街上的小夾衖裏直衝到埠頭。

「船家！」他直著嗓子喊，「船家！有嗎？」

席篷上沙拉的放點，兩舷間戛咖的相撞，船底下嗶卜的拍波，樹頭上嘩喇的折枝，天上虎虎的空響，擔際淙淙的急溜，腳底上鞋和污泥翕哈唧察的粘音，就是沒有一聲船戶的答響。

他還是不斷地走，不斷地喊；

「有人肯到彳城去嗎？如肯載我去，多些船錢我肯出。」

他喊過了好幾十號船，有一處石水站上，停著一隻單艙小彳城船，有一個黑瘦的船戶，在後梢油篷下張望，向他的伙計指著岸上走的青年說：

「咦！是魯男子，是個新郎官的新秀才。你還記得去年學臺放榜後，就是我載他們父子回去的？你該想起那柳學臺為了他年輕才學好，考期和婚期碰上一天，特為他把考期改後三天，弄得一班童生怨罵嗎？今天不知為甚這樣性急，在大風雨裏叫船？」

「喂！魯少爺！」他探頭出油篷問，「你雇船嗎？」

「是，你是張二！好，你搖我回彳城。」

「多大風！怎搖？」

「你能不摸黑趕到，我肯多多出錢——出十塊洋錢。」

「不中，」張二搖頭說，「誰動得了櫓？動，就闖禍。算不闖禍，進三退兩整天也搖不上十里，怎說趕到？」

「我非趕到家不成，」魯男子焦急地說，「我再加十塊錢。」

「有這樣的急，我勸少爺不如向蘇申班戴生昌輪局單雇輪船，至多出一百多塊錢。」

「太貴了，我拿不出。」

「那麼祇有一法，少爺如不怕危險，叫一隻腳划船，四個鐘頭包到。」

「什麼叫腳划船？」魯男子面露喜色道，「腳划船趕得到，就叫腳划船。你快去叫，快去！」

船戶張二果然從船艙裏鑽出，張著兩傘，跳上岸，去代雇腳划船了。

魯男子呆立在水站邊，滿身已淋得半溼，雖然上面還遮上油紙傘。他全不知腳划船是個什麼船，有多大危險。他心裏憂慮的，怕腳划船也叫不到。不多忽兒，忽見張二與匆匆地回來。

「叫到嗎？」他迎上去老遠的喊。

「叫著，我替你省了二塊，八只大洋。兩點鐘前包送到。船價請交我代付，我領少爺下船就開。」

於是，魯男子跟了張二，一腳糊腳，拖在泥潭裏，直到破岸的淺灘。忽有人鄭重地喊：

「先生，下船放輕些腳。船小，禁不起重腳！」

魯男子抬頭，才見好像一具梭子，朱身，黑篷，浮在水面；有兩支十字斜叉的大槳，張開在兩舷。

他欣然，又有些凜然：叫到趕路的船，欣然；這樣又小又輕，真的一片葉，禁不住重腳是小事，祇怕容不了身，不覺凜然。

他看著說話的划手，半身浸在岸邊的河流裏，兩手扳住全船，穩定後，他似服從軍令般，踮著泥腳輕輕跨上，還靠著張二揭起些席篷，倒塞進了僅容一身的艙裏。他沒想到，艙底有布褥睡，有破枕靠，位置在交叉的槳柄下。坐不直，除了睡，沒別法，他當然緩和地躺下。張二取了船價，在船旁和划手嘰咕了一回，很露德色的告別，那划手也便登了他舵樓了。

「先生，」划手叮嚀地說，「開船了。一開船，船，我和你，就聯為一體，合著性命。你要起身，喫或污，得告訴我，我要傍住岸；翻個身，伸個懶腰，你得知照我，我要扳著槳；否則大家喫冷團，不好玩！」

魯男子唯唯答應，船已箭一般冒著風雨往前竄。他在這偪促的小天地裏，動作幾乎不可能，思想也驟成一個焦點：祇盼超過預定的到達時刻。

他甚事在蘇？他又為甚不顧風雨，甘冒腳划船的險急不及待的要趕回？毫無別故，祇因早上接了彳城一封急電，電文是：盼速歸，瓊。這瓊字，就是他新娶老婆的芳名。那麼他很愛他新老婆，雞毛當了令箭嗎？不是。他猜到電報是她具名，決不關她自身。他倒全為他母親劉氏懷孕將產，雖然他父親在家，但他是最愛母親的，一片疑懼，都放在他母親身上，弄得神魂不安，恨不得一步就跨到家裏。

虧得腳划船，真不同別的船，輕，銳，洪波竟失抵力，而且風減，雨漸小，更像剪刀破匹練一樣爽利。中途除他為了小便靠過一次岸，都直淌的去，竟不到下午一點，已靠了彳城南門埠頭。他給了些賞錢，便跳上岸，飛奔向上山堤灣自己住宅而來。

他跨進門，歡迎他的門公，管帳，似乎都在驚詫地腹語：

「趕回得怎地巧？」他越疑。正急步踏上前進內堂階上，遇到他娶不到半年的新夫人唐瓊，端著一碗紫黑的湯，才從廚房來，突望見他，笑嘻嘻地喊著：

「咦！……」

他不等她說下去。

「家裏……」他慌著問，「家裏什麼事？」

「恭喜你，」她坦然答，「添了個小妹妹。」

「娘好嗎？——喂！手裏端的什麼？」

「再好也沒有，」她含羞說，「你倒回來得恰好。——這不是別的，是益母草湯。你別多疑。」

兩人一壁講，一壁走，話沒落題，早從後堂小側門裏，轉進了他母親臥房。

他顧不到和瓊搭話，也沒有看清面前是些誰，一眼注定他母親劉氏。見她半坐半靠的仰在一大堆斜坡般的被和枕上，臉紅潤，眼半閉，大概全夜不能睡，乏了吧。那是《達編生》上規定產婦的刑期，沒有奇，他轉放了心。但他的步聲，反驚開了劉氏的眼。

「誰叫你回來？怎快？」

魯男子早挨坐娘床邊，看著腳後，伏著身，手撫摩被角下，襁褓裏一個洋娃般的紅粉孩，驚異著一隻小眼骨靈淥的對他看。

「我接到電報，」他隨口地答，「今早就冒雨趁腳划船來。——你們瞧！多好玩！我又添了個學生。」

說著，回頭向站在帳邊接過瓊端來的益母湯，想送上的蕙姑，靠床抽屜桌那頭錢櫃上，並坐的阿蘼和芷春笑了一笑。

「怪道！」劉氏喊，「誰打電？冒險，趕回，幹嗎？」

「她。」魯男子笑指著瓊說。

「瞎說！」瓊突然漲紅臉，喫驚地說，「我何曾打電？」

「別賴，電上寫著你的名！」

「真沒有。」她著急說，「打的不是人。你別冤人！」

「許是爹打的。」蕙姑狐疑地說。

「不會，」阿蘼說，「剛才爹還說過，別告訴大哥，讓他在岳家多住幾天。況電上寫明嫂的名。」

「為了婆婆坐產，」易氏坐在窗口，向瓊微笑說，「打個電，也是孝順媳婦。」

「電上怎說？」劉氏喝著益母湯說。

「寫的『盼速歸』三字。」魯男子說。

劉氏向瓊一笑，大家也機械地都對她笑。她被這些笑眼的環繞，坐不住，不發一言，走了。

魯男子忙著要看奶娘抱起新養的小妹妹哺乳，沒留心到瓊的舉動。

「電報定是嫂嫂打的，」阿蘼低低向芷春說，「不然，怎羞得逃了。」

「可不是，」芷春笑著答，「為的她昨天發了燒，還咳嗆得兇。」

「電是誰打，」魯男子抬起頭，插嘴道，「我不問。若說我，趕回全為記掛著娘，要是她，會這樣急嗎？」

「你的心，」劉氏說，「我很知道。但小夫妻要好，就是家庭之福。我不像人家的娘會喫隔代醋。」

這句話，引得滿房鬨笑。魯男子雖也跟著笑，心底卻不放心瓊的突走，有些忐忑不安。瞥見簾縫裏，瓊的丫頭桃玲，在探頭張望。他假裝閒步踱到門口，做了個問的啞勢。

「小姐請你去，」桃玲低低地說，「她等著呢。」

他看那丫頭說了，轉背就走。他祇得推託要到祖母齊氏房裏去，在那裏祇打了一轉，也問答了幾句話，忙一溜煙的向後堂樓上新房裏奔。

他掀簾踏進房來，原想問明電報的究竟。一眼望見瓊垂倒頭坐在沿窗靠裏楊妃榻旁一張椅子上，默默在那裏發悶，看他進來也不理，反弄得開不出口。

「今天，」他趁勢躺在榻上，一面伸著懶腰，搭訕著說，「腳划船把我累死了。」

「誰叫你累？」她眼也不抬，氣鼓鼓地說。

「不是你嗎？」魯男子挨在她膝旁，仰面帶笑地問。

她扭過身，臉轉向窗，頰上已滾下了兩顆淚珠。

「噢！」她帶酸聲的說，「連你也不信我。怪不得大家一口咬定了我。」

「這有什麼要緊？就算是你打的，也沒犯規條！」

「你怎知道？你不見大家都笑我嗎？笑什麼？笑我迷戀你。女人迷戀男人，是家規裏不容許的，換句話說，就是婦人的不正經。況娘又多心，若電不是我打，你趕回當然討娘喜歡。最壞是我病了一天，現在這筆賬要記在我身上了。你倘或不去查明，連你的辛苦也白饒。」

「怎樣去查？」

「到電報局。」她急切地說，「你去查明電稿誰送。快去！去！」

魯男子被催逼得沒法，懶洋洋地在榻上爬起，拍著她的肩。

「那麼你別哭，我就去。」

「誰哭？」她回過臉，向魯男子一笑說，「我為的是表明你的孝心，我有什麼？……不必說了！走吧。」

魯男子慢慢地走出房，下樓去了。

戰

一　想像中的女兒

恰正是十月初旬，一個黃漫漫熏得日色像褪色金箔般的落沙天氣，籠罩在滬寧鐵路南京車站玻璃大鐵棚的長形月臺上。那時臺上，中間剛搭起一座簇新的青松枝和五色綢交縈著的彩牌樓，用金絲絨堆出「歡迎新省長」五個擘窠大字。那牌樓頂上，交叉起兩面五色大國旗，在慘淡晚風中有氣沒力的搖颺著。車站賣票處高懸的報時鐘，已鐺鐺地敲過了五下，超越了上行的早班快車到站的時刻了。

從南到北差不多二三十丈長的一條水泥鋪的大月臺上，擠滿了一堆堆等上車的男女老少，對著路邊各人身邊暫放的包裹筐箱，一個個昂頭踮腳，向前張望，顯出焦躁失望的神情，越覺得未冬先寒的秋陽，斜照到新禿的獅子山頭模糊的林木，都變了黃疸的病容了。

就在那一大堆候車客裏，有兩個紳士模樣的頭等貴客，一個穿著一身嶄新軟領軟袖的時髦西裝，是個瘦長條子，一張削瓜的淡黃臉上，嵌著兩顆輪轉不定的露光大眼，一望而知為自命不凡的議員；一個打扮得像普通文士般青緞馬褂，灰嗶嘰夾袍，但生來矮胖而精悍，拿翁的髮，威廉的鬚，倒帶幾分軍人氣概。前一個嘴銜著一支香煙，手裏舞弄著一根司的克，後一個膀臂下挾著一個黑皮公文書包，兩個人很親密地肩並肩往來蹀躞在月臺上，邊邁著緩緩的步，邊講著低低的話：

「早班快車又脫了班了，」矮胖的說，「難道魏省長會突然的來嗎？車誤了鐘點，使我這當平督軍歡迎代表的專員倒起了惶惑。」

「沒有的事，」瘦長的顯出非常堅決的態度說，「老魏還逗留在揚州呢。他這回到任的布置是格外縝密。他還在那裏等一個他信任的朋友去商決一切哩。我是知道的。到底老魏是本省的省長，我們主張省治的，全該拿出些良心來，去幫幫他的忙。所以我也特地去走一遭，和他談談。」

「仲長兄說得是，」矮胖的手捻著威廉鬚微笑地道，「我們固然該去扶助老魏，可是我們也不該太歧視了平督。平督是北派的武人，省治的主義，當然和他們統一的觀念，是根本衝突的。然而這回魏省長的重來，他不但不反對，反而派我這本省軍官去歡迎，也足見他有順應潮流的識度。」

「啊？」仲長睫了那矮胖子半晌，驚詫地喊道，「余老二，虧你算是平督的親信人，怎麼連魏省長這回得以安穩到任的許多經過，你還茫然嗎？這裏邊雖然原因很多，但偶社的同志，也是助成這事原動力之一……」

仲長正待說下去，忽然月臺上一陣人潮波動，遠遠的濃煙噴薄中，汽笛烏烏輪聲軋軋的火車蜿蜒到站了。

南京站，是滬寧路線的終止點。凡火車來往，遇到起站和末站，添煤，上水，裝卸貨物，總比普通站口多耽擱些時間，乘客登車常常是從容的。獨有這天的車，為的脫誤了一個鐘頭，一時上下的客，突然心急慌忙，前推後擁起來。

仲長和余老二立時剪斷話頭，各奔前程的向著頭二等車車室的口門，在人堆裏直搶上去。正手扶銅柱腳踹到梯級時，忽聽背後月臺上有人高呼：

「喂！章大哥！喂！章大哥！」

仲長還沒回過頭來看，余老二倒在後先接上嘴，喊著道：

「咦！魯先生，你急忙忙的從那裏來？喲！咱們多時不見，你清減了！」

「嘎！原來是拜蘇先生！你們約會了一塊兒動身的嗎？到那裏？是不是上揚州？」

此時，章仲長已跨上了車，被爭著攀登的男女旅客們推挽得留不住腳，勉強略旋過半個頭來，在眼角裏方看清楚，在一大溜下車出站的人浪裏，脫出了一個斑白的短髮，黑帶微褐的八字疏鬚，清癯而熱情的面，正沉浸在昏黃的斜陽下，洗伐出肌膚上一縷縷積疊的皺紋，每一縷皺紋裏，彷彿全銘刻著人生戰場上一度的瘡痍。這正是飽嘗了五十年來人間世哀樂滋味的魯男子，邊喊出那些話，邊催緊了腳步，眼望著章仲長站定處，隨在余拜蘇的肩後，也上了車來。

「我們正是上揚州的，」仲長搶著接說，「但是不期而遇。老魏正等著你呢。你怎麼倒到了這裏？」

魯男子回顧了余拜蘇一下，忙給仲長遞了個暗示靜默的眼色，淡淡地道：

「你們快各自尋得了坐位再談吧。」

三人魚貫的進了頭等車。看著頭等車的散座已擠滿了，祇賸一個位子。仲長就讓給余拜蘇，自己另找了一個房間，一邊全占著女客，魯男子認為相宜，拉著仲長坐定了。

「不是我埋怨你，」魯男子挨緊了仲長，低聲說，「實在你太粗直了。那些話，怎好在拜蘇面前講。」

「我忘了他是平督的代表。」仲長很坦白地說，「到底你為什麼不去？我知道丹崖省長等你商榷大計，定了才來履新。你為什麼不去？政務廳長一席，也許就是你，我們希望你得到這個地位，實現偶社的主張。你為什麼不去？」

「咳！我委實的不能去，」魯男子悽然地說，「章大哥，請你也不必來追問我不能去的原因。但我已替丹公全盤計劃了一下，詳細地寫好一封信在這裏，連政務廳長的人選，一起代他預備了。正沒人送，恰好今天遇見你上揚州去，那巧極了。所以特地跑上車來找你，託你捎帶這信，那就和我自己去了一般。若說我做政務廳長，無益於老魏而有害於我，偶社也未必得計。我還愚不至此，千萬請同志們斷了這個希望。」

月臺上吁吁地發出幾聲銳利的口笛，開車的時刻到了。魯男子忙和仲長握手告別，跳下車來。恰正魯家的老家人魯升接不著主人，慌得東張西望地亂找，一下子被他發現魯男子站在月臺邊，正仰著臉，和半身探出在車窗外的章余二人，趁車輪初動之際，作最後的周旋。魯升搶一步上前見了。魯男子一見魯升，臉上立刻變了色，急急地發問：

「姨太病得怎麼樣？還在吐……？」

魯男子此時好比失雛後驚弓的老雁，恐怕魯升口中，又射他兜心的一箭，祇直瞪著兩眼的等，連問話都抖不成聲了。

「不，不嘔吐了。」魯升疾忙地答，「我們自從接到蘇州小姐的凶耗，知道老爺正在悲傷。姨太的病，又和小姐一模一樣，姨太不許我們報知。前天實在嘔吐得太凶險了，才發了一電。誰知服了胡醫生的藥，昨早就止了吐，直到現在。」

魯男子和魯升一路講著話，不知不覺已出了站，一輛自己的轎式馬車，駕著一匹銀騣雪色馬早停在站門外等候。

魯男子跨進車來，關上車門，吩咐車夫一徑向鼓樓東街新建村自己的別墅而來。

馬車飛速前行，倏忽間進了儀鳳門，過了英國領事館的彎角，但見一片半黃半紫的殘陽下，沉默地橫臥著稀稀落落的人家，間錯著凋殘的場圃，蕭森的林木，被初冬的乾風吹動捲起迷濛的沙霧，彷彿大地也在助人悽惋。魯男子此時，真有些對此茫茫，百端交集了。

魯男子的性質，原是極端的惟感性，所以他的思想，便是極端的惟愛主義。他認為在世界上，愛以外無學問，愛以外無事業；宇宙的形成是愛的凝定，生命的遷流是愛的持續，色聲香味的美妙，是愛的顯發；天地由是成，國家由是立，人群由是生聚，宗教，政治，道德，文章由是發源。他一生追求的是愛，倡導的是愛，經營的是愛，可是他一生獲得的，卻不是愛，倒一大半是恨。因此，近年來漸漸地把惟愛主義的基礎大大的搖動了。但是，畢竟還有殘留在他心底層永不磨滅的兩個愛的結晶，就是兩個愛的僻見：一是對於國的，「本省之愛」；一是對於家的，「女兒之愛」。

為什麼他對於國獨愛本省呢？他何嘗不想愛世界，但大如一星球一世界，小如一微塵一世界，世界太繁多了，愛不勝愛。他何嘗不想愛種族，但既有歐亞美非澳地域的隔閡，又分黃白棕紅黑色相的異同，再加以文野強弱程度的參差，愛無可愛。那麼他天經地義的祇有愛國了。愛國是做國民的鐵版義務，當然。但在魯男子眼光裏，這愛國兩字，已變成爛盡了血肉的骷髏臭空殼了：迷死人不償命的一副好嘴臉，不過是背了人倫畫的一張假人皮，誰都披得上，誰都揭得破。他看著中國從甲午戰敗，戊戌政變以來，愛國呀愛國的聲浪，已高唱入雲了二十年來，到底生出了幾個真愛國的人，做成了幾件真愛國的事？唉！說也慚愧，有限得很。那麼中國人難道天生的沒愛國心嗎？不，人類的心，總是差不多的。別國人懂得愛國，難道中國人就不懂得愛國？那斷斷不然。請你放開眼看一看，滿蒙回漢藏種族這樣的複雜，二十二行省，三特別區域，疆域這樣的廣博，血脈氣質的各殊，語言文字的互異，風俗習慣的不同，說遠些，同一封建之下，內之則稱為公侯伯子，外之則呼作蠻夷戎狄，說近些，一個統治權內，北人常輕蔑南人為糟豆腐，南人亦歧視北人做侉子。聚集許多漠不相關的人民，硬叫知疼著肉，驅迫無量鑿枘不容的部屬，高談一道同風，這如何弄得好呢？所以天天講改革而腐敗愈甚，人人談統一而分裂更多。魯男子十年來，在政潮裏打了幾個翻身，漸漸地覺悟到世界各國，無國沒有真愛國者，惟獨中國決不會有，就算有，也不是真。是什麼理由呢？祇為各國國境縱大，斷沒有中國那麼廣漠無邊，國情縱殊，也沒有中國那麼紛紜錯迕。處在中國這種狀況之下，若會生出普遍的愛心，那麼泉水可以無源而流，草木可以不根而榮，寧非怪事？再進一層說，在從前帝皇專制的時代，還可以把權威來維持虛偽的統一愛，一到現在政治極端自由的潮流中，人人顯露真面目，處處發揮真特性，接近的愈接近，衝突的愈衝突，強不同以為同，是萬萬做不到了。你試看通都大邑間，占有勢力的，祇有些幫口：不是寧紹幫，就是廣肇幫，否則便是西幫，川幫。各省有各省的幫，絕看不見中國。你試到政治集團裏，呼號最盛的，祇有自治；可並不是統一的德謨克拉西，有的便是些蘇人治蘇，浙人治浙，贛人治贛，湘人治湘等的奔走傳宣，也看不見中國。魯男子就他政治上的經歷，斷定中國人不知愛國，祇知愛地方，換一句話說，就是各人愛各自的本省。本省，實際就是他的本國。愛省心，實際便是愛國心的縮本。從民國開始以來，一班野心家沒有看透這一點，還想沿用秦始皇的老政策，侈言統一，殊不知國體變了，政策當然要隨著變，政策不是抄襲就能成功的，當然要參合國情而定，否則無有不愈弄愈糟，越走越遠。在魯男子此時的意見，欲整頓中國，祇有將全國的政治區域，就居民的語言，氣質，風俗，習慣相接近，再加以經濟的調劑，重行劃定若干新省區，由省選出代議士，組織省議會，制定省憲法，各各獨立的施行，使它盡量發揮愛省的精神。然後就各省中不能自決的數大端，循世界的慣例，授權中央，組織強有力的中央政府。這個政治，魯男子叫它做新分配的分省合治制，這就是魯男子的省治主義，也就是魯男子愛本省的理由。

為什麼他對於家，更愛女兒呢？魯男子既是個感情偏勝的人，對其一家骨肉，父母、兄弟、妻子間，雖人事或有參差，而天性當然一致，何所不用其愛，何忽獨鍾於女兒？這不是他本性中天生的僻見，那是他生活際遇上逼成的變態。說破了，毫不稀奇，就是物以罕而見珍，事因難而成巧兩句成語，便是最貼切的注腳。你想，他從小就是父母雙全，上有驕縱他的祖母，愛護他的一個叔父，兩位姑母，中間呢，他雖是獨子，然諸妹成行，歡同棣蕚，同堂姊弟，誼若親生。閨房之內，縱然圓缺不常，不敢自誇滿足，但式好無尤，不聞詬誶，又有他最後的愛人，甘心做他副室。下面呢，前後連舉五雄，大的已大學畢業，薄有成就，小的或在校肄習，或繞膝承歡。這些人生的享受，在他人或且詫為奇福，而魯男子得天過厚，又都不期自至，反而看得平常，大有得福不知的情況。祇有女兒，論人數，也占有過三個，可是第一個叫做阿姸，是他髮妻唐瓊所出，投懷不到百天，便隨死母而去；末一個，小名貴男，是大姨莊五宜的女兒，居然奇擎了七個多月，三日驚風，明珠墜掌而碎；如今僅存一個現在夫人荀叔玉所生的若安小姐，已長成二十二歲了。無人不讚她美麗，也無人不誇她聰明。是，這倒不是法螺，是實在的美麗，粉團似吹彈得破的臉色，雕像般長短不得的身裁，神采內含，眼波流慧，瓠犀不露，笑靨常春；是的確的聰明，讀書多妙悟，作事具靈心，談言微中，使人解頤，著手成春，翻新視巧。魯男子得到女兒，既然如此的艱難，又如此的稀少，今卻得著了如此稱心滿意的女兒，那自然要比任什麼人都看得寶貴了。況且，這位小姐又無微不至地愛重她父親，絕不同平凡的孝順。這固然由於魯男子自幼親手熏陶而成的緣故，然大要為的這若安小姐血管裏，受得父性熱血的成分超過母性的成分百分之六十以上，所以天性的凝結力，有不可思議的偉大。若論形跡，若安終年隨母在上海，而魯男子卻服務居南京，一年中能有多少會合的日子？然惟其會少離多，天性之愛，因遏抑而愈摯，這也是心理學上的一條公例。每逢魯男子來到滬寓，便是父女倆歡聚天倫的好機會。魯男子的文學工作，每喜在夜深人靜，那時他人都熟睡了，惟有若安默侍在側，寸步不離。無事時，看看小說，打打手工，一奉呼喚，或整理文具，或應承茶點，不辭辛苦的殷勤服伺，非等魯男子上床後，掖好被窩，放下鉤帳，決不先睡。魯男子生性好談，就在家庭間，也不願虛擺嚴君模樣。遇到他高興時，最願意兒女輩圍繞著他，不拘形跡地談天說地。若安深知她父親的脾氣，祇要看見母兄不在面前，她不肯讓父親感到寂寞。她便像啁啾的小鳥，依戀不去，沒話也要想出話來。她口才既婉約而含幽默，態度又溫順而活潑，隨便議論些書本上的古事，講說些戚鄰間的新聞，定要引得魯男子嘻笑顏色溫順而滿意。魯男子易感的習性，往往無端的會尋愁覓恨。其實，若安也受了這種遺傳性，但女性當然不比男性的易於顯發。然自己雖不顯發，而感覺同性質人的感覺，格外敏捷，所以第一能體察魯男子氣色的，也祇有若安。她祇要瞥見魯男子的眉頭一蹙，別人漠不關心，她早警醒似的已變著法兒來移轉他的精神，變化他的境界，或嬌痴地要求陪她去遊園觀劇，或懇切地強逼替她講書改文，總要把魯男子無形的陰霾吹散得一絲不留，方肯罷手。總之，凡是魯男子的憤怒，經若安一笑就平靜了。魯男子的痛苦，得若安一言就撫慰了。政治上的奮發，若安暗增他的勇氣。家庭裏的糾紛，若安潛化他的不平。在魯男子看若安，不獨是掌上珠，簡直是心頭血，不獨是分身的塊肉，簡直是生命的光明。這麼著，無怪乎魯男子集中了一切的愛，完全傾注到女兒身上了。這就是魯男子偏愛女兒的理由。

誰料得到呢？魯男子一輩子講的是愛，一輩子就喫了愛的苦。愛，就是魯男子的不祥物。且不用說他愛本省，本省始終脫不了做被征服的順民，暗中奮鬥了幾回，依然嗅不到一絲政權的餘香；就是愛女兒，他祇賸命根似的一個女兒，不想沒多時，忽被命運之神劈手奪去，僅留下愛影的輪廓。

在先幾年，若安恰交十六歲，魯男子得了她同意，和她荀氏季舅的幼子定婚，也是個有志的青年。大家都認為一對璧人，姻緣美滿。初不料定婚不到一年，一場傷寒，把她的未婚夫葬送了。魯男子生怕女兒悲傷，特地把凶耗瞞起。原想另覓良緣，提早出閣，等到說明舊恨，而已得新歡，萬疊愁城，霎時飛渡，這原是魯男子細意熨貼他愛女的一種計算。事不湊巧，有一天，若安到一個戲園去聽戲，無意中遇見了未婚夫的母親。那母親一時感觸，忍不住對她流淚。若安自遭不幸，早蓄疑心，不過女兒家面嫩，不好根問吧了。如今看見這種情狀，她是個機警人，豈有不立時覺悟的道理。從此態度大變，茶飯無心，雖不曾縱聲痛哭，但眉頭頰際，時泛淚潮。魯男子夫婦百般勸慰，僅僅還你一些強笑承歡。

這樣的敷衍過了一年多，若安的神情間，似乎把悲懷漸漸淡忘，魯男子略覺放心一點。然若提到婚事，總是堅決拒絕。魯男子深知女兒的性情，也不忍過分強逼，就一天一天的耽擱下來了。

直到這一年的七月中旬，魯男子正忙著他的舊長官魏丹崖，奉了中央的新命令，又放了江蘇省長。他是個主張省治主義最熱烈的人，本省人來長本省民政，當然為省治派所歡迎，況魏丹崖是他曾經擁護過的人物，又向來同情他的政見，益發惟恐其來之不速了。魯男子此時最掛慮的是平督軍的反對。他看著長蘇的命令，已發表了五六天，平督尚沒有表示歡迎的去電，知道生了問題。幸虧他在平督政權下，也充任著編譯局局長的閒職，平時和平督左右的重要人聲氣相通，往來無間，又有省治派中偶社的同志，有充議員的，有做律師的，也有為官吏的，如周文詔，章仲長，鄭丕功，黎維淵一班人同心協力，互相友助。魯男子的做官，本不是慕虛榮，也不是謀實利，祇是迷信著自心的一種信仰，一直線的趨赴他信仰的目的，時而奮發，時而顛覆，他都不管。政局百變，他的信心不變，常藉著一個閒冷而有潛勢力的機關，做他浮沉政海中永不滅的燈標。他這次就利用這個機關，借助著許多朋友，多方的設計，無形的獻策，促成新省長到任的實現，漸漸把平督反對的意思打消了。他正在志得意滿，探到平督表示歡迎的電稿已送了簽，忽接到一封蘇州的急電，是他夫人荀叔玉發的，報告他女兒若安在外家病重的消息，囑他速歸。這他一驚，不啻打了一個青天霹靂。

他一切不顧，立刻叫了二姨佘懿君來，叮嚀了幾句珍重孕體的話；——那時懿君懷孕將近足月，身體非常荏弱，心裏不願她夫主遠離，嘴裏可不敢挽留，祇得忍淚應話。魯男子別了懿君，連夜乘了火車到蘇。

魯男子趕到蘇州，看見他女兒，第一最刺他目的，若安臥病的床，就是她未婚夫絕命的床。原來若安從定婚以後，從沒到過外家。這回忽地自願隨母而來，無意中落入這不幸的窩兒。她睡不到十天，就起了胃痛病，後來變了可怕的惡瘧，更轉成水米不納的嘔吐，翻腸倒肚，日夜不休。這樣一連六七天，她母親發電招魯男子時，已差不多百醫無靈，群醫束手了。等到魯男子趕到她病床前，早不開口了兩天，聽見魯男子含悲地喚她，掙命似的祇半睜著悽迷的眼，伸出瘦無可瘦的一隻嬌小玉手，搭在她父親抖戰的手上，喉中迸出幾乎聽不清的一個爹字，長長的睫毛下湧現兩顆晶瑩的淚珠，等不到滾落，又昏沉不醒了。

從魯男子來後，若安的病情又變，嘔吐倒止了。但神經錯亂，忽明忽昧，病勢益發嚴重。

魯男子連日體察女兒的病情，來得凶險古怪，明知和這觸目驚心的舊床一定發生了重大關係。他暗地裏不免要怪怨他夫人叔玉的疏忽，不曾體會到女兒難言之隱。如今大錯鑄成，後悔無及，又見舉家正在憂惶之際，更不忍出言詰責。祇苦了他啞子喫黃連，眼見平生惟一寶愛的嬌女，受病魔百樣的摧殘，真急得他像沒了頭的蒼蠅，從朝到暮團團轉地瞎闖，一心祇想救治，弄得煙霧騰天，呼號震地，無醫不請，無術不施，白白地搓著手，頓著腳，忙亂了十天，還是眼睜睜地看著他心頭肉，懷中寶，被死神橫拖豎拉地奪去。這是他生活裏一個天昏地黑的境遇，自從唐瓊亡故後，這是第二個焦雷。

從若安氣絕後，荀家雖是她外婆家，又是未過門的舅姑家裏，但終究是異姓，怕人家避忌，魯男子最不願強人所難，立刻借租了荀家間壁浙江會館三間大廳，做了棺殮停靈之所。

魯男子在繁忙和悲痛膠擾不清中忽忽過了幾天。有一日，他於無可慰情之中，忽生聊勝於無之計，也不管迷信不迷信，合禮不合禮，竟動議辦起若安小夫妻冥婚的典禮來。正在和他妻兄怡庵討論冥婚儀制和地方習慣，便是得了南京懿君胃病發作的信，也不曾理會，祇想辦完走。

忽然，魏省長從揚州寄來一封快信，告訴他平督迎電已到，自己先到揚州，想在那裏布置好兩件重要問題，然後到任。特地等他前去商決，囑他火速前去。

你想，魯男子是愛本省的心和愛女兒的心，向來一般熱烈的。現在女兒之愛，已落了空虛，江蘇省不啻是他第二個愛女了。一遇到可以協助的機會，豈有不急起直追呢？

當然，一刻也不肯耽擱的趁著次日早車啟行。原想到鎮江，轉揚州的。誰知道呢？才上得車，從家裏派人追送了一封電報來。

魯男子瞥眼看見電報是南京來的，心先慌了，撕將來看時，祇見寫的是：

三主母嘔不止，危，速歸。魯升。

嘔？這是兜心的一錐！他愛女的死，死在嘔！惡惡的慘呼，依稀在耳，豈堪再聞？況懿君又將臨蓐？非愛女病，他何肯遠離？今愛女死，愛人忽犯同病，不歸，心何忍？歸，又何以對魏省長，省政誰與決？數月來苦心付東流。在一條愛的軌道上，突出交叉的歧支，魯男子此時，眼前縱橫的客座，都看成了錯迕的迷網了。

倏地打開一個黑皮公文書包，抽出幾張信紙，鋪在膝上，握了一枝自來水筆，低倒頭，在車輪震抖得落不定紙時，飛也似的歪歪斜斜衹管寫下去，寫了數行，又停了筆，眼望著車窗外凝思。

「最緊要的，」他低低自語道，「政務廳長人選。論理，該任蘇賢。但蘇省黨派多，動啟紛擾，況魏省長自命超然，老於從政，斷不肯取澈底態度。與其招空穴來風的新人才，不如直截了當的主張請原任洪廳長聞紹蟬聯，既得平督歡心，又避免各方爭議，這是最機警的入手方策。非我誰能替他獻這議？」

他邊咕噥著這些無聲的獨語，邊描畫著半真半草真正獸蹄鳥跡的字，足足消磨了三小時多的光陰，耗損了十來頁通用的箋紙。有時支頤冥想，有時下筆如飛，一站一站的旅程都在春蠶食葉聲中鳥鈔般飛過，滿坑滿谷的乘客也不彀他筆鋒一掃，恍入無人之境，連行車時刻表脫誤了一小時全不關心了。等到寫完，自己從頭至尾重看了一遍，才吁了一口長氣。

「這就行了，」他把信封鈐完密後，彷彿自解責任似的說，「什麼事都計劃到了，什麼話都說了。我到揚州面陳，也不過如此。好了。揚州可以不去，還是徑到南京去看懿君吧。啊喲！天可憐！不知道她病得怎樣？」

人聲鼎沸，汽笛烏烏地停了車，往外看時，恰到了鎮江站口。魯男子倏地坐立不安起來。他此時意象中，湧現了兩個迷幻的遠景：一方面是一個鬢髮蒼然的老長官，滿懷著愛護地方的血忱，在那裏如飢如渴的企望他，這如何可以使之失望？一方面是一個病骨支離的同命人，強留著生死關頭的殘喘，在那裏望眼欲穿的盼他，這如何可以使之空盼？兩處都該去，兩處斷不能同去：捨一擇一，該捨那個，擇那個呢？鎮江，是個決定點，不容你有游移餘地。若赴揚，你下車。否則你就補票。

就在這兔起鶻落的一剎那間，魯男子的頭腦昏沉了，思想停滯了，迷迷糊糊中車輪碌碌的轉動了。他咬著牙，閉著眼，死活不管的挨過去了。凡人遇到兩難到沒奈何的時候，往往有這種不自知的解決，實在就是人類的弱點。魯男子今日，便陷在這個弱點裏。

魯男子既然挨過了鎮江，當然補了票價直赴南京。此時惟一的希望，就是要把在車上寫就的長函，尋一位妥當的朋友帶去。還算他碰得巧呢，居然在到站時遇見了同社的章仲長，居然把書函託妥當了。他才能心安無慮地坐了來候自己的車，回新建村的別墅。

魯男子一路行來，把這些時經過的事，一件件和外面車輪的旋轉在地上一般，旋轉在他內在的心地上，印成不可磨滅的轍跡。

他在火車上，全神貫注在懿君的病，思念女兒的心已拋在九霄雲外。如今知道懿君沒甚危險了，若安的一言一動，又蔓延到他心田裏來。他無端想起若安病中幾句若明若昧的囈語：

「爹，我從沒到過新建村你的別墅裏。這回如果我好了，我不到上海去了，我要跟爹一塊兒去學種花。」

可憐這些心中久藏的希望話，迸露在臨命昏迷的境界中，當時便深刺入魯男子的耳膜，至今悽斷餘音，在未望見新建村牌樓時，彷彿還在晚風中若斷若續的激蕩著。

魯男子正在沒法自解的時候，一抬頭，忽見黃雲靉靆中，飄搖著十來株參天的高柳，祇見那柳梢頭，正矗立著一面花花綠綠的大旗迎風狂舞。他認得是美國領事館高揚的國旗，一眨眼，他別墅的屋角已湧現在他面前。不知不覺間，把他沉鬱的心境，突然活躍地喚醒過來。

真的醒了嗎？祇怕未必吧。他自以為醒，或者是更迷了。迷，就是他的生活力，就是他生活的意義，標的，換一句話說，就是自創造的希望。他每遇到一個迷夢破落時，必要立地另造一個新迷夢，高掛在他生活的前路，做催逼他前趨的新希望。他在政治上是這樣，家庭間也是這樣。其實，這一忽兒，在他意象上倏湧出了一種奇幻思想，他沉迷在愛女兒的迷夢中，猶之乎他沉迷在愛本省的迷夢中，這是他兩種根本迷，不必說了。他現在自認為醒的，就是覺悟到專一悲傷過去的女兒，是近於痴。痴，是回顧，回顧，是要不得的。他要避免痴，於是他祇得逃去現實，虛構理想；理想是前瞻，前瞻的變現，非奇即幻。什麼奇幻思想呢？就是希望未來的女兒。

懿君不是現有身孕嗎？安見分娩下來，不是一個女兒？在懿君流產了數次，好容易將護到足月臨盆，照舊習慣想，當然盼望生個兒子。然在魯男子恰恰相反，倘若安未死，還可隨便，目前卻動了不重生男重生女的偏見了。

他一路行來，蹙緊的眉頭也舒展了，凝定的眼光也活動了。他心上萬念都除，一心祇設想懿君這回如果真生女兒，依著遺傳的公例，必定生得秀麗聰明，必定和若安可以不相上下，雖然得來太晚，然慰情勝無，到底有了一個女兒，灰敗的精神，頓時興奮了許多。

他又想到大文豪囂俄，有一個鍾愛的女兒蘭寶鼎替他編訂文稿，輯集圖像，致惹起他戀人許蓮德的妒恨，文壇傳為佳話。大仲馬也有一個佩丹兒繼承他的小說天才。戈恬得到一個支那化的孫女裘珥，進到她的書室裏，祇見支那書，不見一冊外國文，終究成了《白玉詩集》的偉著。提到這些故事，足見一個文學家都有一個女性的化身，遺傳自己的想像美，因為一切美，無不發源於想像，祇有女性能表現想像美的本體。他既自負是文學家，怎麼缺少一個想像美的化身呢？

他正沉思著，馬車已越過了一帶水泥磨石墻，進了兩扇青灰色的大門，繞著一條鬱鬱蔥蔥檜柏夾峙的環形馬路，來到一座兩層穹形列柱廊的大洋樓階前，這就是魯男子寄寓的別墅。

魯男子疾忙跳下車來，顧不得一群婢僕輩的上前迎見，三腳兩步跳過客堂，跨上轉彎梯，徑奔西首自己臥房裏。他一踏進房門，第一進他眼瞼的，就是懿君瘦削的面龐，憔悴的神情，憂鬱的氣色，正半坐半臥斜靠在吊起半邊白珠兒紗帳的一張方柱大銅床上，在朦朧的暮靄餘光裏，望見他來，強裝著微笑道：

「啊！你也回來了。你知道嗎？我險乎做了若安小姐第二！」

「可不是，」魯男子早坐到床沿上，斜坐著身，親聰地說，「僥天之幸，你止了吐了。——我若不接你病急的電，我早到了揚州，去看魏省長了。」

二　芝草無根根在江南

「我們周校長要在這裏處罰一個人，快來了。我們等著吧。看她判斷得公不公。」

「罰誰？為什麼？」

「除了她，誰會淘這種新鮮氣？大概『四不懂』的紙招貼發作了。」

「她？噢！定是十一紅那怪孩子！啊喲！真的，大家轟傳著墻上貼的『四不懂』奇文，我沒看清，到底怎麼一回事？」

「咦！你枉叫做校裏的女包探，連這段耳朵嘗新的新聞都沒有搞清，笑話，笑話！讓我來說給……嚇！來了。」

這是一男一女兩個十七八歲的貧兒院高小二年級學生，在校中一間大講堂上，排椅裏挨坐著對談的話。兩人一色穿著黑粗布的校服，深灰的布褲，神氣都帶些寒苦相。第一個開口的是個男生，口音是北方人，一張雞心式的瘦小臉盤，嵌上兩顆穿梭不定的胡椒眼，鉤鼻，囂唇，望而知為不安詳的頑童。他學名叫詹有學，人家傳說是平督夫人女傭的兒子，校長特別收受的。第二個答話的是個矮胖的女生，長長的面，短短的頸，頸後垂著一條烏黑大辮，雖然鼻平嘴闊，眉目倒還清朗，膚色算不得白淨，但不粗糙，三分巧滑態度中，還留著一分天真。她叫王素源，大約是校長的窮親戚，所以學級上常常占到分外的便宜，平時歡喜替校長偵察學生的舉動，自獻做她的耳目，全校上她這個女包探的徽號，也還含著一部分恭維她勢力偉大的意思；她倒也居之不疑的扮起雌福爾摩斯的功架來了。

那談話的講堂，原是三大間舊客廳改成的，屋宇非常高大，上面既沒天花板，也沒泥墁頂，依然是露骨的梁，彩椽網磚，歷歷可數，祇有四面的蠣殼窗，一色換上了玻璃，倒還顯得軒爽通明。外面廊沿東邊簷柱上掛著一塊白漆黑字的小牌，寫著「第一講堂」四字，裏面正梁下斜撐起一個白漆的大橫匾，仿著唐太宗泰山摩崖字體寫成「南京貧兒院」五個不等邊的奇形字，下款題著平龢，不知道那個當代畫家得意疾書的代筆。堂的中央照例設著一個講座，座後掛起一塊大黑板，下面便是一排一排的條桌和長椅，是學生的聽講席，一直排到前軒。

那時，講堂廊下，一陣雜沓的步履聲，笑語聲，鬧成一片。就見從面南的一列長玻璃大窗前湧進來陸陸續續的許多學生，男的，女的，大的，小的，美的，醜的，參差錯落地各就座位。那些來到的學生，彷彿來看卓別麟新產品的電影片或土耳其初來的魔術團，人人面上都浮現著一種好奇嘲弄的興奮。

正喧鬧間，倏地滿堂嚴靜起來。衹有剛才談話的一對男女生，此時又挨坐著耳語，極細小的聲浪，倒在萬籟無聲中飄來清楚的幾句：

「咦！」詹有學眼望著窗外說，「素，你瞧，和周校長一同走來的女客是誰？」

「果然，」王素源說，「有個女客。吶！那是魯太太，和校長常往來的。今天索性跟到講堂來。」

「客倒跟上，今天的主角怎不上場？」

「你說十一紅嗎？她怎會就來？不抵抗就來，也不成其為她了。然不來，校長怎答應？準來！我們瞧著吧。」

兩人話還沒了，早見一個高高兒的身裁，長長兒的臉蛋，年紀約摸在三十歲左右的中年婦人，肩並肩手掖著一個年紀實在比她大些，看上去卻比她年輕得多，至多猜到二十四五歲模樣的女人，雖然久經事變，近困病魔，顏色蒼白，帶幾分波弱的愁容，然眉目如畫，還是娟楚動人，小謔輕顰，隨處因真生趣，不粉不朱，不環不釧，一頭黑而長的美髮，在後枕骨上鬆鬆籠了一個自然髻，穿上一副褐紅閃光綾的時式旗袍，下面露出薔薇色的長絲襪，踹上一雙漆光如鏡的高跟小皮鞋，輕盈地，靜默地一同跨進講堂來，這便是王素源所說的魯太太。
全堂學生起了一陣波動，眾目睽睽地注射著她都含些驚異的情緒。
校長後面還隨進來兩三位男女教員，各自去占著坐位。校長獨留出近講座邊中央一個位子，很殷勤的來招呼女客。
「懿君，」周校長帶著笑說，「對不起你，請你就坐在這裏候一候，等我訓戒完了一個頑劣小女生後，再奉陪你上富順醫院找章醫生去。」
「說那兒的話，」懿君謙遜地說，「我來得正巧。我正要見識見識你那位聰明古怪的令高徒哩。」
「那麼請你賞鑑吧。」校長帶著調皮的樣子說。
她隨即回過頭去，向坐著的教員們問：
「蘇之華叫來沒有？難道她和我抵抗嗎？」
「來了，」一個男教員說，「在外邊守候著。」
「為什麼不進來？」校長嚴重地問。
「她說，」一個女教員恭敬地答，「她今天是罪人，校長不點到她的名，她沒有進來的必要。」
「好！」校長冷笑著喊，「好個沒進來的必要！現在我點到她的名了，你快去拉她進來。」
「拉她進來」四個字一出口，滿場的空氣突然緊張起來，許多的頭頸都扭轉向堂外，許多的眼光都傾注到廊下。大眾的神情間，似乎在候轟動一時的名角第一次登臺，等待得不耐煩了，聽到鑼聲一響，門簾一掀，實際沒有一些色相，早引起了如雷的喝采。但到底這裏是學校，不是戲園，出來的是學生，不是伶人，不容許喝采，變成一致啞聲的納罕。

一陣普遍的呢喃聲裏，東在說蘇之華來了，西在說你們瞧蘇之華，眾口同聲的祇嚷著蘇之華，到底蘇之華是怎麼樣的人物呢？

你們瞧，一位女教員領到周校長講坐前，兀然站著的女孩子，那不是蘇之華全校又叫她十一紅的嗎？看她身量發育得很早，眼估著至少十六歲，其實還是一個十四歲的女童。倒生得肌肉豐腴，姿態飛舞，雖然遭逢落薄，血管裏至今流著大江東去的祖風。當這當眾受罰時，她若無其事的直邁向前，既不畏縮，也不羞澀，仰著滿月般的臉，張開黑而且大包含活水的眼珠，平視著周校長，雪白的一口細牙，微咬住薔薇色的上唇皮，表示緘默；左手挽弄著背後長髮的辮梢，右手下垂著微微在搖晃，總之，全露出一種任憑宰割半順從的意味。

於是周校長振了一振衣服，微微地咳了半聲嗽，岸然地坐在講座上。

「蘇之華，」周校長莊嚴地向蘇之華說，「你知道今天召集諸同學開這個會做什麼？」

「我不知道。」蘇之華冷冷地答。

「你知道自己犯了校規嗎？」

「我不知道。」

「那麼你知道本院倚仗誰的實力維持，在院的學生應當絕對服從的是誰？」

「更不知道。」

「哼！」校長立時漲紅了臉，怒目直射蘇之華格格地說，「你這三不知，說得多乾脆！那麼難道連墻上粘的紙招貼是誰幹的，你也不知道嗎？」

「什麼紙招貼？」

「你要我宣讀那紙招貼嗎？好，我就讀。」

周校長在衣袋裏掬出一個小小的紙卷兒，雙手展開，朗誦起來：

題目：四件不懂的問題，請教師們和同學們解答。

㈠前天督軍和他夫人到校，為什麼叫全體學生站班迎送？人家說，因為督軍貴，學生們賤，賤的該迎送貴的。然依我看督軍和我們一樣的五官，四肢，沒比我們多了一些，他所多的，就是他有兵馬，他有刀槍，他占有地盤；但是，強盜也有嘍囉，也有刀槍，也占有山林，為什麼我們不去迎送強盜？我不懂。

㈡從前有一天，一個富翁死了，為什麼使學生們參加送葬，列入鹵簿？有人說，為了這富翁曾經捐助過本校些補助費，富翁是施恩者，學生們是受恩的，受恩的該報答施恩者，然我看正因有了不仁的富翁，世上才多不運的貧兒，富翁就是貧兒的仇敵，他們滲出些剝削的殘餘，不來贖罪，還想市恩，何等的可惡！惡人！仇敵！我們為什麼不去鞭墓，反願送葬？我不懂。

㈢沒多時，我們校裏，有一個已嫁的女同學，為了替男子們養孩子死了。大家看得稀鬆平常，以為養孩子是女子天賦的本分，死是偶然的命運，祇好白死，無可置議。然我看生男育女是世間無量痛苦的一種苦役。女子已處處受男子的壓迫，占不到一些便宜，為什麼還要把這付千斤重擔，一肩承挑呢？現在當女性醒覺的時代，事事已在男子權威下起了劇烈的反抗，為什麼對於萬苦的生育問題，還好像樂此不疲，不曾聽見過大聲疾呼的抗議呢？你看植物有雌雄同株的自為交配。倘使人類也和植物一般，牝牡兼於一身，高興生育的，不煩他求，不情願的，儘管拋棄，那不曉得要省去了多少糾紛。再不然，何妨學著蜂群裏的母蜂，專門育成一種母人，各處都立一個母人院，願意生育的女子入院，也算一種職業，專替人家傳種，其餘普通女子全不受生育的苦楚，豈非快事？為什麼我們做女子的，沒人提議呢？我不懂。

㈣這裏某學校有個教習，喜歡一個女生的聰明，那女生也愛重那個教習的品學，彼此情感日深一日，行跡間過於親密，起了全校的疑謗。後來，這女生回了家，忽被自己的父親賣給人家作妾。女生不甘！黉夜逃到愛她的教習家裏。那教習雖是個獨身人，為要救護女生，不避嫌疑的把她藏起，而且還替她讀書，送進學校。等到這女生大學畢業，已與教習同居了兩年多了。差不多大家已公認是教習的如夫人，至少是戀人了。誰料這教習竟替這女生介紹了一位文壇有名的佳婿。直到婚筵上，這位新婿向教習表示感謝，才公表他倆二年多同居的純潔。然還有許多人不信這事的實有。然我看是沒什麼稀罕的，祇為愛情，原是人類精神上的化學作用，發生同化，本不限於形體和類屬，並非男女兩性的專有品。就退一步說，除外有情的動物，凡屬人類，不論家庭間，社會上，可以接觸交往的，都有發生高度愛情的可能，當它發生時，一般的覺知熱烈，嘗味溫甜，享受歡樂，和男女兩性的熱情無別。世人每狹視愛情的領域，好像愛和性永不能分離，性以外無愛，硬派非性的愛，叫做親愛，或名友誼，不視為愛情。我不懂。

周校長很高聲的一口氣讀完，再向她問：

「我讀的你聽明白了嗎？到底是誰做的，你不知道嗎？」

「我知道，」蘇之華坦然地答，「是我做的。」

「你做這個，什麼意思？」

「我想到，」她微笑著從從容容說，「我就寫出，沒有別的意思。——我當今天開會是什麼，原來為這個。寫得不通嗎？惹人笑話嗎？不要緊，這是課外的亂塗，老師們扣不到我的分數吧？」

「扣分嗎？」校長帶著嘲笑的口吻說，「太客氣了。」

「不客氣，」蘇之華噢驚似的問，「便怎麼樣？」

「除名！」

「除名？」她臉上飛起一片紅雲，不再噢驚而變作憤怒地發問，「除名不就是斥退嗎？我犯了什麼罪？要斥退？」

「你還敢說沒犯罪嗎？」校長嚴重地說，「你看那紙帖兒，一開口就罵了誰都不敢侵犯的督軍，尤其是有恩本校的督軍。照這種荒謬的舉動，豈辦一個除名，還是看承你學業的成績，可憐你質地的聰明，格外的優容。」

蘇之華一聽到這幾句宣言，臉上原有的紅雲，突然變成紫靄。攢集起兩道不平的眼光，直射到校長的心腔，凝定不動。但一言不發，也不低下頭去。

那時滿堂的空氣，忽被蘇之華沉鬱的不平煽起了暗潮，人人在她無聲的眼光中，明明在說：「校長斥退蘇之華全為得罪了督軍。」

忽見近校長講座前，就是剛才引導蘇之華進來的一個女教員起立發言：

「校長今天斥退蘇之華，我們本不該疑議。況且她自認招貼的舉動，不必問平日學業的成績如何，原有可斥退的理由。但據我的意見，校長如果據了她四不懂裏的三四兩項，前一個是絕滅人種，後一個是違反常經，這種含毒性的荒謬議論，出在小小女孩之口，斥退以免煽惑，是無可非難的。現在校長宣言斥退的理由，反注重第一項，專為得罪督軍起見。那麼我們養成學生，難不成要定做拍上官馬屁的工具嗎？祇怕不但蘇之華心不甘服，合校都要起反感的吧？還請校長慎重一點。」

一時全堂都鼓起掌來，校長倒並不發怒，也不羞愧，仍扮著鄭重和懇切的面貌，向大眾朗朗地說道：

「請諸位寧靜片時，聽我幾句聲明。剛才×先生見教的話，我是很欽佩的，而且是早料到要受這種責備的，就是今天特開這會，也為了解釋誤會。諸位第一要明白為了得罪督軍斥退蘇之華，是我顧全全校的利害，並非我個人的趨奉長官。姑不必說本校開始，本是個不成局面的小慈善事，幸虧我遇見督軍夫人，蒙她向督軍關說，捐助了不少的款子，又撥給了這所和平橋的官房，更在省款裏籌定了每年的補助費，才弄成了今日的規模。就單講前天督軍夫婦給我們面子，好意來校參觀，我們貢獻些迎送上的小敬禮，還不算一回事。誰料到不知天高地厚的蘇之華竟起反抗？若然反抗藏在心裏，誰都管不到誰，她卻偏要形諸顏色。那天，她在列隊中，一種傲慢倔強的態度，多難看呀！你們想，督軍是多麼精靈的腳色！不管別的，祇看他在學生群裏穿過時，一雙斜射生稜的眼光，不看別人，單單射定在她身上不放，這是什麼緣故呢？再加上蘇之華又弄出招貼兒的把戲，鬧得滿校烏煙瘴氣，無人不知。假使我還是糊糊塗塗不把蘇之華公表斥退，這不但變成忘恩，簡直犯了叛逆，祇要被他一知道，豈有不立刻封閉究辦的嗎？決不是斥退蘇之華一人所能了事的了。請諸位想一想，就可以諒解我今天的苦心了。俗語說得好，在他門下過，怎敢不低頭。蘇之華譬如一隻雛雞，已落在鉤爪之下，受此委屈，也說不得了。」

周校長說完了這一套理由充分的話，立即搖鈴散會，一眾學生，紛紛各散，校長也離了講座，招呼著她同來的懿君，一路說說笑笑，出廳而去。頓時一座人才濟濟的大講堂，漸漸陰沉起來，正像曉天的星辰一般一點兒一點兒的稀疏。一眼望去，排椅上祇賸了最先來的一對男女生詹有學和王素源，離開講座十來步靠門窗的旁邊，還有一個被斥退的蘇之華，滿面膨脹著不平之氣，但已低了強直的頭，拖著蹣跚的步，似走不走的向著外廊而去。

「你瞧，」王素源邊在排椅上站起身來邊指著蘇之華低低地說，「多可憐！憑你自命為鍾靈毓秀的蘇之華，一旦寄人籬下，沒了自立的能力，祇有盡量受人蹂躪吧了，從那裏掙扎起？有學，你看校長今天的判斷，到底公平不公平？」

「嚇！說什麼公平不公平？」詹有學鼻子抽著一口冷氣說，「完全是錯誤。」

「你怎麼知道她是錯誤？她的一番說明，我覺得有極充實的理由。」

「她自以為充實處，恰正是她的觀察錯誤；她認定督軍的注目蘇之華，是一種惡意的注目，這尤其是錯誤中的錯誤覺察。現在你也不必細問，將來自然會知道的。」

說著這話，掖了王素源的臂，雙雙離了椅位。

「不管別人的閒帳，我們走吧。」

兩人走到廊下，回過頭來，還瞥了呆立在廊簷下的蘇之華一眼。

中國古典名著

兩岸學者專家精選精注　宋元明清古典名著大觀

三國演義	饒彬校注
水滸傳	繆天華校注
紅樓夢	饒彬校注
西遊記	繆天華校注
金瓶梅	劉本棟校注
儒林外史	繆天華校注
老殘遊記	田素蘭校注
官場現形記	張素貞校注
文明小史	張素貞校注
兒女英雄傳	繆天華校注
鏡花緣	尤信雄校注
拍案驚奇	劉本棟校注
警世通言	徐文助校注
醒世恆言	廖吉郎校注
喻世明言	徐文助校注
今古奇觀	李平校注
三俠五義	張虹校注
七俠五義	楊宗瑩校注
小五義	李宗為校注
東周列國志	劉本棟校注
封神演義	楊宗瑩校注
東西漢演義	朱恒夫校注
萬花樓演義	陳大康校注
隋唐演義	嚴文儒校注
楊家將演義	楊子堅校注
說岳全傳	平慧善校注
大明英烈傳	楊宗瑩校注
濟公傳	楊宗瑩校注
包公案	顧宏義校注
施公案	黃珅校注
粉妝樓全傳	陳大康校注
海公大紅袍全傳	楊同甫校注
平山冷燕	張國風校注

七劍十三俠　張建一校注
豆棚閒話
照世盃（合刊）　陳大康校注
石點頭　李忠明校注
十二樓　陶恂若校注
何典　斬鬼傳　唐鍾馗
平鬼傳（合刊）　黃霖校注
游仙窟
玉梨魂（合刊）　黃珅校注
西湖佳話　陳美林等校注
西湖二集　陳美林校注
品花寶鑑　徐德明校注
綠野仙蹤　葉經柱校注
海上花列傳　姜漢椿校注
醒世姻緣傳　袁世碩等校注

花月痕　趙乃增校注
孽海花　葉經柱校注
魯男子　黃珅校注
三門街　嚴文儒校注
野叟曝言　黃珅校注
筆生花　黃明校注
九尾龜　楊子堅校注
琵琶記　江巨榮校注
第六才子書
西廂記　張建一校注
桃花扇　陳美林等校注
牡丹亭　邵海清校注
長生殿　樓含松等校注
浮生六記　陶恂若校注

水滸傳（上）（下）

施耐庵 撰／羅貫中 纂修

金聖嘆 批／繆天華 校注

梁山泊一百零八條好漢嘯聚的故事，自南宋以來即流傳於世，後經文人綴集成長篇小說《水滸傳》。書中最大的特色，在描寫事件、人物深刻佳妙，栩栩如生，且情節鋪陳布局極為緊湊，引人入勝。小說中花和尚大鬧桃花村、林教頭風雪山神廟、景陽岡武松打虎……等等精采故事，人們早已耳熟能詳。讀《水滸傳》，看草澤英雄行俠仗義，為世人發不平之鳴，是何等大快人心！

本書採用通行最廣的七十回本，頁端及頁末分別附有金聖嘆批語和詞語方言注釋，陪您一路痛快地造訪水滸英雄！

紅樓夢（上）（下）

曹雪芹 撰／饒 彬 校注

《紅樓夢》是一部偉大的言情小說，具有一種特殊的魔力，只要您接觸它，馬上就會被其吸引，甚至百讀不厭。全書以賈寶玉和林黛玉的愛情悲劇為主線，寫出賈府由興盛到衰敗的過程。是第一部出於原創而毫無依傍的長篇章回小說，結構宏偉、語言洗鍊，人物刻畫個性鮮明，堪稱中國古典小說的巔峰之作。書中蘊藏著豐富的資料，包括文學、民俗學、政治學、語言學，甚至音樂、美術、烹調、醫藥等，都值得讀者親自去發掘其中奧妙。作者曹雪芹是第一流的文學家、藝術家，研究、評論他和《紅樓夢》所形成的「紅學」，至今歷久不衰。

本書採用程甲本為底本，詳為校訂，俚語方言並有注釋，期待與您一同到賈府一遊，看世情繁華，閱人生百態。

桃花扇

孔尚任　著／陳美林、臯于厚　校注

《桃花扇》一劇借復社文人侯方域與秦淮名妓李香君悲歡離合的愛情故事，反映了朱明王朝——特別是南明王朝覆滅的經過及其教訓。全劇結構嚴密，情節前後呼應，思想內涵及藝術表現皆臻上乘，具有至深的感人力量。作者孔尚任歷時十餘年，嘔心瀝血、三易書稿始完成此一不朽劇作，與洪昇所撰寫之《長生殿》齊名，而有「南洪北孔」之稱，被譽為中國戲曲史上之雙子星座。

本書據暖紅室刻本整理、校注，並附有簡要注釋，至為精審。

琵琶記

高　明　著／江巨榮　校注／謝德瑩　校閱

《琵琶記》是一部長期在民間醞釀、流傳，後經元末明初的高明改編、定型的劇作。劇中以小孝、大孝的爭論為戲劇衝突的起點，一邊寫蔡伯喈進京，步步高昇，沉迷功名富貴；一邊寫趙五娘吃糠賣髮，獨力築墳，歷盡苦難折磨；這一樂一苦、一富一貴，形成了強烈對比，加深了悲劇效果。在思想與藝術上，無論是人物形象塑造、戲劇結構和語言、音樂格律方面都有突出的成就，因而被尊為南曲之祖、傳奇之祖。

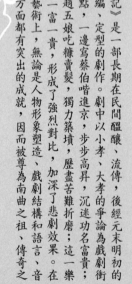

國學大叢書系列

徘徊在品味鑑賞與深入研究間
您需要的，是部面面俱到、深入淺出的國學導引叢書
從古典文學到現代文學
從經史子集到文字聲韻
邀集各家精心撰述
伴您學習之路不再徬徨

現代小說

楊昌年著

作者有系統地提供有關現代小說的理論說明、題材分類擷取的原則與示例、創作藝術講求的分項示例。具體指出創作指導途徑，自極短篇、小說體散文到短篇創作，提供七種創作手法，分別說明創作要領並示例析介。對有志於小說研究、創作者而言，誠為不可或缺的參考書籍。

現代散文

鄭明娳著

本書為作者長期研究現代散文之系列著作之一，特從各種不同角度切入現代散文核心，以散文實例分析文章之優劣。文字深入淺出，足以引導初學者進入現代散文堂奧，亦可為研究者參考運用。

民間故事論集

金榮華著

臺灣地區第一部專門討論國內外民間故事的論文集。從中國的故事、古代神話、比較民間文學、韓國民間故事，到民間故事的整理、分類和情節單元的編排，有系統地帶領讀者領略民族經驗與智慧之美。

細說桃花扇—思想與情愛

廖玉蕙著

本書探討《桃花扇》研究的狀況、桃花扇的運用線索、人物形象與史實的關係、關目的因襲與劇作的創新，及孔尚任寫作歷史劇的虛構點染，對號稱清代傳奇雙璧之一的《桃花扇》作出全新的詮釋，為喜愛戲劇的讀者開闢了全新的視野。

國文教學法

黃錦鋐著

作者集結數十年來教授語文教學法的心得，提出實用教學法的理論根據和教學實務建議：改變呆板、機械、背誦、記憶的教學法，提供學生思考的空間，以達到創造的境地。實為教師及自學者參考、自修的最佳讀物。

文心雕龍析論

王忠林著

作者就《文心雕龍》整體分析其結構內容，再就各篇文辭實際分析其細節，使讀者直接瞭解劉勰的意見，精確認識其理論。對研究中國文學原理、創作技巧及中國文學發展史的讀者，都有很大的幫助。

聲韻學

林燾、耿振生著

本書為聲韻學的基礎讀物，內容包含聲韻學的性質及其在傳統語文學與現代語言學中的地位；漢語字音結構的特點、現代標準音音系、各大方言語音特徵及其代表點的音系；從先秦到《切韻》、《中原音韻》乃至現代北京音的演變脈絡。對聲韻學的基本知識有全面的介紹，為中文系學生和初學者必讀。

治學方法

劉兆祐著

本書旨在為研治文史學者提供正確的治學方法。全書共分〈緒論〉、〈治學入門之必讀書目〉、〈研讀古籍的方法〉、〈善用工具書〉、〈重要的文史資料〉、〈治國學所需具備的基礎知識〉、〈撰寫學術論文的方法〉等七章，大抵治文史學者所應知的方法，都已論及。